RÉCLAMÉE COMME VENGEANCE

PIPER STONE

Copyright © 2023 par Stormy Night Publications et Piper Stone

Tous droits réservés. Aucune partie de ce livre ne peut être reproduite ou transmise sous quelque forme ou par quelque moyen que ce soit, électronique ou mécanique, y compris la photocopie, l'enregistrement ou tout système de stockage et d'extraction d'informations, sans l'autorisation écrite de l'éditeur.

Publié par Stormy Night Publications et Design, LLC.
www.StormyNightPublications.com

Stone, Piper
Réclamée comme vengeance

Couverture conçue par Korey Mae Johnson
Image de Shutterstock/LightField Studios

Ce livre est destiné aux *adultes uniquement*. La fessée et les autres activités sexuelles représentées dans ce livre sont des fantasmes uniquement, destinés aux adultes.

CHAPITRE 1

 iguel
Miami

Le bruit de mes pas sur l'épais carrelage en mosaïque résonnait dans mes oreilles. Je n'étais pas pressé, mes Capos immobilisant ce trou du cul sans problème. Le doux parfum du basilic et de l'origan filtrait dans mes narines tandis que la puanteur des cigarettes assaillait mes sens, ce restaurant italien étant considéré comme le préféré de plusieurs de mes soldats. Les quelques clients restants partirent en courant comme des rats, ma réputation me précédant.

Le propriétaire fit à peine attention à ma présence, se contentant de vaquer à ses occupations de fermeture, mais je pouvais dire que l'homme était nerveux par les taches de sueur qui s'accumulaient sous ses bras. Tout le monde craignait mon arrivée. Et ils le devaient.

Après tout, j'étais un homme sans patience. Je n'avais pas non plus de conscience.

Même avant de reprendre la majorité des opérations de mon père, j'étais considéré comme dangereux. Bizarrement, je me vantais d'être juste et honnête. Ce soir, il n'y aurait que le châtiment.

Je pressais ma paume contre la porte de la cuisine, dégoûté par la quantité de graisse qui recouvrait mes doigts. Une fois à l'intérieur, je pus entendre le gémissement terrifié d'un homme qui aurait dû savoir qu'il ne fallait pas me considérer comme son ennemi.

Cordero me fit un signe de tête depuis sa position, appuyé contre l'évier en acier inoxydable éraflé, son revolver simplement niché dans sa main.

— Il vous a causé des soucis ? demandai-je, même si je m'en fichais complètement.

— Non. Doux comme un agneau, répondit Cordero, rigolant comme d'habitude.

Je remarquais alors que ses mains étaient pleines de sang, ce qui ne fit qu'augmenter ma colère.

Le traître restait sur le sol, un chiffon enfoncé dans la bouche, les mains et les pieds liés avec du fil de fer. Danton avait été un homme en qui je pensais pouvoir avoir confiance, lui permettant de gérer une bonne partie de l'opération de Miami Beach. Je n'aimais pas être pris pour un imbécile.

Mon autre Capo avait passé l'appel, Enrique ayant surveillé l'enfoiré pendant deux jours. Il grimaçait, se reprochant sans doute le niveau de confiance accordé à cet homme. Même son honneur avait été remis en question.

C'était une situation à laquelle il fallait faire face, ma réputation était en jeu. De plus, je ne supportais pas les menteurs.

Je me tenais devant Danton, prenant plusieurs grandes respirations. On m'avait fait quitter un dîner, même si c'était moi qui avais insisté pour gérer la situation personnellement.

— Danton, je dois dire que je suis très surpris par ta trahison.

Danton gémissait, luttant pour parler, son corps se tordant d'avant en arrière. La sueur perlait des deux côtés de son visage, les larmes roulaient déjà sur ses cils. Je ne pouvais pas non plus supporter un lâche.

— Apparemment, tu travaillais sur un deal dans ton coin, utilisant mon argent pour financer tes opérations, dis-je en me penchant sur lui. Comme tu l'as compris, ce n'est pas acceptable. Pas dans ma ville.

Depuis des semaines, des rumeurs couraient sur un étranger qui tentait de s'installer sur le territoire de ma famille, ce que j'avais évité depuis bien trop longtemps.

Il gémit, son visage se tordit alors qu'il devenait écarlate. Je me concentrais sur les gouttes de sang qui suintaient d'une entaille sur sa joue droite, prenant une nouvelle inspiration. C'était bien la dernière chose que j'avais envie de traiter.

Je me remis debout, sortant mon Glock de mon étui.

— C'est vraiment dommage que je doive te perdre. Tu nous as beaucoup aidés mais désobéir entraîne des conséquences. Malheureusement, certaines conséquences sont pires que d'autres.

Sortant le silencieux de l'intérieur de ma veste, je jetai un autre regard à Danton. Sa mort enverrait un avertissement.

Cordero marcha vers la porte battante, regardant par la fenêtre. Nous n'avions certainement pas besoin que des clients hystériques attirent l'attention.

— Néanmoins, dis-je en attachant le silencieux, tu ne nous laisses pas le choix.

Mon pistolet rugit deux fois.

Je me tenais au-dessus de lui pendant que je dévissais le silencieux, le glissant à nouveau dans ma poche et plaçant l'arme dans sa position habituelle avant d'ajuster mes manchettes.

— Je vais nettoyer tout ça, boss, dit Enrique.

— Mettez son corps en évidence dans les docks, dis-je en me tournant et sortant de la pièce.

Quiconque tenterait de croiser mon chemin subirait ma colère. Je sifflais, réalisant que les deux prochains jours allaient être perturbés.

Cependant, un voyage était nécessaire.

La Havane, Cuba

. . .

La vengeance.

On m'avait traité de sans-âme, entre autres choses, mon penchant pour le goût du sang étant presque aussi puissant que ma soif de passion. Cependant, la seule chose à laquelle je pensais en ce moment était de tuer un imbécile sans importance. Je pris une profonde inspiration, essayant de retrouver ma calme résolution.

J'avais tué un homme. Bien que l'acte ne soit pas quelque chose que je faisais souvent, le fait que j'avais du sang sur les mains, une tache qui ne disparaîtrait jamais, n'était pas loin de mon esprit. Et l'homme avec qui j'avais passé les trois dernières heures en était la raison.

La musique, l'âme et le souffle de la vie. Bien que savourant la musique en arrière-plan, je n'étais pas du genre à suivre un artiste ou à m'en soucier. Le duo de piano et de violoncelle était exquis, les notes audacieuses et obsédantes, une ivresse pour mes oreilles. Je pris une profonde inspiration, regardant les eaux de l'océan, satisfait au moins pour le moment. Même les parfums des fleurs indigènes, le gingembre blanc et le jasmin, étaient un puissant aphrodisiaque.

J'étais le genre d'homme qui écrasait ses ennemis, quelqu'un à craindre. Après tout, j'étais rempli de ténèbres, le danger entourant chaque aspect de ma vie. Personne ne s'en prenait à moi ou à ma famille. Les Garcia avaient dirigé le Sud d'une main de fer, mon père ayant établi notre fief des décennies auparavant. Peu d'ennemis avaient l'audace de nous défier, ceux qui le faisaient recevaient la colère des dieux.

À notre façon.

Brutale.

Impitoyable.

Froide.

Le concept ne me déplaisait pas le moins du monde.

Je détestais surtout ceux qui pensaient pouvoir prendre le dessus sur moi, juste parce que je n'avais pas encore pris le contrôle. Santiago Rivera était ce genre d'homme.

Prétentieux.

Puissant.

Vipère.

J'avais passé des heures à me renseigner sur lui avant de monter dans un avion pour Cuba. Je n'étais pas dupe, car je savais que malgré tout le faste et les circonstances, le riche entrepreneur et caïd attendait simplement son heure avant d'envahir complètement le territoire de ma famille. Cela n'allait pas se produire. Danton travaillait avec lui depuis un peu plus de deux mois, permettant à une quantité importante d'argent de passer dans les mains de Santiago.

Ce soir, nous jouions à la roulette russe, mais il ne savait pas que je ne perdais jamais.

J'avais eu carte blanche depuis mon arrivée, Santiago s'assurant que tous mes besoins et désirs avaient été satisfaits depuis la veille. Nourriture. Boisson. Femmes. J'avais tout pour moi. Ses offrandes signifiaient qu'il était effrayé, incertain de mes objectifs.

Il allait bientôt les découvrir.

Le cigare était incroyable, la vue depuis sa véranda spectaculaire, sa propriété cossue située sur un précipice dangereux, un avertissement pour tous ceux qui osaient croiser son chemin. Je ne pus m'empêcher de glousser à cette idée. Je m'appuyais contre l'un des piliers de pierre sculptés alors que le soleil plongeait à l'horizon, m'émerveillant devant l'eau cristalline, les vagues clapotant sur le rivage. La chaleur de cette soirée d'été était moins étouffante grâce à la légère brise, tandis que les sons d'un concerto pour piano s'échappaient de haut-parleurs invisibles, ajoutant à l'atmosphère festive, le violoncelliste étant incroyable. Rien qu'en écoutant cette musique séduisante, je me laissais entraîner dans une belle promenade. Malheureusement, je n'étais pas d'humeur à faire la fête.

Ou l'amour.

Voyager à Cuba avait été contre la volonté de mon père, mais nécessaire pour maintenir la paix.

Sauf si cet homme se foutait de moi.

— Je vois que tu apprécies les cigares cubains, Miguel. Une de nos spécialités, dit Santiago en se rapprochant de moi, sa voix de ténor résonnant dans la pièce.

Il tenait à la main deux verres à cognac. Son sourire était grégaire, le pétillement de ses yeux laissait entendre qu'il m'avait conquis par son charme et son hospitalité.

Je n'étais pas homme à succomber à quoi que ce soit, surtout pas à la trahison.

Je pris une nouvelle bouffée avant de répondre.

— C'est vrai. Fort en saveur avec une pointe de douceur. Parfait. Je tiens aussi à dire que le repas était excellent.

Ma mère m'avait appris les bonnes manières. Mon père, lui, m'avait appris à m'occuper des traîtres.

— Mon chef appréciera. Je vais m'assurer que tu aies plusieurs boîtes de cigares dans tes bagages, pour rentrer.

Lorsqu'il me tendit l'une des boissons, ses yeux déjà sombres semblaient plus explosifs, ses pupilles n'étant plus que des piqûres d'épingle. Il savait qu'il n'était plus dans le coup.

— C'est très généreux.

— Comme tu peux l'imaginer, je serais heureux d'en faire entrer à Miami et dans le reste des États-Unis.

Oui, j'étais bien conscient de son stratagème. Si les cigares cubains n'étaient plus illégaux aux États-Unis, leur vente continuait d'entraîner de lourdes amendes. Je savais tout de lui et de son entreprise, la distribution de cigares étant une couverture de base pour son opération de trafic de drogue. Je connaissais bien le jeu. Ma famille avait plusieurs entreprises légitimes, tout en fournissant des accessoires de fête à des clients fortunés. Je devais admettre qu'ajouter des cigares cubains au mélange était une excellente idée.

Tant qu'il comprenait les conditions.

Tant qu'il suivait les règles.

À ce stade, il avait entendu parler de la mort prématurée de Danton. Cela me donnait une certaine marge de manœuvre.

— Tu aimes bien la musique aussi, non ? dit-il avec décontraction.

J'acquiesçais alors que la chanson atteignait un nouveau sommet de félicité.

— C'est magnifique mais pas vraiment ce à quoi je m'attendais.

Santiago rit.

— Il y a beaucoup de choses que tu ignores à mon sujet, mon ami. La personne qui fait le solo est ma fille.

Je fus agréablement surpris. J'en souris.

— Tu diras à ta fille qu'elle est très talentueuse.

— Je le ferai. Néanmoins, je pense que tu es venu ici pour autre chose que pour profiter de sa musique.

— C'est vrai, malheureusement. Il va falloir parler business.

Je pris une gorgée, savourant le cognac très cher, permettant à la liqueur riche d'apaiser ma gorge serrée. J'avais réussi à garder mon sang-froid pendant le repas, en écoutant ses élucubrations sur sa vie. Tout autre homme aurait déjà été éviscéré.

Je me demandais s'il était conscient du fait qu'il avait déjà été à deux doigts de perdre sa précieuse emprise sur la vie.

— Tel père, tel fils, dit-il, s'approchant de l'intérieur de la véranda et s'asseyant sur un canapé confortable. Comme tu le sais, je fais mes recherches. Ton père est très respecté, ajouta-t-il.

— Oui.

L'unique mot que je prononçai m'arracha un simple souffle de dédain, créant un autre sourire sur mon visage.

Je jetai un coup d'œil à l'un des deux soldats qui m'avaient accompagné pendant le voyage, leurs yeux ne m'ayant jamais quitté depuis la seconde où j'étais entré dans le manoir de Santiago, à flanc de falaise. Cordero et Enrique savaient tous deux ce qui était en jeu. Ils avaient aussi compris qu'en un tour de main, je pouvais libérer leur talent. Je gloussais à cette idée.

Santiago suivit mon regard, déboutonnant lentement son smoking blanc avant de sortir son propre cigare.

— Mon père m'a appris l'importance de l'honnêteté dans le business.

— Quelque chose de respectable, dit-il d'un ton désinvolte, prenant son temps pour tirer le cutter doré de l'égarement démesuré.

Le coup de gueule était fort, sans doute sa tentative de me prendre de haut.

Je regardais simplement en arrière vers l'océan, satisfait de ma position avec lui. Nous n'avions pas parlé affaires pendant le dîner, mais je m'étais assuré qu'il connaissait sa place dans la hiérarchie. Il était aussi près du fond qu'il pouvait l'être. Cette pensée fit presque durcir ma bite.

— Oui, tel père, tel fils. Comme tu le sais, mon père est un homme incroyable. Tu veux vendre des cigares aux États-Unis. Je peux m'occuper de la distribution dans les villes. Je peux aussi te donner quelques contacts, des gens influents et riches qui seraient prêts à payer un prix exorbitant pour tes produits.

— Exorbitant. Allons. Ce sont les meilleurs cigares du monde, dit Santiago en toussotant.

Je tordais le cigare entre mes doigts, impatient d'en finir avec cette merde. J'avais d'autres affaires à régler.

— Oui, tu l'as déjà dit plusieurs fois, dis-je en marchant vers lui. Je sais aussi très bien que tu as l'intention d'introduire des drogues dans mon territoire, une situation compromettante.

— Attends une minute.

Il souffla et haleta en se penchant en avant. Même dans la belle lumière du soir, je pouvais voir que son visage était devenu rouge comme une betterave.

— Je ne suis pas con, Santiago, donc n'essaie rien et surtout, n'essaie pas de me mettre en difficulté. Cela va faire des mois que je t'observe, toi et tes tests.

— C'est absurde !

— Ne te fous pas de moi. Nous sommes des professionnels et nous devons le rester. Je vais te faire une proposition. Par contre, ce sera la seule. Si tu n'acceptes pas avant que je parte, celle-ci sera caduque.

Inspirant, je pouvais sentir la rage lui monter au visage. J'aimais torturer un homme comme ça.

— J'écoute.

— Parfait. Le marché est le suivant : je t'autorise à vendre ta drogue mais uniquement dans ma ville avec 40 % de retenu sur tous tes revenus.

— C'est scandaleux !

Je ne clignais pas des yeux, le fixant droit dans les yeux.

— J'imagine que notre collaboration se termine donc ici. Je t'assure que certains de mes amis qui travaillent aux douanes seront heureux de savoir quel bateau contient des matières spéciales dans un rayon de 300 kilomètres autour de Cuba. Oh, et les cigares ? N'y pense pas non plus. Je peux te garantir que si tu essaies de toucher au business de ma famille, je vais te massacrer. Je pense que tu sais de quoi je suis capable, n'est-ce pas ?

— Comment. Oses. Tu !

Je pris une autre gorgée de cognac, une autre bouffée puis refermai la distance entre nous deux, prenant mon temps pour poser le verre sur la table, éteindre le cigare. Puis je me dirigeai simplement vers la porte, mes soldats me suivant.

— Attends, putain, attends ! hurla Santiago. Faisons un marché.

Je pris une grande respiration avant de me retourner.

— Très bien. Nous allons rédiger les papiers et ils seront dans ton bureau demain. Néanmoins, il me faut un geste de bonne volonté. Après tout, je n'ai pas fait 1 000 kilomètres rien que pour… ça.

Il restait assis mais je pouvais sentir sa haine.

— Quel genre de geste ?

— Je suis certain que tu peux trouver quelque chose pour m'apaiser, dis-je en faisant un grand sourire.

Santiago montra du doigt le verre de cognac à moitié terminé, offrant finalement un sourire de son côté. Quand je refusai, son visage se décomposa.

— Très bien, dit-il en se levant.

Y avait-il un soupçon de tremblement dans sa main ? Peut-être.

— J'ai quelque chose pour toi.

Il garda le verre et le cigare dans ses mains en sortant de la pièce.

Je gloussai et retournai vers le demi-mur de béton orné, regardant les bâtiments exquis et colorés construits sur le côté de la falaise. De ce point de vue, la vue de la ville était magnifique. Malheureusement, la distance masquait les bâtiments en ruine et les aménagements vétustes.

Seuls les riches étaient capables de mener la grande vie, s'offrant les divers avantages que ce magnifique pays avait à offrir. Un homme comme Santiago jouissait de son statut plus que la plupart des gens, se vantant de sa bonne fortune sur presque tout le monde.

Sauf ceux qui faisaient partie de son cercle intime.

Au bout de cinq minutes, des bruits de pas retentirent, mais cette fois-ci, il y avait deux personnes. Je ne pris pas la peine de me retourner, anticipant une fabuleuse caisse de cigares ou peut-être une caisse de son alcool préféré.

— Miguel, je te présente ma fille, Valencia. Elle est la musicienne que tu as tant aimée écouter. Valencia, cet homme est un de mes associés les plus proches. Miguel Garcia. Il vient des USA.

Je me déplaçai jusqu'à ce que je sois capable de voir la porte. Santiago se tenait debout comme l'âne prétentieux qu'il était vraiment, tandis que la charmante femme qui se tenait à ses côtés avait une expression furieuse sur le visage. J'avais vu des photos d'elle dans ma quête pour apprendre chaque détail sordide sur cet homme, y compris ses faiblesses. Cependant, il n'avait jamais été mentionné qu'elle était une musicienne accomplie. Valencia était son seul enfant, du moins, légitime.

Elle était aussi incroyable que sa musique.

— Valencia. Quel prénom ravissant. Ravi de te rencontrer. Tu as un talent certain.

Elle acquiesça puis détourna le regard, le souffle court.

— Sois respectueuse, *pequena princessa*, cracha Santiago.

— Papa, je ne suis pas une princesse. Enchantée de vous rencontrer mais j'étais en train de m'entraîner. Puis-je partir ? demanda Valencia en croisant les bras.

— Je suis curieux de savoir à quel jeu tu joues, Santiago.

— Tu verras, Miguel. Je ne joue avec personne, dit-il avec dépit et colère.

Elle me jeta un regard brûlant, comme si elle était dégoûtée par mon apparence, restant silencieuse. Une bonne fille et une fille entièrement sous la coupe de son père.

Cette fille était belle, ses longs cheveux noirs tombant dans le bas de son dos, ses grands yeux bleus éblouissants. Ma bite frémit à la façon dont ses lèvres se pincèrent et je laissai mon regard se poser sur ses seins voluptueux, sa taille fine et ses hanches arrondies qui mettaient en valeur ses longues jambes sexy. Même dans sa simple robe bleu cobalt qui épousait chaque courbe, elle était splendide.

Santiago s'approcha de moi, une expression bizarre sur le visage.

— Tu voulais un geste de bonne volonté. Voilà. C'est quelque chose de remarquable, non ?

J'étudiais son regard, la façon dont il faisait des gestes vers Valencia, bouillonnant de colère. Je connaissais toutes sortes d'hommes, leur pouvoir leur permettant de présumer qu'ils possédaient une femme. J'abhorrais tout homme qui traitait les femmes avec autre chose que le plus grand respect. Je savais exactement ce qu'il offrait, et cette pensée me laissait un goût désagréable dans la bouche.

— Je te donne ma fille pour une nuit. Tu peux lui faire ce que tu veux mais attention, elle est souvent désobéissante. Tu pourras la punir comme tu le souhaites.

— Papa ! cria-t-elle, pleine de rage. Je ne veux pas aller avec ce porc !

— Tais-toi ! Tu feras ce que je te dis de faire ! Tu me fais honte ! dit-il en beuglant comme un veau, le visage pincé par la rage. Tu feras passer un bon moment à notre invité et tu feras tout ce qu'il dit, compris ? termina-t-il.

Je retenais mon souffle ainsi que les mots méchants prêts à jaillir de ma bouche. Malgré toute ma bravade, cet homme avait repris le dessus. Refuser serait considéré comme une atteinte à l'honneur de l'homme. Il offrait son cadeau le plus précieux, un cadeau que je serais obligé d'accepter. Je compris alors qu'un jour, j'étriperais ce porc sans cœur, profitant de chaque instant pour le voir se tordre de douleur.

— Non, papa ! *No hare esto !* cracha-t-elle.

— Pas en espagnol. Notre invité n'aime pas parler dans notre langue et tu feras tout ce qu'il te demandera. Compris ?

— Non, je ne *veux* pas, répéta-t-elle. Il est répugnant !

Santiago lui fit face, levant la main qui tenait le cigare de manière à suggérer une gifle du revers.

Hargneux, je déboutonnai ma veste, m'approchai et m'assurai que ce connard remarquerait le Beretta placé dans ma ceinture.

— Pas besoin de faire des manières, Santiago. Je pense que Valencia appréciera ma compagnie pour ce soir.

Elle tourna la tête dans ma direction et à ma grande surprise, elle cracha sur le sol avant de partir en trombe.

— *Pequena perra !*

Qu'un père traite sa propre fille de petite salope me révoltait. Tous les poils de ma nuque se dressèrent, mes doigts me démangeaient de frapper le canon contre son front.

Envisager sa fin ultime était le seul moyen que j'avais de ne pas enrouler ma main autour de sa gorge.

Au lieu de laisser libre cours à ma rage, je pris une profonde inspiration avant de me déplacer devant lui.

— Je m'en occuperai correctement. Elle fera ce que je lui dirai, lui assurai-je.

Santiago grogna, la regardant fixement tandis qu'elle s'éloignait, ses talons claquant contre le carrelage, sans doute en accord avec les battements rapides de son cœur. Je dois admettre que je prenais plaisir à le voir mal à l'aise. Après quelques secondes, il sourit à nouveau, hochant plusieurs fois la tête en se tournant vers moi.

— Tu es un homme formidable, Miguel. Je suis certain que tu t'en occuperas bien, oui. Désolé pour son comportement. Comme tu le sais peut-être, c'est un peu une dure à cuire. Elle est très déterminée dans tout ce qu'elle fait et veut. Un peu comme sa mère.

— Rien qu'une bonne fessée ne puisse briser.

Il plissa les yeux et se rua vers la table, prenant mon verre dans sa main.

— Très bonne idée. Partageons un verre à notre amitié et nos futures affaires.

Le sang qui coulait dans mes veines était glacé, même si l'électricité qui parcourait tout mon système bourdonnait de besoin. Je pris la boisson, buvant une gorgée tout en l'étudiant et en observant le tic nerveux qui apparaissait brièvement au coin de sa bouche.

— Prends soin d'elle, s'il te plaît. J'ai beaucoup d'ennemis et certains n'hésiteraient pas à lui faire du mal.

Son armure avait une faille. Bon à savoir. Je lui fis un signe de tête respectueux.

— Je la protégerai au péril de ma vie, s'il le faut. Ceux qui essayeront de me trahir mourront. Je pense que tu sais de quoi je suis capable.

Il semblait soulagé, le souffle toujours court.

— Oui, oui, je sais.

— Parfait. Pour ce qui est de nos affaires, je te conseille de suivre ce que je t'ai dit. Sinon, je te prendrai ce qui t'est le plus précieux.

— Et c'est quoi ? demanda Santiago, à nouveau plein d'arrogance.

Je finis le verre, laissant la base épaisse frapper la table basse avec un bruit sourd, et me dirigeai vers la porte. Je m'arrêtai suffisamment longtemps, mais je ne fis qu'incliner ma tête, me permettant de voir le blanc de ses yeux.

— Ta fille.

Ce soir, ce n'était pas ce que j'attendais, mais je l'utiliserais comme bon me semblerait. Cependant, il y aurait un moment où Santiago paierait pour cette atrocité.

Valencia.

Son joli nom roulait sur ma langue, sa silhouette en forme de sablier suscitant des désirs impliquant des actes sombres et odieux. Elle ne comprenait manifestement pas à qui elle avait été vendue pour une nuit, son attitude hautaine et rebelle m'intriguait. Après les quelques paroles enflammées prononcées par Santiago, la jeune fille avait manifestement acquiescé, attendant maintenant patiemment juste devant la porte d'entrée.

Elle avait changé de tenue, sa robe cramoisie flamboyante étant beaucoup plus à mon goût tout en accentuant la beauté que Dieu lui avait donnée. Ses longs cheveux étaient attachés en une queue de cheval lâche, les mèches luxueuses scintillant à la lueur des bougies. Elle se tenait debout, une main sur sa hanche, et regardait partout dans le paysage, mais dans ma direction.

Je devais admettre que la briser serait très excitant.

Ni ma queue, ni mes désirs ne seraient repoussés.

Je sortis doucement de la Ferrari de location, prenant mon temps pour me diriger vers elle. Alors que je montais les escaliers, elle bailla, attendant deux bonnes secondes avant de se couvrir la bouche.

J'attrapais son poignet, la rapprochant de moi, la dominant.

— Je suis peut-être répugnant pour toi mais je te garantis que cette nuit, tu seras à moi. Toute. La. Nuit. Tu feras ce que je te dis de faire et tu ne poseras pas de soucis. Si tu désobéis, une punition suivra. Ai-je été clair, ma princesse ?

Elle serra la mâchoire, essayant de me faire la lâcher.

— Je ne suis pas ta princesse, imbécile, et n'ose même pas me parler comme ça.

Je baissai la tête, suffisamment pour qu'elle puisse sentir mon parfum et mon souffle cascader sur sa peau.

— Je te parlerai comme je le veux. Plus vite tu te rendras compte que c'est moi qui dirige, plus facile ça sera pour toi.

— Tu me menaces, moi, la fille de l'homme le plus riche de Cuba ?

Si j'appréciais mieux que quiconque de me mesurer à une femme, mon sang battant déjà la chamade, je n'avais aucune envie de continuer à jouer à des jeux inutiles.

— Je ne fais jamais de menace, ma princesse. Seulement des promesses.

Je l'embrassai sur la bouche, et je passai immédiatement ma langue sur ses lèvres tachées de rubis.

Valencia frappa mon torse de son poing, gémissant et se tortillant jusqu'à ce que je passe mon bras autour de sa taille pour la maintenir en place.

En quelques secondes, son poing s'ouvrit, ses doigts s'enfoncèrent dans ma veste, ses gémissements de colère devinrent des gémissements de passion. Elle tremblait dans mes bras, sans doute un mélange de peur et de faim. Son goût était la douce et simple ambroisie des dieux. Je ne perdis pas de temps à dominer sa langue tandis que je respirais son parfum exotique, l'odeur bien trop enivrante.

Ma bite me faisait mal au point que la fermeture Éclair de mon pantalon me mordait, me rappelant que je n'avais été avec personne depuis très longtemps. Je n'avais pas de temps pour la passion dans ma vie, pas de désir de prétendre que je n'étais pas insensible. J'allais profiter de ce cadeau avec chaque once de mon être.

Alors que je brisais le baiser, elle bascula sur ses orteils, les paupières à moitié fermées.

— Maintenant, tu viens avec moi. Tu vas passer un bon moment. Ensuite, tu ne me verras plus jamais.

— Hum…

Valencia sembla se ressaisir, en faisant un pas en arrière maladroit. Même dans le crépuscule de la soirée, je pouvais voir qu'elle avait roulé des yeux.

— Nous verrons ça, monsieur Garcia. Je ne suis pas une femme comme les autres. Qui se frotte à moi, se pique.

J'ai su à ce moment-là que cette boule de feu vivace serait à moi.

À moi de la goûter.

À moi de la prendre.

À moi de la posséder.

Pour toujours.

CHAPITRE 2

alencia

Estupido.

Il y avait plusieurs autres vilains mots qui me traversaient l'esprit à propos de cet Américain culotté, à part trou du cul, mais ça suffirait pour l'instant. Ce mâle nommé Miguel pensait qu'il pouvait venir dans mon pays, sous le toit de mon père, et exiger tout ce qu'il voulait. De moi. Je n'étais plus choquée, la seule émotion qui me restait était la rage.

J'aurais pu arracher les yeux de Miguel avec mon petit doigt.

Malheureusement, il était aussi, sans aucun doute, l'un des hommes les plus séduisants que j'aie jamais vus : de luxueux cheveux noirs qui dépassaient juste du col de sa chemise, une peau de la couleur d'un riche lait d'amande, et un corps trié sur le volet par une glorieuse créature des cieux. Rien que de penser à lui, une tache humide se formait sur ma culotte en dentelle, et le ton de sa voix de baryton profonde forçait mes tétons à former des pics durs.

— Où allons-nous ? demandai-je alors qu'il prenait ma main, m'emmenant vers la voiture de luxe.

Si cet homme essayait de m'impressionner, il avait échoué.

Enfin, presque. La sensation de ses muscles ciselés, même à travers la veste en lin fin, était fabuleuse. Je ne pouvais qu'imaginer à quel point le reste de son corps devait être beau et musclé. Je sifflais dans mon souffle, dégoûtée de ressentir autre chose que de la haine pour cet homme. Je n'étais pas une monnaie d'échange dans l'entreprise commerciale qu'il tentait de conclure avec mon père.

Juste avant d'ouvrir la porte du côté passager, il passa son pouce sur ma mâchoire, ses narines se dilatant. Je ne pouvais qu'imaginer ce qu'il pensait. Je frissonnais alors que l'électricité montait en flèche entre nous, mon cœur s'emballait, me laissant étourdie. Mon dégoût se transforma en honte et je détournai la tête.

Je refusai de le regarder alors qu'il montait dans la voiture, mais chaque parcelle de ma peau était en feu. Maudit soit cet homme. Le grondement du moteur entre mes jambes me rappelait à quel point j'étais seule.

— Attache-toi, ma princesse. Ça va décoiffer.

Cet homme était un vrai fou. Il sortit de l'allée en trombe, manquant de peu une voiture qui venait en sens inverse, les pneus dérapant alors qu'il tournait à toute allure. Au fur et à mesure qu'il prenait les virages, je me rendais bien compte qu'il était un conducteur expérimenté, ce qui était surprenant étant donné que je le prenais pour un voyou. Mais tous les machos des États-Unis ne conduisaient-ils pas des voitures rapides pour compenser leurs petites bites ? Cette pensée me fit sourire.

— Cela fait combien de temps que tu joues de cet instrument ? demanda le porc à côté de moi.

— Ce n'est pas important. On n'est pas là pour discuter.

Miguel soupira, se concentrant sur sa conduite pendant quelques minutes. Je ne pouvais m'empêcher de jeter des coups d'œil dans sa direction. Tout en lui empestait le danger, sombre et délicieux, ce que toute petite fille désirait. Je pressais mes doigts sur ma bouche pour masquer le frémissement de ma lèvre inférieure. J'étais déterminée à passer la nuit sans aucun sentiment ni émotion.

Ensuite, je pourrais retourner à ma musique, la seule chose que j'aimais.

— Tu réponds quand je pose une question, ma princesse. La prochaine fois que tu désobéis, tu prendras une fessée.

Mon Dieu, le cran de cet enfoiré. Je me mordillais la lèvre inférieure, essayant de maîtriser mes nerfs.

— Tu n'oserais pas, dis-je pleine de colère. Tu es un abruti.

— Une aussi jolie fille ne devrait pas dire de gros mots, dit-il en sortant de la voiture et en me sortant de la voiture.

— Qu'est-ce que…Tu fais ?

— Je vais te donner une bonne leçon. Tu veux faire la peste ? Je vais te traiter comme une peste.

Ce fumier me poussa vers le devant de la voiture.

— Non, non !

— Penche-toi et soulève ta robe, m'ordonna Miguel, débouclant sa ceinture.

Je voulais répliquer, complètement choquée par ce qu'il me demandait de faire. Alors que plusieurs voitures passaient en trombe, toutes klaxonnant, je tremblais de tous mes membres.

— Non…

— Tu as le choix de refuser mais la suite ne va pas te plaire.

Cet homme allait vraiment me donner une fessée. J'étais abasourdie, malade, mais pour une raison folle, j'obéis. Une gêne horrible me traversa tandis que je faisais ce qu'on me disait, soulevant ma robe jusqu'à la taille et me penchant en avant, posant mes mains sur le capot. Je remarquai qu'un autre véhicule s'était arrêté derrière nous, sans doute les voyous que j'avais vus à la maison. Je me rendis compte que mon cul était très visible, étant donné que je portais un string. L'humiliation était sans fin.

— Maintenant, c'est simplement une leçon et j'espère que tu apprendras vite. Vingt fessées.

Sa voix douce et veloutée suffit à faire entrer dans mon esprit des images dégoûtantes et tordues de son corps nu.

Je fermai les yeux, ignorant les sifflements des autres véhicules. Je n'étais pas tout à fait certaine de ce à quoi je devais me préparer. Je n'avais jamais reçu de fessée de ma vie.

— Ah, hey ! Je te garantis que ça va faire mal, ma princesse.

J'entendis le son de sa ceinture même par-dessus le bruit des moteurs et des freins, des sifflets et des cris. Je réprimai un cri au moment où le cuir claqua contre mon postérieur, mais je sentais très peu de sensations, seulement une impression de malaise. Peut-être que je me concentrais sur mon humiliation. Si quelqu'un me reconnaissait, je n'oublierais jamais ça.

Je ne pouvais pas imaginer que mon père ne serait pas furieux.

Mais bon, c'est lui qui avait dit à Miguel de me discipliner. Je frémis à cette idée, retenant ma respiration alors qu'un autre bruit de sifflement se produisait. Cette fois, la douleur traversa mes fesses jusqu'à l'arrière de mes jambes en quelques secondes. Je me levai d'un coup, balançant la tête alors que je faisais tout pour retenir un cri. La dernière chose que je voulais faire était de montrer à quel point j'étais mal à l'aise.

Pas à ce connard.

Pas à un homme qui pensait me posséder.

Pas à ce Portoricain sexy et dominateur qui faisait grésiller toutes mes cellules.

J'étais furieuse contre moi-même d'avoir pensé de la sorte, de l'avoir imaginé autrement que comme un horrible connard, une personne modelée sur mon père dominateur.

Quand il en lança quatre autres, l'un après l'autre, je ne pus retenir mes gémissements.

Ou les jurons qui quittaient facilement ma bouche.

— Sale connard. Sale bâtard. Sale enculé. Sale trou du cul.

— Il va falloir que je te nettoie la bouche au savon, aussi, dit-il tout tranquillement, comme s'il me dominait depuis des années.

Je levai les jambes, me tortillant dans tous les sens jusqu'à ce qu'il pose sa main sur le bas de mon dos. Je pris de grandes respirations, refoulant mes émotions alors qu'il frottait ses doigts sur mes fesses, glissant d'avant en arrière. Je frissonnais de partout, à la fois à cause de l'humiliation et de l'augmentation de mon désir, l'humidité entre mes jambes lissant l'intérieur de mes cuisses. Je voulais crier et le supplier d'arrêter, mais pour une raison folle, la combinaison de la douleur et du plaisir ne ressemblait à rien de ce que je n'avais jamais connu.

— Tu te débrouilles super bien, chuchota-t-il, le son rauque de sa voix comme les vibrations les plus douces glissant dans chaque partie de mon corps.

Je voulais répliquer, dire des mots encore plus méchants, mais je réalisais que je tombais dans une sorte d'hypnose.

— Euh...

— Et si tu répondais plutôt : oui, monsieur.

— Euh...Okay... Je veux dire, oui, monsieur.

Les mots quittaient à peine ma bouche.

Lorsqu'il me fessa encore et encore, je gémissais, clignant plusieurs fois des yeux pour ne pas verser de larmes. À la seconde où l'épaisse lanière frappa le haut de mes cuisses, je retins mon souffle, priant pour que ce soit terminé.

La fessée continuait et tout ce que j'entendais était un bourdonnement dans mes oreilles. Tout était flou, mon esprit était en ébullition. Comment avais-je pu apprécier cela ? Comment pouvais-je tolérer que cet... homme me fasse quelque chose ?

— On a terminé, dit-il en me relâchant de sa prise et remettant ma robe correctement. Maintenant, en voiture. Et comporte-toi bien. C'est un conseil que je te donne.

— Oui, oui, monsieur.

Les mots sortaient maintenant comme de l'acide, un sifflement glissant de mes lèvres.

Mais une fois encore, je fis ce qu'on me demandait, m'efforçant d'avancer vers la voiture, les jambes flageolantes.

Lorsqu'il revint à sa place, il resta silencieux pendant une bonne minute avant de reprendre la route.

— On va recommencer depuis le début, ma princesse. Pourquoi est-ce que tu aimes autant jouer de la musique ?

Il faisait comme si de rien n'était. Je me léchais les lèvres et à chaque mouvement de mon siège, mes fesses me brûlaient. Je pris plusieurs respirations superficielles, résignée à l'idée qu'une petite conversation valait mieux qu'une autre série.

— Okay, bon. J'ai commencé le piano à 3 ans avec ma mère. À 5, j'ai appris le violon et à 7, le violoncelle. Depuis ce temps, je joue.

Les souvenirs étaient si doux, la musique était mon seul réconfort.

— Une vraie prodige. Ton père doit être fier de toi.

— Mon père n'en a rien à foutre de moi, coupai-je. Désolée. La musique, c'est toute ma vie.

— Je vois ça. Tu as déjà joué dans un orchestre ?

— Parfois, quand j'avais le droit, dis-je avec dépit. Il m'a menacée plusieurs fois de me prendre mon instrument et de le casser. Cela n'arrivera jamais. Je le tuerai avant qu'il n'y touche, dis-je en soupirant.

Je n'avais rien dit d'aussi violent et surtout pas un à un inconnu.

— Je retire ce que j'ai dit, tu n'as rien entendu.

Miguel rigola, ses yeux observant l'horizon.

— On dirait que ton père est un porc et ne t'inquiète pas, dis tout ce que tu veux avec moi. Il n'y a pas de vie dans les yeux de ton père.

Je secouais la tête, repoussant des horribles pensées de ma tête.

— Je suis même sur un CD, en solo. Mais il s'en fiche.

— Tu veux dire, le CD qu'il a fait jouer quand j'étais là ? Peut-être qu'il ne s'en fiche pas.

— C'est juste pour le show, ça. Rien de plus.

La tension était palpable. Qu'étais-je censée dire à cet homme ? Nous n'avions rien en commun. C'était un parfait inconnu que j'étais censée divertir. J'étais dégoûtée à cette idée. Je savais ce que ce gars voulait. C'était la même chose que tous les autres hommes que j'avais connus dans ma vie.

— Où voudrais-tu aller ? demanda-t-il, appuyant sur chaque syllabe.

Il me déshabilla complètement du regard, s'arrêtant sur ma poitrine, ce qui me déclencha une vague de frissons jusqu'entre les jambes.

— Allons danser, dis-je comme ça.

Un endroit public, que je puisse m'enfuir.

— Je pense que tu sais danser, non ? On ne sait jamais avec vous, les Américains. Certains sont bons, d'autres nuls.

Il était impossible de dire si mes mots méchants l'avaient dérangé ou non. En fait, même au clair de lune, je pouvais voir la lueur dans ses yeux. Il pensait que c'était drôle.

— Danser hein ? Je connais l'endroit idéal.

Je savais exactement où il allait m'emmener, dans la boîte de nuit la plus chic de la ville. Si je devais passer du temps avec ce sale type pompeux, il dépenserait beaucoup de dollars pour moi. Bien que je ne sois pas une fille de club, sortant seulement à de rares occasions avec mes amies, je ne pouvais pas imaginer un meilleur endroit pour essayer de passer la nuit.

Je remarquais le même jeu de phares derrière nous, capable de suivre le rythme. J'avais vu les deux hommes attendre comme des soldats sans cervelle dans la maison de mon père.

— Tu as peur de quelque chose, Miguel ? Tu as toujours tes gardes avec toi ?

Il me lança à peine un regard alors qu'il serrait encore plus fort le volant.

— J'ai des ennemis partout, Valencia. Il y a beaucoup de gens qui se feraient un plaisir de me tuer. C'est la loi de la jungle.

Je gloussai, croisant les bras et regardant par la fenêtre du passager. Pour qui cet homme se prenait-il ?

Les lumières vives de La Havane apparaissaient, la nuit grésillante commençant tout juste à s'animer.

Quand il fit un arrêt au milieu de la route, je fus surprise. D'autant plus qu'il me jetait un regard plein de convoitise.

— Où allons-nous, ma princesse ?

Une autre vague de colère envahit mon corps, bloquant les mots alors que je prononçais une adresse. Il se contenta de hocher la tête, me jetant un autre regard intense avant d'appuyer sur l'accélérateur. En quelques minutes, il gara la voiture juste devant le club, laissant le moteur tourner pendant qu'il sortait. Je remarquai sa démarche, comme s'il s'agissait d'un homme important, et soufflai.

Comment j'étais censée passer cette nuit ? Il n'y avait aucune chance que mon père sache quel genre d'homme il était.

Pendant que le valet ouvrait la porte, Miguel repoussa l'homme jusqu'à ce qu'il ait ses doigts enroulés autour des miens. Il n'y a pas eu de question sur le fait de savoir si nous allions être autorisés à entrer. Miguel fit simplement un signe de la main aux videurs, comme si l'endroit lui appartenait, et passa devant la file de ceux qui espéraient entrer.

Alors que mon père m'autorisait rarement à sortir avec des hommes, ceux qui m'avaient emmenée n'en avaient certainement pas l'influence ou l'arrogance.

— Voudrais-tu un verre ? demanda-t-il en observant la populace.

— Non, pas encore. Et ça sera un champagne. Mais d'abord, j'ai envie de danser.

Je ne l'attendis pas, profitant de l'occasion pour me détacher et me rendre sur la piste de danse aux couleurs vives. Des néons pulsaient tout autour, y compris sur le vaste sol carrelé. La musique était électrique, le rythme latino était exactement ce dont j'avais besoin.

Je fus surprise de constater qu'il n'avait pas traîné derrière moi comme un toutou, mais qu'il avait plutôt pris place à la table la plus proche de la piste de danse. En quelques secondes, il fut approché par un serveur et pendant tout ce temps, il garda les yeux rivés sur moi. Bien. Je savais que cet homme ne serait pas capable de danser. Les trous du cul ne le font jamais.

Je commençais à bouger en rythme, laissant mon corps se balancer au rythme de la musique et je fermais les yeux. Je pouvais sentir les corps chauds qui m'entouraient, encombrant mon espace. Quand je rouvris enfin les yeux, il y avait plusieurs hommes qui me regardaient, affamés.

Dont Miguel, dont la présence imposante attirait l'attention des admirateurs. Il était formidable à tous égards, son apparence suave le distinguant complètement des autres. Alors que son expression était amusée, tout le reste évoquait la domination.

Pour lui, je n'étais rien d'autre qu'un trophée à prendre.

Je n'avais jamais été une allumeuse, j'avais été élevée pour être une dame sophistiquée, mais ce soir toutes les règles devaient être brisées. Et donc je dansais d'une manière provocante, jetant toutes les précautions au vent. Je lui offris mon sourire le plus séduisant, m'approchant de plus en plus de la balustrade séparant la piste de danse de la zone assise. Alors que je m'agrippais au métal épais, l'utilisant comme un accessoire et faisant tournoyer mes hanches, il semblait plus intrigué, s'avançant dans le fauteuil.

Je me léchais les lèvres de manière exagérée tandis que je balayais mes paumes de mains de mes seins à mes hanches, tout en gardant un rythme parfait. Mes fesses continuaient à palpiter mais pour une raison folle, l'inconfort ne faisait qu'ajouter à mes mouvements de séduction. Il n'y avait pas un seul homme dans la salle qui n'était pas attentif, tous espérant une opportunité pour une danse. Ils devraient attendre leur tour. Si cet homme voulait un spectacle, je lui en donnais un.

Je laissais mes mouvements de danse devenir encore plus séduisants, pour finalement lui faire signe d'un seul doigt. Sa réaction ? Le même regard dur et froid, comme s'il regardait au plus profond de moi. Je savais exactement ce qu'il pensait.

Il voulait me dévorer.

Plutôt crever.

Comme il refusait de bouger, je m'enfonçai encore plus profondément dans la foule, permettant finalement à deux de mes prétendants de danser tout près, leurs corps chauds calés contre le mien. Le rythme de la musique était puissant, les basses faisaient vibrer chaque centimètre de mon corps. Alors que les hommes exprimaient leurs désirs, leurs mains et leurs doigts effleurant certaines parties de mon corps, j'étais déstabilisée par le fait que je ne pouvais penser qu'à Miguel.

Pourquoi ?

Pourquoi le trouvais-je attirant ? Parce que c'était un mauvais garçon qui essayait de faire ses preuves auprès de mon père, un homme dangereux ? Je me détournais complètement de lui, me concentrant sur mon plaisir.

Jusqu'à ce qu'une main se glisse autour de mon cou, les doigts se serrant de manière possessive. Son odeur était incroyable, déclenchant une pluie de chair de poule en cascade sur ma peau.

Miguel me fit tourner pour me mettre face à lui et le regard calculé qu'il lança aux deux hommes en disait long. C'était un homme avec lequel il ne fallait pas se frotter, surtout pour une femme.

Il n'y avait pas de manière précise de décrire ce que je ressentais dans ses bras musclés, son emprise puissante alors qu'il bougeait en rythme, m'emmenant simplement avec lui. Il était plus qu'un danseur impressionnant, il était incroyable et entraîné, ses mouvements correspondaient à ce personnage sexy et dangereux. Il avait le contrôle total, me tournant et me retournant.

Et me laissant sans souffle.

Chaque partie de moi frissonnait alors qu'il me tirait vers lui jusqu'à ce que nos lèvres se touchent presque. Le poids de ses doigts autour de mon cou était chaud et invitant, m'entraînant dans un sombre tissage de désir que je n'avais jamais connu auparavant.

Lorsque la chanson se termina enfin, le nombre de personnes donnant leur approbation bruyante fut surprenant. Il y avait quelque chose en lui qui me troublait pour des raisons qui n'avaient rien à voir avec le marché qu'il avait forcé mon père à conclure. Ou mon attirance. Ou le fait qu'il m'ait donné une fessée comme une mauvaise petite fille. Mon instinct me disait que cet homme pouvait signifier la fin de ma famille. Soudain, je fus remplie d'appréhension, ma gorge se serrait.

— *Te deseo. Te anhelo,* chuchota-t-il dans mon oreille, posant doucement ses lèvres sur ma joue.

Je te veux. J'ai envie de toi.

Ses mots étaient dits d'une telle manière que mon souffle fut coupé, des sensations éblouissantes surgissant dans tout mon corps. Ma culotte était trempée et il n'y avait aucun doute qu'il avait senti l'odeur de mon excitation.

Il me conduisit à la table, ses gestes étant aussi autoritaires qu'auparavant. Le deuxième verre positionné devant l'autre chaise me mit hors de moi.

— J'ai commandé pour toi. J'imagine que tu apprécies le Bombay.

Comment savait-il ce que j'aimais boire ? Mon cœur accéléra encore plus.

— Je t'ai dit que je préférais le champagne.

— Intéressant, mais je crois que tu mens. Et je n'aime pas quand on me ment, dit-il avec autorité.

J'osais regarder dans ses yeux, capable de voir l'obscurité cachée juste sous la surface. C'était un homme compliqué, qui se cachait derrière sa bravade. J'avais vu ses soldats. Je savais qu'ils rôdaient en arrière-plan, attendant juste de lui venir en aide. J'étais aussi consciente de l'arme qu'il portait, juste un autre rappel de sa réelle dangerosité.

— Euh…Très bien. Si ça ne te dérange pas, je vais me rafraîchir.

— Mais bien sûr, dit-il avec sa voix de baryton. Sois simplement une gentille fille, Valencia. Rappelle-toi que sinon, je te punirai, ici, dans cet établissement.

Je lui offris un sourire fuyant avant de lui faire un clin d'œil, mes jambes tremblant alors que je me dirigeais vers les toilettes. Je me sentis soudain claustrophobe, essayant de reprendre mon souffle alors que des étoiles flottaient devant mes yeux. Le temps que j'atteigne la porte des toilettes, une nouvelle vague de rage enfla en moi. Comment osait-il penser qu'il pouvait commander une boisson ou agir comme si j'étais déjà sa possession. Il n'en avait pas le droit. Il ne méritait pas de passer une minute de plus avec moi.

Après avoir jeté un coup d'œil à mon reflet, je repris mes esprits. Il devait y avoir un moyen de m'éclipser sans être vue. Je n'allais pas passer une minute de plus avec ce connard arrogant. La fille qui me regardait fixement à travers le miroir avait les yeux écarquillés, impatiente de reprendre sa vie en main. Je m'aspergeai d'eau et pris plusieurs grandes respirations. Mes doigts tâtonnaient à la recherche de mon rouge à lèvres, épongeant les coins avant de lisser mes cheveux. Je gardais la tête haute en marchant vers la porte, comptant jusqu'à trois avant d'ouvrir et de passer la tête dehors.

Il y avait bien quelques personnes qui allaient et venaient, mais aucune ne ressemblait à Miguel. Je jetai un rapide coup d'œil dans les deux directions et le fait de voir un panneau de sortie me donna un sentiment de soulagement. Je restai près du mur en me frayant un chemin parmi plusieurs clients, dont deux appréciaient beaucoup trop cette proximité.

La main sur la porte, je savais que quelqu'un pourrait m'emmener.

— Je ne pense pas que ce soit une bonne idée de faire ça, ma princesse.

Son ton rauque fit vibrer mes nerfs, sa simple présence créant une vague de désir. Je retins un cri lorsqu'il utilisa son corps pour pousser le mien contre le mur, plaçant ses mains de chaque côté de moi.

— J'ai fait la promesse à ton père de te protéger et de m'occuper de toi et je vais m'acquitter de ma tâche, peu importe les difficultés. Tu n'es pas en sécurité, dit Miguel avec dépit.

— À cause de toi, j'imagine.

Je pouvais voir dans son regard que ce que je venais de lui dire l'avait fait tiquer.

— Tu as l'air aussi forte que ton père le prétend. Mais tu n'as pas la moindre idée de la dangerosité de son style de vie et du tien, surtout.

— Du danger ?

Je ris, en poussant ma main contre lui. Il était solide, mon action ne faisant rien d'autre que de l'irriter à nouveau.

— Tu es la seule créature dangereuse que je vois, Miguel. Tu as forcé mon père à m'abandonner pour une nuit. Qu'est-ce que tu as fait, tu as menacé sa vie ? Tu es un salaud.

Cette fois, mes actions furent trop rapides pour lui, la gifle dure sur son visage juste assez pour que sa tête soit projetée sur le côté.

Il prit plusieurs respirations profondes avant d'incliner sa tête pour me faire face, me dominant encore plus. La sensation de sa bite palpitante contre mon ventre était bien trop stimulante, ma culotte déjà humide était maintenant trempée. Je me détestais, mon corps me trahissait totalement.

— Tu penses que j'ai forcé ton père à te livrer, comme une partie de notre transaction ?

Je soupirai, essayant de le regarder dans les yeux.

— Oui. Absolument. Tu es un monstre et je ne suis pas à vendre.

Se redressant, il émit une série de grognements graves, le son étant plus effrayant que l'homme.

— Je n'ai rien demandé pour ce soir, ma princesse. Je ne voulais qu'un geste de bonne volonté, pas le corps de sa fille. Il t'a offert sous couvert de réconciliation pour sa traîtrise et rien de plus. Néanmoins, pense bien que quand quelque chose est à moi, je le garde.

— Je ne te crois pas !

J'étais choquée, malade de ce qu'il venait de dire. Et si c'était la vérité ? Est-ce que mon père était démoniaque au point de me vendre pour la soirée à un monstre ?

— Crois ce que tu veux mais, écoute bien ça. Je n'ai pas proposé ce marché. C'est lui qui l'a fait. Il m'a donné la permission de satisfaire mes désirs avec toi et de te discipliner. En retour, j'ai promis de te garder en vie.

Ces mots étaient atroces à entendre. Je n'allais pas pouvoir m'échapper. Pas ce soir.

Peut-être jamais.

— Tu es horrible, crachai-je, essayant de m'écarter de lui.

— Et tu m'as désobéi. C'est inacceptable. Je vois que tu n'as pas bien compris ta première leçon.

— Je n'ai pas besoin de leçon d'un homme comme toi.

Miguel secoua la tête avant de me prendre la main et de m'emmener dans les toilettes.

— Chaque acte à ses conséquences. Cela s'applique à toi, même si tu as du mal à y croire.

J'essayais avec toute ma force de le faire me lâcher.

— Fous-moi la paix !

— Je regrette mais ça ne va pas arriver. Il va te falloir une bonne leçon. Peut-être que tu es la maîtresse de maison chez ton père mais tu ne feras pas ce que tu veux avec moi. Je suis ton maître pour ce soir.

Il me poussa sur le bord du comptoir, tirant immédiatement ma robe jusqu'à ma taille. Il passa la main sur la fine ficelle nichée entre mes fesses, un grognement différent et bien plus primaire s'échappant de ses lèvres.

— Non, non ! dis-je à peine, tellement j'étais excitée. Tu ne vas pas encore me fesser, espèce de dingue !

Le regard sévère, il garda une main appuyée sur le bas de mon dos pendant qu'il détachait sa ceinture.

— Vu que nous sommes dans un endroit public, je vais te laisser garder ta robe. Tu vas apprendre une bonne leçon. Par contre, la prochaine, fois, non seulement, tu seras cul nu, mais en plus, tu seras toute nue.

Quoi ? Ce bâtard pensait qu'il y aurait une autre fois ? Je l'aurais tué avant.

J'étais choquée, mortifiée, et incapable de parler ou même d'aligner deux mots cohérents. Je ne pouvais pas croire qu'il pensait que c'était acceptable ici et maintenant. C'était fou, écœurant.

— Tu n'as pas le droit…

Je le regardais, horrifiée, manœuvrer la ceinture, et finalement retirer l'épaisse lanière de cuir des passants de son pantalon. Voir l'action dans la lumière fit frémir mes jambes. À ce moment-là, deux autres femmes entrèrent dans les toilettes, leurs visages reflétant la surprise ainsi que quelque chose d'autre.

La luxure.

Mon Dieu, elles étaient excitées de voir cette brute se préparer à me donner une fessée. Comme une mauvaise petite fille. Je ne le méritais pas ! Je ne le méritais pas. Je donnai un coup de pied, le frappant dans les tibias et quand il saisit mes cheveux, me tirant la tête alors qu'il se penchait, je ne pus que gémir.

— Tu n'as pas le choix. Pas du tout. Je te conseille de rester en place ou la fessée sera encore pire. Ce n'est pas le moment de faire la brave. Tu aurais pu te faire kidnapper ou tuer. Tu n'as aucune idée de qui est ton père ni de qui sont ses clients et associés. Ses ennemis aimeraient t'attraper en pleine rue et te séquestrer dans une maison sordide pour te torturer. Et si ton père refusait de payer une rançon, tu ne reverrais jamais la lumière du jour. C'est avec ce genre de type que ton père bosse.

— Toi aussi, alors ?

Miguel rit en tirant les derniers centimètres, libérant la sangle. Le craquement sec lorsque l'extrémité toucha le sol me fit sursauter, mais pire encore, j'étais excitée, mes tétons étaient gonflés et excités. Même l'odeur de mon jus de chatte coulant dans ma culotte... C'était bien trop gênant pour y penser.

— Oh, non. Ça fait de moi ton sauveur.

Mon sauveur. Je fermai les yeux alors qu'il écartait mes pieds et la façon dont il passa sa main sur mes fesses nues créa un nouveau tremblement dans tout mon corps. Je ne pouvais pas faire ça. Je n'étais pas ce genre de fille.

— 30 fessées devraient suffire pour ta punition. Sinon, je recommencerai.

30 ? Je ne pourrais pas le supporter, pas après les vingt de tout à l'heure. En gémissant, je vis la porte s'ouvrir à nouveau, le bruit du club filtrant tout autour de nous, les voix choquées des clients humiliantes à souhait. Je ne pouvais pas croire qu'il faisait ça dans un lieu public.

Quand la première fessée s'abattit sur mes fesses, je couinai plus à cause du choc que de la douleur. Quand il en donna une deuxième et une troisième, chaque centimètre de ma peau bourdonnait d'électricité, créant des pulsations sauvages dans mon sang. Je sentais la chaleur comme avant, mes fesses étaient déjà en feu.

Je n'oublierais jamais le bruit, le claquement de son poignet ou le sifflement du cuir dans l'air. Lorsqu'il donna le quatrième et le cinquième coup, l'angoisse monta d'un cran, remontant de mes orteils et explosant sur mes fesses.

— Oh mon Dieu !

Mon cri fut interrompu par des rires alors qu'un autre groupe de filles entrait dans les toilettes.

— Eh beh… chuchota une femme.

— J'aimerais le même à la maison, dit une autre.

Je ne pouvais pas supporter de les regarder ou de me regarder, terrifiée à l'idée que la fille qui me regardait en retour ait de l'excitation sur le visage. Je me penchais en avant, ce moment de souffrance passé, sa caresse légère sur ma peau chaude m'apaisait.

Réconfortant.

Tentant.

Non. Non ! Je ne pouvais pas supporter ça. Je donnai un nouveau coup de pied, sans rien toucher. Je fus surprise par la douceur de son ton lorsqu'il me murmura à l'oreille.

— Tu as besoin de ça, tu aimes ça. Tu te débrouilles bien. Mais si tu t'amuses à refaire ça, on recommencera à 0.

Je retins un autre cri quand il recommença, une fessée après l'autre. Je tentai de me concentrer sur les sons alors que l'agonie s'amplifiait, stimulant chaque muscle et chaque cellule de mon corps. Je n'étais plus dans mon corps, je flottais simplement dans les airs, une fille regardant une autre être disciplinée pour un comportement aussi vilain.

— Oh, oh, oh !

Je pressais mon visage contre la vitre froide, essayant de me soulager, mais lorsqu'il fit claquer la sangle sur mes cuisses, je ne pus retenir un autre gémissement. Des larmes se formèrent dans mes yeux, mais je refusais de céder. Il n'allait pas voir le moindre concept de faiblesse chez moi. J'étais une femme forte et je l'avais toujours été.

Qu'il aille se faire voir.

Je le détestais.

Je le voulais.

J'avais envie de lui.

Il ne voulait pas s'arrêter, me fessant encore et encore. J'étais à bout de souffle, si vivante et pourtant si dégoûtée de moi-même. Comment avais-je pu désirer cela ? Comment pouvais-je apprécier une partie de cette horrible expérience ? Chaque centimètre de ma peau était en feu. Rien n'aurait pu me préparer à cela : la douleur et le concept de paix, la façon dont ma peau picotait.

Ou le désir qui éclatait au plus profond de moi.

Haletante, je ne réalisais pas qu'il s'était arrêté ou qu'il m'avait attirée dans ses bras, sa main pressée contre mon front. Puis je sentis sa bite palpiter à nouveau, poussant contre mon cul meurtri. Tant de désir.

Tellement de possession.

Rien ne semblait plus réel, juste ce moment dans le temps.

Il continua à bouger ses hanches, se déplaçant d'avant en arrière.

— Regarde-moi, m'ordonna-t-il.

Je fermai les yeux, refusant de croire à ce qu'il se passait.

— Non !

— Quand je donne un ordre, tu obéis. Compris ?

— Trou du cul d'Américain.

J'étais prête à lui lancer une pluie d'insultes en espagnol.

— Tu as raison. J'ai beaucoup de différents côtés, dit-il en rigolant.

— Il est mignon, ma jolie, dit une des femmes qui nous observait. *Carne de primera,* oh la la !

De la viande de premier choix. Il était plus comme une bête primitive. Je lui lançai un regard méchant, réalisant qu'elle avait la main à l'intérieur du corsage de sa robe, glissant ses doigts sur son téton. J'étais écœurée, incapable de m'empêcher de lui cracher dessus.

La fille se contenta de rouler des yeux, chuchotant à sa copine avant de se lécher les lèvres de manière exagérée. Si cette salope le voulait, elle pouvait l'avoir.

Ces mots semblaient le stimuler, ses yeux s'illuminant d'un feu sauvage de besoin. Il fit un pas en arrière, me poussant sur le comptoir une fois de plus.

Je tapais ma main sur le verre, regardant mon reflet et prenant plusieurs grandes respirations. Mais qu'est-ce qu'il faisait ? Je fus paralysée pendant un moment lorsque je me rendis compte qu'il était en train de défaire son pantalon, baissant lentement sa fermeture Éclair. Oh, mon Dieu. Cet homme allait me baiser. Ici même. Dans cet endroit maudit.

— N'y pense même pas ! Arrivai-je à peine à dire, mes yeux se dirigeant vers sa bite palpitante, là devant moi.

Soudainement, je sentis ma gorge se serrer, incapable de respirer correctement.

— Je t'ai déjà dit comment ça se passait avec moi, ma princesse. Et vu comme tu as l'air excitée, je sais que tu as envie de moi.

— Tu te trompes, espèce d'ordure !

Mon Dieu, oh, mon Dieu. Il avait raison. J'étais excitée, chaque cellule et chaque muscle de mon corps grésillant à cause de la chaleur rougeoyante qui se déplaçait entre nous. Ce n'était pas possible. C'était juste... Je ne pouvais pas finir mes mots, mes yeux étaient toujours fixés sur sa bite palpitante et ses boules gonflées. Je n'avais jamais vu une bite aussi longue et épaisse.

Tu ne veux pas ça. Tu ne peux pas vouloir ça.

Mais je le voulais.

Tu es une malade, une dégoûtante.

Mais je n'étais pas sûre de m'en soucier plus longtemps.

Le regard de prédateur sur son visage était peut-être la chose la plus dangereuse chez lui. Il savait que je ne pouvais rien faire, que je ne pouvais fuir nulle part. J'étais sa prisonnière.

Une. Nuit. Seulement.

Je tentais de tout bloquer alors qu'il se rapprochait de moi, mais quand il frotta le bout de sa queue de haut en bas de la fente de mon cul, je gémis.

— Non, je ne peux pas…

— Ton petit cul sera à moi, mais pas tout de suite.

Il entoura d'une main ma queue de cheval et s'en servit pour tirer ma tête sur le côté. Deux autres filles entrèrent, toutes deux hypnotisées par cet odieux spectacle, toutes deux prenant le temps de promener leurs yeux de haut en bas le long de son corps.

Je n'avais pas besoin d'entendre ce qu'elles disaient pour savoir. Elles voulaient être à ma place. Si seulement elles savaient ce que ma vie impliquait, les difficultés et les dangers. Si seulement.

Il lécha le côté de mon cou en glissant sa bite entre mes jambes. Me taquinant.

Me narguant.

J'étais encore plus humide qu'avant, ma culotte était maintenant trempée. Quand il fit glisser le tissu sur le côté, je retins un gémissement. Ça allait vraiment arriver.

— Ce n'est qu'un aperçu de qu'il va se passer, dit-il, toujours avec sa voix grave.

Et je le croyais.

Je retins mon souffle tandis qu'il faisait lentement glisser son gland au-delà de mes lèvres gonflées, ses épaules se soulevant tandis qu'il s'enfonçait d'un centimètre.

Chaque partie de moi était secouée et je pressais mes paumes contre la vitre, me préparant à son action sauvage. Il gardait la main sur mes cheveux et me regardait dans les yeux. Le même sourire complice. Les mêmes yeux scintillants qui pouvaient attirer n'importe qui dans sa toile de luxure.

Et je tombais amoureuse de la bête qui m'avait attirée dans sa tanière.

Au moment où il poussa le reste de sa bite en moi, mon souffle fut coupé. Nous étions soudainement dans le vide, dépourvus de tout concept de réalité. Il n'y avait personne d'autre dans la pièce, pas de musique qui résonnait dans le sol et les murs.

Il n'y avait que nous deux. Je n'entendais que le bruit de la baise, le claquement de la peau contre la peau alors qu'il me prenait aussi brutalement que je l'avais imaginé. Au lieu de l'horreur à laquelle je m'attendais, j'étais plongée dans un bonheur si doux, chaque partie de moi grésillant. Je voulais le combattre, rester fidèle à moi-même, mais je devais me rendre à l'évidence, je ne me reconnaissais plus.

Il grogna comme le vrai sauvage qu'il était, me pénétrant encore et encore, la force me poussant contre le comptoir. On haletait tous les deux, rien que des animaux sauvages qui s'accouplaient. Soudain, il y eut d'autres personnes dans la pièce, se pressant tout autour de nous, nous encourageant comme si c'était un événement sportif.

C'était surréaliste.

C'était fascinant.

C'était enthousiasmant.

La fille au fond de moi fut comme libérée, ne serait-ce qu'un instant, émettant des sons rauques tandis qu'il me baisait pendant plusieurs minutes. Je pouvais voir la tension sur son visage, les veines de son cou se gonflant alors qu'il essayait de retenir son orgasme.

— Oh mon Dieu, je...

Les mots sortirent de ma bouche, alimentant encore plus les filles qui nous entouraient. Ce ne devait être rien de plus qu'un rêve, une sorte de fantasme.

Ou un horrible cauchemar.

Je me retins de crier, choquée par l'orgasme qui me prit au dépourvu. Personne ne m'avait jamais fait jouir de cette façon. Jamais. Une série de chocs électriques me traversa, brûlant chaque terminaison nerveuse. Alors que les muscles de ma chatte se contractaient puis se relâchaient, je pouvais entendre le grognement profond qui sortait du plus profond de son être.

L'orgasme était intense, me coupant le souffle. Je tapai plusieurs fois sur le verre, consciente que je devais avoir l'air sauvage, une fille folle et rien de plus au lieu de la... Princesse.

Bien que je n'aie aucun contrôle sur cet homme ou sur le marché conclu, j'avais le contrôle sur ceci. Je serrais mes muscles.

Il n'y avait rien de tel que le son de sa voix lorsqu'il rejetait sa tête en arrière et rugissait comme la bête que je savais qu'il était. Je pris plusieurs grandes respirations, déplaçant mon regard vers les autres femmes.

Je ne voyais que de la jalousie.

J'avais envie de rire. Si seulement elles savaient de quoi elles étaient jalouses.

Miguel fit un pas en arrière en titubant, se passant les deux mains dans les cheveux. Je ne me serais jamais attendue à ce qu'il perde le contrôle.

Pas de cette manière.

Peut-être que j'étais sa faiblesse.

Je gardais cette pensée au fond de mon esprit.

J'attendis un peu avant d'ajuster ma robe, qu'il ait remis ses vêtements en place. L'armure d'acier et le masque derrière lesquels il se cachait étaient parfaitement intacts, sa respiration tout à fait normale. C'était comme si cela n'était jamais arrivé.

Quand il fit glisser ses doigts le long de ma colonne vertébrale, une autre vague de répulsion et de désir se précipita dans mon système.

La dichotomie était écœurante.

— Maintenant, tu vas marcher comme une dame et sortir d'ici comme une dame. Et ensuite, nous allons profiter tranquillement de la soirée à mon hôtel. Compris ?

Encore une fois, je n'avais pas le choix, pas la possibilité de lui refuser quoi que ce soit. Ce soir, je lui appartenais.

Mais il n'y aurait jamais d'autre fois.

CHAPITRE 3

Excitée.

Est-ce que toutes les femmes se sentaient comme ça avec Miguel ? Avaient-elles été la proie de son image de mauvais garçon cachée si habilement sous un beau paquet ?

Sophistiqué.

Musclé.

Sensuel.

Il était tout cela et bien plus encore.

Je pouvais encore sentir son odeur, comme s'il avait définitivement taché ma peau.

Il m'avait emmenée dans l'un des hôtels les plus chers de La Havane, un prix inaccessible pour quatre-vingt-dix pour cent des habitants du pays. Il était tout aussi privilégié que mon père.

Mais je n'en attendais pas moins d'un homme comme Miguel, une suite avec vue sur l'océan. Je savais sans aucun doute que tous ses caprices étaient satisfaits, je ne pouvais qu'imaginer le nombre de femmes qu'il avait séduites depuis son arrivée dans notre beau pays.

Alors que je sortais sur le balcon, l'air chaud et humide semblait plus rafraîchissant que d'habitude, mais chaque mouvement me rappelait ses punitions sévères.

Et l'humiliation que j'avais endurée.

Je n'avais jamais été du genre à pleurer pour quelque raison que ce soit, endurcie par ce que mon père appelait l'entraînement à la vie, mais ce soir, les larmes n'étaient pas loin. Tout ce que Miguel avait dit de mon père sonnait vrai, les accusations enfonçant un pieu dans mon cœur. Malgré tout l'amour que mon père exprimait profondément, je savais au fond de moi que j'avais été utilisée comme monnaie d'échange plus d'une fois. Ce moment avec cet homme était le plus grave.

Ce qui signifiait que mon père était désespéré. Peut-être que son règne touchait à sa fin, ses vrais ennemis cherchant à se venger de tous les actes misérables qui s'étaient produits au cours des dernières années. Je n'étais pas immunisée contre ceux qui l'avaient menacé, lui et sa famille. Le nombre d'agents de sécurité qui nous entouraient en permanence avait augmenté, ma liberté était verrouillée jusqu'à ce que je ne sois plus qu'un oiseau en cage.

Je me penchai davantage sur la balustrade en fer, respirant l'air doux et salé, aspirant à être quelqu'un d'autre. Pieds nus, je pouvais presque m'imaginer marcher près de la crête des eaux, enfonçant mes orteils dans le sable. Si seulement ma vie pouvait être normale, comme si j'avais la moindre idée de ce que cela signifiait vraiment. Malgré tout l'argent et le pouvoir que mon père avait accumulés, nous n'étions pas mieux lotis que les autres habitants de la ville.

Je ne pouvais pas imaginer ce que ma mère avait enduré au fil des ans, même si elle appréciait le style de vie et l'argent que le pouvoir de mon père avait apporté. Nous étions comme des rois alors que tant d'autres vivaient dans la pauvreté. Je voulais partir, trouver ma voie dans le monde, mais je savais que mon père ne le permettrait jamais.

Sauf si j'étais mariée à un homme convenable, ce qui signifiait apporter plus de richesse à la famille. J'avais ignoré les tirades impitoyables de mon père, la violence qui avait fait partie de ma vie. Oui, j'avais été protégée, mais je n'étais pas idiote. Je savais bien que mon père était un peu plus qu'un meurtrier, même si ses mains n'avaient jamais été souillées par le sang ou la saleté. Il n'avait jamais eu à faire un seul travail manuel de sa vie.

Je croisai les bras, frissonnant à l'idée que mon monde n'était rien de plus qu'une bulle de verre. Un jour, il y aurait quelqu'un qui réduirait en miettes la paix limitée ainsi que l'environnement luxueux.

Je sentais sa présence derrière moi, je sentais son eau de Cologne, un parfum masculin et exotique. Miguel était exactement comme mon père, c'est pourquoi je ne pouvais pas le supporter. Peu importe son pouvoir de séduction, je n'allais pas tomber amoureuse d'un homme qui avait des intentions cachées ou un penchant pour la violence.

Lorsqu'il se déplaça derrière moi, posant une coupe de champagne devant mon visage, je ne pus que soupirer. Ce n'était qu'une nuit. Je pouvais faire face. J'étais bien plus forte que de succomber à ses prouesses.

— Champagne. C'est ça que cette dame voulait.

Je pris le verre et à la seconde où nos doigts se touchèrent, un léger gémissement s'échappa de mes lèvres. J'étais dégoûtée par ma réaction, faisant de mon mieux pour étouffer toute émotion ainsi que le désir qui se développait.

En entendant sa respiration irrégulière, je voulais écraser la tige de cristal contre son visage, mais j'allais être une bonne petite fille afin d'être libérée.

— Tu penses vraiment que je suis un monstre, n'est-ce pas.

Il y avait une certaine surprise dans sa voix, comme s'il était sincèrement choqué que je puisse penser une telle chose.

— Je pense que tu es un homme horrible qui use de sa puissance pour obtenir ce qu'il veut, peu importe le nombre de vies qui seront détruites.

— Hum. On ne me l'a jamais dit comme ça.

Miguel s'éloigna de moi jusqu'à ce que nous ayons presque deux mètres de distance. Il se pencha sur la balustrade, étudiant le ciel nocturne et les étoiles scintillantes.

Il semblait beaucoup plus accessible avec sa veste enlevée, ses manches retroussées, le vent fouettant ses cheveux.

— Peut-être as-tu raison. Mais je suis surtout un homme d'affaires. Oui, certains de mes produits sont quelque peu illégaux mais je suis très prudent dans mes démarches. Si des gens veulent me trahir, est-ce que je m'arrange pour que ce ne soit plus jamais le cas ? Tout à fait. C'est une nécessité dans le monde où je vis. Sinon, je ne pourrais pas survivre.

Ses mots étaient atroces à entendre. Mais je ne devais pas tomber sous son charme.

— Tu ne fais pas du tout confiance à mon père, hein ?

Il se permit de sourire, jouant avec le liquide dans son verre.

— Je suis resté en vie dans ce métier parce que justement, je ne fais jamais confiance à personne. Ton père est un serpent, capable de trahir tout le monde pour quelques dollars de plus. Néanmoins, il ne semble pas comprendre que s'il ne respecte le marché d'avec ma famille, je vais le tuer de mes propres mains.

— Tu aimes faire peur aux gens.

— Je fais ce que je dois faire pour garder ma famille en sécurité.

Il avait parlé beaucoup trop de fois de sa « famille ».

— Famille. Des enfants, des parents, une femme ? Moi, je ne suis qu'un autre plaisir, dis-je en riant.

Je ris en jouant avec mon champagne. Encore une méthode de séduction de riche.

— Avoir une femme et des enfants avec mon style de vie est bien trop dangereux. J'ai un père qui dirige ma famille. Comme le tien.

Ses mots étaient énigmatiques.

— Laisse-moi deviner, tu es le prince héritier.

Il sembla réfléchir puis rit de bon cœur, me levant son verre.

— Bien vu, l'amie.

— Tu aimes ta vie, cette vie de dealeur ?

Maintenant, c'est lui qui semblait surpris que j'aie une idée de ce qu'était son entreprise, ou peut-être parce que je réalisais à quel point mon propre père était horrible.

— Je suis… aussi heureux que je le peux. Ma famille ne travaille pas que dans ce genre de marchandises. Certains de nos aspects sont tout à fait légaux.

Il choisissait ses mots avec précaution.

— C'est dommage. Tout le monde a le droit au bonheur, même les monstres comme toi. Je pensais qu'avec ton charme et ton argent, tu pouvais avoir accès à toutes les femmes que tu voulais.

Je savais que mes mots l'avaient blessé, vu la façon dont il inclina la tête. Peut-être que passer ma colère sur lui n'était pas dans mon intérêt.

— Même si ça te semble bizarre, je n'ai pas de harem autour de moi, Valencia. J'ai rarement eu de bonnes relations.

— Peut-être n'as-tu pas encore trouvé chaussure à ton pied.

Je faisais comme si c'était une conversation normale entre amis. Il ne serait jamais mon ami.

Une minute entière passa, mes nerfs étaient à vif. Je me cachais derrière le verre, prenant gorgée après gorgée, étourdie presque immédiatement.

Mais pas à cause de l'alcool.

Pas de la peur.

De la connexion que nous avions partagée.

— Peut-être, oui.

Il but d'un trait son verre puis se tourna pour me faire face. Même avec la faible lumière de la lune, je pouvais voir que c'était un véritable apollon. Il était simplement beau.

— Je ne veux pas te faire de mal. Je déteste les gens qui font du mal aux femmes. Je te protégerai tout le temps que nous passerons ensemble, avant que tu rentres chez ton père.

Je sentais ma lèvre inférieure trembler et je sentais aussi mon cœur battre à toute vitesse.

— Je n'ai pas besoin de protection.

— Moi, je crois que si, dit-il en se rapprochant et passant sa main dans mes cheveux. Tu es très belle, Valencia. Je suis certain que beaucoup d'hommes vendraient père et mère pour t'avoir avec eux. N'oublie jamais à quel point tu es incroyable.

Rien n'aurait pu me choquer davantage que ces mots, comme s'il était un autre homme. Alors qu'il réduisait la distance entre nous, la chaleur de son corps combinée à la montée en flèche de l'électricité en moi me laissait sans souffle, je n'étais plus capable de me concentrer.

Ou de haïr.

Il caressa ma peau, son pouce frottant d'avant en arrière.

— Vraiment très belle.

Je connaissais des hommes qui avaient agi de cette manière pour me blesser ensuite. C'est pourquoi il n'y avait qu'une seule personne à laquelle je tenais. Lorsqu'il retira le verre de champagne de ma main, le posant sur la table, son regard devint possessif. Puis il me prit dans ses bras, chaque mouvement si doux et aimant, romantique en tout point, un changement complet de comportement. Le ciel nocturne, le rugissement de l'océan, et la façon dont il avait faim réussirent presque à briser mes défenses.

Presque.

Il prit les deux côtés de mon visage, son souffle aussi dispersé que le mien. Je n'avais aucune idée de ce à quoi m'attendre ou si je devais continuer à avoir peur de lui. Ce que je savais, c'était que dans mon esprit, cette nuit serait effacée de mes souvenirs, disparue à jamais. Il n'était pas censé être dans mon monde ou moi dans le sien. C'était juste... trop dangereux.

Quand il baissa la tête, sa prise devint ferme, ses doigts s'enfonçant dans ma peau. Il me tira sur la pointe des pieds, forçant ma bouche à quelques centimètres de la sienne. Je serrais sa chemise, m'accrochant à lui comme s'il était une bouée de sauvetage au lieu de la force irréfutable de la nature qu'il s'était assuré de me montrer. Pourtant, à chaque fois que je le touchais, à chaque seconde de plus passée près de lui, j'étais attirée plus loin dans son royaume tranquille, me détestant pour cette seule pensée.

— Je te veux et je t'aurai. Ce soir, tu vas me supplier d'en avoir toujours plus.

Ses mots étaient francs. Ce n'était pas une menace mais une déclaration, un homme prenant ce qu'il désirait avoir.

Ce à quoi il avait droit.

Mais il ne me briserait jamais.

Ma lèvre inférieure frémit lorsqu'il pressa ses lèvres contre ma joue, les effleurant lentement jusqu'à ma mâchoire. Lorsqu'il sortit sa langue, le bout effleurant à peine, créant une nouvelle vague d'humidité entre mes jambes, je ne pus m'empêcher de gémir.

Il glissa sa main vers mes cheveux, arrachant le simple lien qui maintenait mes longues mèches en place.

— Tu devrais toujours avoir tes cheveux comme ça.

L'intensité des sensations jaillit du plus profond de mon être à partir de son simple geste d'enrouler ses doigts autour, puis de les tirer jusqu'à ce que ma tête soit tirée en arrière, exposant mon cou.

J'avais le souffle coupé par l'émerveillement, mon corps se balançait même dans sa poigne ferme.

Il continua son chemin, glissant sa langue sur le côté de mon cou, mordant doucement la peau de celui-ci. Je frémis et je savais que je tomberais s'il ne me tenait pas. Comment un homme aussi dangereux pouvait-il sembler si romantique, ne serait-ce que pour quelques instants, me permettant de voir une autre facette de lui ?

— Je vais lécher chaque centimètre de ton corps avant de mettre ma bite en toi. Ensuite, tu seras à moi.

Ses mots me provoquèrent une montée d'adrénaline.

— Est-ce que tu aimes quand j'enfonce ma langue dans ta petite chatte, léchant chaque goutte de mouille ?

— Oui.

L'aveu fut facile, une autre trahison. Un autre moment de faiblesse.

Son gloussement était sombre mais si invitant, tous les muscles de mon corps étaient tendus par l'anticipation.

— Est-ce que tu veux ma bite ?

— Oh… Oui…

— Tu auras donc ce que tu voudras.

Il effleura sa bouche sur la mienne, utilisant sa langue pour séparer mes lèvres, maintenant sa position pendant plusieurs secondes.

Je cambrais mon dos, encourageante, prête à le supplier pour plus. Mon système prit le dessus, la soif furieuse que j'avais consommant chaque faculté mentale jusqu'à ce que je sois mouillée de partout, ma chatte frémissant. Il écrasa sa bouche sur la mienne, prenant son temps avant de glisser sa langue à l'intérieur. Il n'y avait aucun doute sur sa domination absolue ou sur le fait qu'il pouvait m'avoir de toutes les manières.

J'étais son prix.

J'étais devenue son obsession.

Et pendant quelques minutes, je décidais de me laisser aller.

Le baiser était plus passionné que tout ce que j'avais connu, sa bouche consommant la mienne, sa langue prenant le contrôle total. Je ne sentais plus mes jambes, la chair de poule piquant chaque centimètre de ma peau. Le bourdonnement de l'électricité partagée augmentait, menaçant d'exploser tout autour de nous. Il était exigeant dans chaque action, brutal dans chaque manière.

Je n'étais plus la fille qui croyait trouver un héros, juste une femme qui acceptait qui et ce en quoi elle avait été transformée. C'était comme s'il pouvait voir à travers moi, enlevant toutes les couches que j'avais façonnées autour de moi pendant des années.

Je ne me connaissais plus et je ne savais pas comment je pouvais me rendre aussi facilement. Je devrais me battre contre lui, crier à l'aide ou m'enfuir, mais l'attraction était trop importante.

Il brisa le baiser, tout en restant proche de moi et en déplaçant ses mains vers mes épaules. Avec ses index, il fit glisser le tissu de ma robe le long de mes bras, en grognant à chaque étape.

Je gémissais, mon corps tremblait lorsque la simple robe glissait sur mes seins, exposant mes tétons durcis. C'était si mal. C'était terrible.

C'était... incroyable.

Son regard était vorace, ses narines se dilataient tandis qu'il étudiait mes tétons gonflés et je pouvais jurer qu'il avait l'eau à la bouche. Il passa ses doigts le long de mes bras, les faisant glisser jusqu'au bout de mes ongles peints avant de passer à mes hanches. Il suivit la trace de ma robe alors que la gravité prenait le dessus.

Il prit plusieurs grandes respirations, son regard revenant lentement vers mon visage alors que je me débarrassais du tissu indésirable.

— Tu as faim de moi ?

— Oui.

— Hum…

Une légère boucle apparut au coin de sa bouche alors qu'il ouvrait sa main, la plaçant sur mon ventre puis faisant glisser ses doigts jusqu'à mon mont de vénus recouvert de dentelle.

Je fus projetée dans un moment de béatitude, obligée de m'agripper à ses bras tandis qu'il caressait ma chatte à travers le string, son pouce s'agitant contre mon clitoris. Je ne réalisai cela qu'après avoir écarté mes jambes, lui permettant un accès complet. Des étoiles flottaient devant mes yeux tandis que ses doigts allaient de haut en bas, son pouce tournoyant en cercles paresseux.

Les sensations étaient incroyables.

— Oh, oh, oh…

Il rigola sombrement, son souffle se dispersant sur tout mon corps.

— Tu es prête. Tu ne peux pas savoir à quel point j'ai hâte de plonger mon visage entre tes jambes et te faire jouir encore, et encore. Mais que si tu es une gentille fille.

Ses mots dominateurs étaient un autre rappel de son pouvoir absolu sur moi. Je ravalais ma salive alors qu'il me caressait de haut en bas, enfonçant le tissu fin entre mes lèvres gonflées. Je me rendis compte que je me déhanchais, que je bougeais en même temps que lui, que je respirais difficilement.

Tout autour de nous semblait absolument silencieux, comme s'il n'y avait personne d'autre au monde. J'étais perdue dans mes sensations, étonnée de voir à quel point j'étais proche de jouir. Aucun homme ne m'avait jamais amenée aussi près avec seulement sa main.

Ses gestes devinrent plus brutaux, poussant ses doigts juste au-delà de mes lèvres. Je perçus un léger déchirement lorsque la dentelle céda, puis j'entendis la frustration dans sa voix. Après qu'il ait émis un grognement, je sentis une forte traction, réalisant qu'il avait arraché l'obstacle avec facilité.

Je regardai avec fascination la fine dentelle s'envoler par-dessus le bord du balcon. Plus besoin. Ce n'était plus un problème. Je me tenais nue sur le balcon d'un hôtel impeccable où d'autres personnes pouvaient nous voir avec un homme que je ne connaissais pas.

Et un en qui je ne pouvais pas avoir confiance.

Oh, mon Dieu.

Il inclina la tête, observant ma réaction alors qu'il pressait sa main entre mes jambes une fois de plus, utilisant seulement son index et le pouce de son autre main pour masser mon sein.

— Ça va être un plaisir de te montrer tout ce qu'un homme peut te faire.

Il pinça alors mon téton douloureux, le tordant et le tirant brutalement.

La douleur fut instantanée, envoyant une pluie d'angoisse dans tout mon corps.

— Oh… Oh !

Mes ongles se plantaient dans son corps, mon souffle était coupé. Puis il glissa deux doigts profondément en moi, pompant sans effort. Cet homme allait me faire jouir en quelques secondes. Je me balançais sur mes orteils, essayant de me rapprocher, mes besoins ne ressemblant à rien de ce que je n'avais jamais ressenti.

— Quand tu seras avec moi, tu ressentiras le ravissement et l'angoisse. Toi seule peux déverrouiller la clé de ce que tu recevras. La punition est nécessaire et sera administrée sans hésitation.

Les mots étaient excitants d'une manière à laquelle je ne m'attendais pas. Je hochais la tête comme si je m'abandonnais à lui, comme si je lui donnais tout de moi. Je pris plusieurs respirations profondes, me rapprochant de l'extase.

— Tu m'as compris, Valencia ?

— Oui.

Il me pinça encore plus fort le téton, comme un rappel.

— Réponds-moi avec respect, dit-il.

Qu'est-ce qu'il me disait ? Je léchais mes lèvres sèches, osant le regarder dans les yeux. Il avait les pupilles dilatées, il semblait encore plus en contrôle.

— Oui, monsieur.

Un simple sourire fut ma première récompense. Une autre rafale de poussées vigoureuses au fond de ma chatte fut la seconde. Je n'étais pas certaine de pouvoir rester debout, obligée de pencher ma tête contre son épaule alors que le mélange de douleur et de plaisir devenait un feu grégeois de besoin.

Quand il retira sa main, me laissant juste à la limite de l'orgasme, mon gémissement n'était plus qu'un hurlement confus.

— S'il te plaît.

— S'il te plaît ? demanda-t-il, continuant de me caresser.

Ce moment était un pur péché, le genre de bêtise qui devait nous conduire tous les deux droits en enfer.

— S'il te plaît, monsieur.

Miguel suça pendant une minute entière, prenant son temps pour lécher chaque goutte de mouille sur ses doigts. Quand il sembla satisfait, il fit rouler ses doigts sur mon téton et prit une profonde inspiration.

— Que veux-tu ?

— Je veux…

J'avais tellement honte, jetant des regards par-dessus mon épaule.

— Dis-moi ce que tu veux, sinon je vais m'arrêter. Maintenant.

— Je veux que tu…

J'hésitais de nouveau et ma punition fut une dure claque sur mes fesses déjà douloureuses. Je réprimai un glapissement, essayant désespérément de contrôler mes sensations qui partaient dans tous les sens.

— Lèche-moi, s'il te plaît, monsieur.

— Hum… C'est mieux. Tu vois que tu sais obéir.

Il passa sa main dans ses cheveux avant de saisir mes hanches et de me tirer plus près de la petite table. Il prit l'une des coupes de champagne, en but une gorgée puis baissa la tête.

Je passai mon bras autour de son cou, l'attirant plus près de moi. Cette fois, c'est moi qui posai mes lèvres sur les siennes, utilisant ma langue pour ouvrir sa bouche. Alors que le liquide frais coulait, le tourbillon des bulles créant un ensemble entièrement différent de sensations éblouissantes, je pouvais sentir mon corps fondre, la chaleur exploser.

Je n'étais même pas consciente qu'il avait glissé les verres sur le balcon ou qu'il s'était positionné sur la petite table. Jusqu'à ce que je sente le premier frottement de la pointe de sa langue sur mon clitoris.

Jusqu'à ce que mes genoux se dérobent presque.

Haletante, je laissai tomber ma tête, le regardant planter sa bouche directement sur mon clito, sa langue tournoyant en cercles paresseux.

Il attrapa mes fesses, ses doigts s'enfonçant, forçant mes hanches à s'avancer.

Je rejetais la tête en arrière, la bouche grande ouverte, regardant les magnifiques étoiles pendant que l'homme se régalait. J'étais si mouillée, si chaude et tout ce à quoi je pouvais penser était à quel point je devrais être embarrassée. Je ne pouvais plus le dire, l'électricité était en surcharge. Je pouvais voir mon corps se balancer et je me tenais à lui, essayant de rester en place, essayant d'être une bonne petite fille.

Cette pensée était fascinante, elle plongeait mon esprit dans divers endroits sombres. Je voulais vraiment lui plaire, ne jamais voir de déception dans ses yeux. Que je veuille être horrifiée ou non n'avait pas d'importance. Il était bien trop puissant, me gardant à la limite de la félicité brute.

Il fit rouler ses doigts le long de ma cuisse, soulevant et plantant mon pied sur l'un des barreaux de la balustrade. Le grognement qu'il émit n'était rien d'autre que celui d'une bête, un chasseur sécurisant sa proie. Je ne pouvais que fermer les yeux, prendre de courtes respirations alors qu'il léchait ma chatte de haut en bas.

Me dévorant littéralement.

Le gémissement que je poussais était presque inaudible, mon cœur s'emballant au point que je pouvais entendre des échos dans mes oreilles. Les sons barbares qu'il émettait pendant qu'il me dévorait étaient incroyables, excitants.

— Oh, je…

Je renversai ma tête en arrière, riant doucement alors qu'il enfouissait son visage, enfonçant sa langue en moi. Mes jambes tremblaient et je n'étais plus capable de sentir mes orteils. Tout ce qui m'entourait tournait, des lumières vibrantes clignotaient dans mon champ de vision. C'était fou.

Délicieux.

Incroyable.

L'orgasme était prêt à m'envahir. Je ne pouvais plus respirer, je n'avais aucune idée du monde qui m'entourait.

Et tout ce à quoi je pouvais penser, c'était que j'avais été une très bonne fille, parfaite en fait.

Quand il se retira, effleurant de ses lèvres l'intérieur de ma cuisse, je tremblais de façon incontrôlable.

— Laisse-moi jouir, s'il te plaît.

Je pouvais sentir son souffle chaud avant qu'il n'enfonce plusieurs doigts en moi, faisant des allers-retours frénétiques, plus fort et plus vite à chaque fois.

Il restait silencieux et je sentais qu'il observait chacun de mes mouvements, un vrai prédateur en action. Quand il déplaça son autre main autour de ma hanche, ses doigts allant de haut en bas de la fente de mon cul, je me crispai. Un autre gémissement glissa de mes lèvres, un moment de peur s'insinuant dans mon système.

— Chacun de tes trous m'appartient. Tu ne me combattras pas, tu ne diras pas non. Tu ne poseras pas de question et tu m'obéiras.

Toujours des ordres.

— Oui, monsieur.

Les mots venaient presque trop facilement cette fois, glaçant de toutes les manières. Je fus forcée de me détendre alors qu'un seul doigt allait vers mon trou du cul. Aucun homme ne m'avait jamais touchée à cet endroit. Aucun homme ne m'avait jamais enculée. Je ne pouvais pas croire que cela se produisait.

Il n'y avait pas moyen de l'arrêter, son pouce glissait juste à l'intérieur. Il n'y eut pas de douleur au début, juste des sensations incroyables, mais quand il poussa, je rejetai la tête en arrière et gémis.

Il lécha mon clito avant de sucer le tissu tendre, ses doigts pompant à l'intérieur de ma chatte et son pouce prenant mon trou du cul vierge. J'étais dans une autre dimension, le rugissement de l'extase se propageant dans chacune de mes cellules.

— Oh, oh, oh, oh, oh !

Il n'y avait aucune retenue. S'il voulait que je demande la permission, c'était impossible. L'orgasme jaillit de mes orteils, brisant mes dernières résolutions.

La bête au fond de moi était en feu, sa langue et ses doigts travaillaient furieusement, léchant chaque goutte alors qu'un seul orgasme se transformait en plusieurs, le tout dans une vague éclatante et hallucinante. C'était le paradis absolu.

Je n'avais aucune idée du temps que j'avais passé dans ses bras, me gardant contre lui.

La légère caresse de ses doigts remontant lentement de mes cuisses à mes hanches était vivifiante et, alors qu'il se tenait debout, je pouvais lire dans ses pensées.

Prendre.

Utiliser.

Baiser.

Je m'éloignai de deux pas, impatiente de voir sa réaction. Il sourit en coin, levant un seul sourcil. Je fis trois pas de plus, mes yeux parcourant son visage de long en large. Il n'était rien de plus qu'un animal, sa poitrine se soulevant et s'abaissant. Il me regardait attentivement, ses yeux sombres se perdant dans l'ombre.

— Tu crois que tu peux t'éloigner de moi, Valencia ?

Ses mots étaient empreints d'un soupçon de malice, son côté sombre revenant.

Je fis un pas de plus, mon pied franchissant le seuil. Il ne fallait pas provoquer cet homme. En deux longues enjambées, il était sur moi, sa main s'enroulant autour de ma gorge. La pression était suffisante pour me stresser, mais l'anticipation de ce qu'il allait faire était encore plus accablante.

Il bougea sa tête d'avant en arrière, prenant une profonde bouffée d'air.

— Bien que tu ne sois réservée à moi que pour cette nuit, il arrivera un temps où tu ne pourras plus t'échapper. Nous avons quelque chose, toi et moi. Ne l'oublie pas. Tu m'appartiens.

Pour une raison quelconque, je savais qu'il tiendrait sa promesse. Il y aurait un moment dans ma vie où je le reverrais.

J'espérais seulement que je serais dans la position et l'état d'esprit pour résister.

Cette fois, il me poussa dans la pièce, me soulevant finalement de mes pieds, son bras placé sous mes fesses. Il traversa la pièce principale et entra dans la vaste chambre. Il n'y avait pas de bougies allumées ou de pétales de fleurs éparpillés sur le lit, pas de romance.

Il y avait un pistolet posé sur la commode, facile à saisir si nécessaire. Je voulais lui poser des questions sur sa vie, pour mieux le connaître, mais il n'y avait aucune raison de le faire. Ce n'était pas le début d'une grande relation et cet homme ne répondrait jamais aux attentes de mon père. Ce n'était qu'une nuit.

Quand il me remit debout, je pus voir qu'il attendait une réaction, comme si j'étais prête à lui arracher les yeux.

Ou pire.

Je fis un pas en arrière, me sentant encore plus nue qu'avant, son regard brûlant me transperçant. Mes doigts tremblants, je tirai sur l'ourlet de sa chemise avant de déboutonner les quelques boutons restants. Même si l'électricité continuait à jaillir entre nous, mes mains étaient glacées et au moment où je fis glisser l'étoffe sur ses épaules, il prit une respiration difficile.

Presque instantanément, mes mains brûlaient au moindre contact. Je les faisais glisser le long de ses bras ciselés, m'émerveillant de ses abdominaux toniques et de sa taille fine. Chaque partie de son corps semblait parfaite, comme s'il refusait le manque de contrôle dans tous les aspects de sa vie. Il semblait surpris que je prenne mon temps pour frotter mes doigts sur sa poitrine, les faire glisser vers son ventre, et même faire tourner le bout de mon doigt autour de son nombril.

Sa respiration restait irrégulière alors que je détachais sa ceinture, laissant mes doigts caresser le cuir, comme pour me remémorer ses fessées. Chaque partie de moi frémissait. Lorsque je pus retirer les bords de son pantalon, il laissa un seul son rauque franchir ses lèvres.

Je me mis lentement à genoux, tirant sur le tissu, m'émerveillant de ses cuisses musclées. Alors que je lui enlevais ses chaussures, le débarrassant enfin du reste de ses vêtements, ce n'est qu'à ce moment-là qu'il prononça quelques mots.

— Quelle découverte incroyable.

Comme si je n'étais en fait qu'un prix, un jouet posé sur une étagère.

Il ne perdit pas de temps, me poussant sur le lit puis rampant sur moi, me forçant à lever mes jambes jusqu'à ce qu'elles soient enroulées autour de sa taille. Il était tout aussi dur qu'avant, sa bite était au garde-à-vous.

Incapable de résister, je glissai ma main entre ses jambes, faisant rouler ses couilles entre mes doigts. Elles étaient tellement gonflées, tellement remplies de besoins. Je fis glisser mon doigt le long de la partie inférieure de sa bite, m'émerveillant de la façon dont celle-ci palpitait dans ma main. Quand je tournais mes doigts autour de la base, il frissonnait visiblement, son souffle était encore plus irrégulier qu'avant.

— Fais attention à ce que tu demandes, ma princesse.

— Je ne demande rien, chuchotai-je.

— Garde ça à l'esprit.

Il semblait pensif, les yeux vitreux alors qu'il planait au-dessus de moi. Quand il finit par se baisser, sa bite glissant facilement à l'intérieur, je ne pus m'empêcher de gémir.

Toutes les raisons pour lesquelles je voulais le détruire semblaient s'évanouir alors qu'il faisait des allers-retours à un rythme lent. Je serrais les pieds l'un contre l'autre, me déplaçant avec lui tandis que sa bite me remplissait, m'ouvrant largement. La façon dont il me regardait, avec son expression de domination absolue, évoquait tant d'émotions profondes que j'en avais des frissons dans le dos.

Je savais qu'il était sans cœur, que je ne représentais rien pour lui. C'était la façon de faire des mafieux, peu importe les circonstances ou le pays. Les femmes n'étaient que des objets précieux.

Il poussa plus fort et plus vite, chaque plongeon étant plus brutal que le précédent et je cambrais le dos pour tenter de les rencontrer.

Je remuais la tête d'avant en arrière, incapable d'arrêter les gémissements. Je dérivais vers un autre moment d'extase, lui permettant de prendre le dessus.

Il n'avait pas encore fini et en quelques secondes, il me fit rouler sur le ventre, me chevauchant une fois de plus, mes jambes n'étant que partiellement ouvertes.

— Tu es si belle, ma douce princesse, une femme incroyable. *Un delicioso regalo.*

— Hum...

— Mon délicieux cadeau.

Il murmura ces mots une seconde fois, utilisant un seul doigt pour tracer une ligne en zigzag le long de mon dos. Il remit sa bite dans ma chatte, sa poussée dure me faisant basculer en avant.

Je serrais la couette avec mes mains, essayant de reprendre mon souffle alors qu'une vague d'étoiles aux couleurs vibrantes flottait devant mes yeux. Quand il se retira quelques secondes plus tard, me traînant au bout du lit, je gémissais. Je savais exactement ce qu'il allait faire.

Les deux claques sur mes fesses me firent frissonner de partout, la chaleur refaisant surface. Alors qu'il appuyait une main sur le bas de mon dos et se penchait sur moi, son murmure essoufflé fut presque méconnaissable.

— Maintenant, place à ton cul.

Je pouvais sentir mon corps se crisper, mon cœur s'emballer. Lorsqu'il écarta mes fesses, faisant glisser le bout de sa queue de haut en bas, je ne pus lutter contre la peur qui remontait à la surface. Je gémis, frappant mon poing contre le lit, mes orteils se recroquevillant rien qu'à cette idée.

Pour un homme brutal, il pouvait être si doux, glissant à peine le bout à l'intérieur. Il se pencha une fois de plus, pressant ses lèvres contre mon épaule.

— Relax, Valencia, je vais y aller doucement.

Relax.

Comment j'étais censée me détendre ?

Je retins mon souffle et fermai les yeux, attendant la misérable agonie que je savais que j'allais ressentir. Alors qu'il poussait à l'intérieur, centimètre par centimètre, l'inconfort était intense. Un autre centimètre et encore un autre. J'avais l'impression qu'il me coupait en deux.

Puis quelque chose d'incroyable arriva. Alors que mes muscles se détendaient, le soupçon de douleur se transforma en quelque chose d'entièrement différent, des sensations que je n'avais jamais connues auparavant.

Je l'entendis s'exclamer quand il fut complètement en place, me remplissant si profondément. Il murmurait des mots en espagnol, ce qui ressemblait aux paroles d'une chanson, tandis qu'il entrait et sortait. J'étais hypnotisée par sa voix, l'incroyable beauté de sa voix. Entendre ce son mélodieux était plus choquant que tout ce qui s'était passé auparavant.

C'était un homme si complexe, plein de mystère et d'une étrange sorte d'honneur. Je fermais les yeux tandis qu'il me chevauchait, ses gestes étaient empreints de passion et de dynamisme, sa faim ne connaissant aucune limite.

Il chuchota une fois de plus. Les mots n'étaient pas ceux d'une chanson, mais une déclaration et je sus que notre temps était terminé et qu'il me laissait partir.

Puis il commença à pousser de façon plus brutale, mais à chaque fois qu'il plongeait profondément, j'en voulais plus.

Encore plus.

Rien ne m'avait préparée à ça.

Ou à cet homme.

Je restais à bout de souffle, ces mots restant dans mon esprit longtemps après qu'il ait éjaculé en moi. Je me souviendrais de ses mots pendant un certain temps.

— Dans ta vie, il y aura des monstres partout. Certains pourraient devenir tes héros.

CHAPITRE 4

iguel
Miami

Trois semaines.

Trois semaines de merde.

Trois semaines de travail acharné.

Trois semaines de violence inutile.

C'était mon monde depuis mon retour de Cuba. Je restais sur les nerfs, furieux que certains aspects du transport maritime aient échappé à mon contrôle. Oui, mon père m'avait prévenu de ne pas établir de liens d'aucune sorte avec ce serpent, Santiago. Ce que je n'avais pas prévu, c'était les épisodes de représailles d'autres sources.

Il semblait que personne ne voulait avoir affaire à l'homme de Cuba, sa réputation de tueur de sang-froid, et d'homme qui avait enterré plus de corps que n'importe quel régime mafieux que je connaissais. Son nombre d'ennemis était considérable. J'avais pris un pari. Même si je ne perdais jamais, ma décision pouvait coûter des millions à notre famille.

Ce n'était pas quelque chose que mon père accepterait sans punition. Cependant, Santiago avait tenu sa part du marché, respectant les conditions que j'avais fixées dans le contrat sans poser de questions. C'était un fils de pute calculateur, mais il savait manifestement qu'il ne fallait pas me contrarier. Sa cargaison de cocaïne presque pure ainsi que plusieurs milliers de caisses de cigares avaient été distribués comme prévu.

Mais j'allais garder un œil vigilant.

Je ne faisais confiance à personne.

Aujourd'hui était une fête de famille, l'anniversaire de ma nièce. C'était un jour de fête, pas pour parler affaires. Je rentrais dans l'allée, surpris par le nombre de voitures. Ma sœur n'était pas du genre à organiser de grands événements familiaux. Elena n'avait pas non plus de patience avec aucun de nos soldats, rechignant devant le besoin de sécurité. Elle vivait une vie de conte de fées avec un mari médecin et une magnifique petite fille.

Je me suis toujours inquiété pour elle, mais nous n'étions plus proches. En ce qui concerne ma grande sœur, je ne doutais pas que Daphné serait en retard comme d'habitude, un point sensible aux yeux de mon père. Il détestait les retards, quels qu'ils soient, et avait déjà coupé la main d'un homme pour un retard de quinze minutes à une réunion.

Carlos Garcia était brutal à tous égards, ce que ma sœur aimait provoquer.

Après m'être garé, je pris les deux cadeaux, scrutant le périmètre comme je le faisais habituellement. La journée était atrocement chaude, avec des pointes dans les 45 degrés. Au moins, il y avait une brise bienvenue. En remontant l'allée, je perçus le son d'un rire léger et, pour la première fois depuis des jours, je pensai à Valencia.

J'avais même acheté le CD qui mettait en valeur son incroyable talent, mais je n'avais ni le temps ni l'envie de l'écouter. J'avais prévu de le faire ce soir.

La vérité était que je n'avais pas voulu la laisser partir, mais je n'avais pas eu le choix. Elle n'était pas seulement la fille d'un ennemi déclaré, mais aussi une faiblesse que je ne pouvais me permettre. Je ne lui avais pas menti sur la raison pour laquelle je ne me souciais de personne. Il n'y avait aucune chance que je puisse la protéger. Son rire ressemblait tellement au sien et quand je remarquai la fille de loin, ses longs cheveux noirs se balançant sur sa taille quand elle marchait, je faillis crier le nom de Valencia.

J'avais amené mon homme de confiance pour être ici aujourd'hui, m'assurant que personne n'entre sans avoir été invité. Cordero Sanchez était avec moi depuis que j'avais repris une partie importante des affaires de mon père. Aussi intelligent que digne de confiance, sa taille oppressante était souvent utile dans les situations difficiles. Il me salua d'un signe de tête respectueux, montant la garde comme on le lui avait demandé.

Je pouvais me consoler en me disant que personne n'oserait essayer de s'en prendre à notre famille un jour de fête. Mais bon, on ne savait jamais. Y avait-il de l'honneur parmi les criminels ?

En gloussant, je me dirigeai vers la piscine, me tenant juste à l'extérieur des portes de fer tout en étudiant les différents invités. Mon père avait sorti le grand jeu. Il y avait des sénateurs, des avocats prestigieux, des acteurs et des musiciens de toutes sortes, ainsi que notre famille qui profitait d'un après-midi ensoleillé à Miami. Je remarquai également les différents soldats, certains même déguisés en fêtards.

Comme si ma sœur ne pouvait pas voir à travers ces déguisements.

Mon père devait être inquiet des récentes rumeurs. Je me dirigeai vers la porte, allant rapidement vers le monticule de cadeaux sur plusieurs tables. Ma nièce était déjà aussi gâtée que l'avait été ma sœur.

— Miguel !

J'entendis la voix de mon beau-frère et essayai d'afficher un sourire. Peu de gens, y compris ma sœur, réalisaient à quel point je détestais cet homme. Winston Calhoun était un connard pompeux qui avait repoussé les limites de la démesure plus d'une fois. Une fois de plus et je ne résisterais pas à l'envie de faire de ma sœur une veuve.

— Winston ! Comment ça va ?

Je continuais à marcher, faisant de mon mieux pour l'ignorer. Sa tenue extravagante me surprit, la chemise à fleurs étant quelque chose que je n'aurais jamais pensé qu'il porterait. Cet homme était un médecin arrogant et obstiné qui imposait son expertise et sa richesse à tout le monde.

— Tout baigne, mon pote, dit-il en me claquant le dos.

Mon Dieu, cet homme était saoul à 2 heures de l'après-midi.

— Où est la reine de la journée ?

— Elle nage. Sa mère est en train d'en faire une sirène.

Je sentais une pointe d'ironie et je dus me contenir pour ne pas l'étrangler. Je posais les cadeaux, lui lançant un regard noir.

— Je vais essayer de la trouver.

— Ouais, c'est ça.

Encore un type qui savait qu'il ne fallait pas me provoquer.

— Tonton !

Il n'y avait rien de tel que le doux son de la voix de Selena. Cette petite fille n'avait pas encore appris qu'elle venait d'une famille de monstres. Au moins, elle avait été protégée la majorité de sa vie.

Je me penchais, secouant la tête alors qu'elle m'aspergeait d'eau.

— Ce ne serait pas l'anniversaire d'une petite reine, aujourd'hui ?

— Moi, moi, moi !

— Je ne la vois pas… dis-je en balayant la piscine du regard et observant le regard noir de mon père.

— Mais je suis là, tonton !

En riant, Selena m'éclaboussa à nouveau, réussissant à pulvériser de l'eau sur mes lunettes de soleil, les restes dégoulinant sur mon visage.

Elle s'éloigna du bord de la piscine lorsque je tentai de l'attraper.

— Je vais t'attraper pour ça ! Petit monstre !

Monstre.

Ce mot avait un sens complètement différent de celui qu'il avait avant. Je savais que la façon dont Valencia me l'avait jeté au visage était destinée à me blesser, mais elle avait découvert la vérité trop rapidement. J'avais laissé l'entreprise me transformer en quelque chose dont ma mère avait probablement honte.

J'étais riche.

J'étais puissant.

Et j'étais une bête déguisée.

Je me levai lentement, essuyant l'eau de mes lunettes de soleil, gardant les yeux rivés sur mon père alors qu'il se mettait debout. Il avait manifestement des problèmes en tête.

Alors qu'Elena saluait, je pouvais dire qu'elle avait eu une dispute avec Winston ou était dégoûtée par la splendeur et les circonstances. Quoi qu'il en soit, ma colère restait vive. Je me dirigeai vers le bar, notant que même un membre de la fine fleur de Miami était présent. Mon père payait bien pour le silence.

Le gin tonic était à peine dans ma main que mon père tournait le coin de la piscine. Je le scrutais à travers mes lunettes de soleil.

Il ne prit pas la peine de me reconnaître autrement que par un signe de tête vers son bureau. Je n'étais pas d'humeur à la confrontation mais il n'y avait aucun moyen de l'éviter. Je me traînais derrière lui, prenant mon temps. Il prenait un risque important en discutant de tout. Si la majorité des invités regardaient ailleurs, il y en avait certains dont je sentais qu'ils aimeraient nous doubler pour leur quart d'heure de gloire.

Faire tomber la famille Garcia serait une nouvelle nationale.

Je fermai la porte derrière nous, restant seul avec lui.

— Je vais faire court, Miguel. Qu'est-ce que tu branles ?

— De quoi tu parles ?

— Tu sais exactement de quoi je parle. D'abord, tu emploies un abruti qui a laissé un corps là où les autorités auraient pu le trouver. Ensuite, tu vas à Cuba sans mon consentement et tu passes un deal avec ce tas de merde. Après, tu perds le contrôle sur certains de nos fournisseurs. Tu sais que nos ennemis sentent le sang à des kilomètres. Et assure-toi que Santiago a déjà pris des mesures pour te trahir.

— Ce trou du cul n'essaiera pas et tu m'as appris que la vengeance était souvent nécessaire dans notre travail.

Mes réponses étaient courtes, comme mon père les aimait. Il était un homme bon, gâtant ma mère comme si c'était une reine, faisant de même avec mes sœurs. Avec moi, il était différent. Dur. Froid. Il me formait comme il avait été formé.

Enfin, c'est ce qu'il m'avait raconté.

— Je vois que tu as retenu les leçons que je t'ai inculquées, dit-il en souriant alors qu'il se rapprocha de moi. Et s'il trahit ? C'est quoi le plan ? Tu ne sais pas à quel point il est puissant.

Je pris une gorgée de ma boisson, savourant le Bombay, mon esprit allant ailleurs pendant quelques délicieuses secondes. Je pouvais presque goûter la douce chatte de Valencia, ses lèvres douces et sa langue. Ma bite me faisait mal, rien qu'à cette idée.

— S'il essaie, je vais le massacrer. Pour ce qui est de nos fournisseurs, je vais envoyer un message particulier. Personne ne nous trahira ou il n'aimera pas les conséquences.

— Du vent, hein, Miguel ?

Il savait qu'il allait me mettre en colère avec sa question provocatrice. Il voulait que je devienne le même genre de chef qu'il avait été toutes ces années, brutal en toutes circonstances. Je préférais profiter de certains aspects de la vie plutôt que de surveiller mes arrières à tout moment. Peut-être que j'étais beaucoup trop romantique dans le fond.

Quelque chose d'autre dont il m'avait accusé plus d'une fois.

Il valait mieux en rire. Aucune des femmes avec qui j'étais sorti ou que j'avais baisée ne m'aurait accusé d'être romantique.

Y compris la princesse Valencia.

— Papa, tu sais exactement comment je fonctionne. Je sais quand agir et réagir. Je vais m'occuper de ça comme je l'entends.

Il ouvrit grand les yeux, faisant un encore plus grand sourire.

— J'ai travaillé avec ce gars. Il est…vraiment bon.

Pour mon père d'avouer ça, était un sacré aveu.

— Tu ne m'as jamais dit que tu avais travaillé avec Santiago Rivera.

— Je n'avais aucune raison de t'en parler.

Je vis une pointe d'émotion dans son regard. De la tristesse.

— Fascinant, papa. Il faudra que tu m'en parles un jour.

Je m'attendais à un autre accès de colère. Il semblait simplement résigné, presque brisé. Que diable s'était-il passé des années auparavant ?

Il soupira, se frottant les yeux.

— Est-ce qu'on a des amis, fiston ?

Des amis. Cette question me prit par surprise.

— J'ai des… relations.

Je n'étais pas certain de comment appeler les Sons of Darkness.

— Pourquoi ?

Lorsqu'il leva les yeux au plafond, je pus presque apercevoir des larmes dans ses yeux.

— C'est important, les amis. Surtout dans notre profession. N'oublie jamais ça. Non seulement tu pourrais passer du bon temps avec eux mais ils pourraient aussi être d'excellents confidents. Et ils pourraient aussi te trahir.

Je restais silencieux, essayant de comprendre où il voulait en venir. Tout ce que mon père disait avait toujours un petit sens caché.

— Et certains aiment trahir.

— Tu es un dur, Miguel. Je vois que tu es bien comme moi.

Après avoir bu une petite gorgée, il passa sa main sur son t-shirt, comme pour essayer de se reprendre en main.

— J'ai eu la chance d'avoir d'excellentes personnes à mes côtés pendant des années. J'ai passé certaines de mes meilleures années avec eux, dit-il en riant. Si je pouvais remonter le temps et effacer mes erreurs, je le ferais immédiatement.

— Que veux-tu dire par là, papa ? Que je peux faire confiance à Santiago ?

— Oh, surtout pas, non. Il est diabolique, cracha-t-il. Ce que je veux dire, c'est que tu connaîtras peu de personnes que tu pourras croire à 100%. Et surtout, n'aie jamais de regrets. Ça te bouffera de l'intérieur.

Je sentais bien qu'il n'allait pas en dire plus. Ce qu'il s'était passé était bien trop douloureux.

— Je ne suis plus tout jeune, fiston. Les toubibs m'ont dit de ralentir un peu.

— Tu veux prendre ta retraite ? Venant de toi, ça m'étonne.

Après quelques secondes de silence, il rit, me levant son verre.

— Même si j'ai été très dur et que je t'ai beaucoup bousculé toutes ces années, fiston, tu as toujours été au niveau. C'est quelque chose que j'ai toujours admiré chez toi. Tu seras l'homme de la situation quand je me retirerai.

— Et c'est pour quand, cette retraite ?

Je pouvais voir l'émotion dans son regard.

— D'ici quelques mois. Ta mère voudrait voyager. Je veux profiter de mes vieux jours avec elle.

Je fus très surpris et pris presque de stupeur. Mon père avait toujours travaillé, ne se reposant jamais. Il n'y avait que les anniversaires et Noël qui étaient des exceptions.

— Qu'est-ce que tu ne me dis pas, papa ?

Il se frotta la mâchoire en revenant à son bureau. Il sortit un dossier d'un tiroir et je pus voir ses mains trembler.

— J'ai des infos sur un de nos fournisseurs. Il faut que tu en découvres plus sur lui, Miguel. Ses amis, ses connexions, ce qu'il fait. Je soupçonne qu'il nous trahit et ce, depuis longtemps.

Je me rapprochai, posai le verre sur le bureau et pris le dossier. Je fus surpris par les photos que le dossier contenait. L'homme sur les photos, j'avais travaillé avec lui pendant des années. Bien que Kostya Mulin fût un vrai serpent, un homme qui vendrait sa fille pour un deal de drogue afin d'augmenter sa richesse, j'avais du mal à croire que c'était lui qui était derrière les innombrables rumeurs.

Et le manque de marchandises.

— Sérieusement ? demandai-je, en feuilletant chaque photo.

Il y avait des visages que je ne connaissais pas, mais l'un d'entre eux me surprit. J'avais connu de vils criminels dans mon métier, des créatures odieuses qui aimaient tuer plus que n'importe quel marché. Le Maker était dans un niveau qui lui était propre. Il était considéré comme un vagabond, se déplaçant d'un territoire à l'autre, tentant de s'imposer. Hautement dangereux et très compétent, ses méthodes de sabotage étaient tristement célèbres dans nos cercles.

La photo était claire, la poignée de main et les sourires sur les visages des hommes. Kostya et le Maker devaient travailler ensemble d'une manière ou d'une autre.

— Je vais découvrir ce qu'il se passe, dis-je.

— Je n'en doute pas. Reste sous le radar. Il ne faut surtout pas que l'un de nos clients sache qu'il y a une fissure quelque part.

Il avait certainement raison sur ce point. Quand je lui remis le dossier, ma rage augmenta. Comme je l'avais dit à la charmante Valencia : personne ne faisait chier notre famille. Personne.

— Des infos à propos des dernières livraisons ? demandai-je avec désinvolture, préparant déjà la façon dont j'allais m'y prendre avec Kostya.

Je ne conviais jamais aucun de mes soldats à mon loft ou à la maison de la plage où je résidais rarement. J'avais un bureau dans une tour tentaculaire d'où j'opérais, mon personnel étant habitué à mes horaires irréguliers.

Aujourd'hui, j'avais invité mes trois principaux capos dans mon appartement, préférant avoir une conversation en toute intimité. Le soleil venait de se coucher à l'horizon, la côte magnifique étant toujours à couper le souffle.

Cependant, j'étais de mauvaise humeur, ayant passé deux jours à rassembler des informations supplémentaires sur Kostya. Bien qu'il n'ait pas fait de geste manifeste, je savais que ce n'était qu'une question de temps.

Cordero jeta un coup d'œil aux deux autres, finalement le seul à s'avancer. Ce qui signifiait qu'il en avait entendu beaucoup trop.

— Il se dit que nos bateaux risquent d'être attaqués.

— C'est-à-dire ? demandai-je calmement, essayant de me contenir.

— J'ai entendu dire que les fédéraux allaient nous taper dessus mais ça me semble peu probable.

Ses informations étaient toujours fiables et surtout, récentes.

— Qu'en penses-tu, du coup, Cordero ?

— C'est la livraison du Pérou. Cordero pense qu'elle va être attaquée, dit Sylvie.

Je tournai mon attention vers Sylvie, prenant en compte l'information. Certains de mes employés avaient mal pris le fait que je fasse d'une femme un soldat de haut rang. Ils avaient appris leur leçon à leurs dépens. Elle pouvait plus que se débrouiller.

— Kostya va essayer de détourner notre plus grosse cargaison.

Je m'attendais à une attaque mais pas aussi grosse.

— Vous avez essayé de lui parler ? demandai-je.

— J'ai essayé, monsieur, mais il n'est pas en ville, enfin, c'est ce qu'il se dit.

Je m'attendais à cette réponse d'Enrique.

— Je suis allé là où il traîne d'habitude mais il était introuvable, ajouta-t-il.

La fonction principale d'Enrique était de partir à la recherche d'infos dans les bars et les clubs. Si quelque chose se passait, il serait au courant.

— Ouais, c'est ce que je pensais. Quand est-ce que la livraison doit se faire ? demandai-je, me rapprochant de la fenêtre et regardant l'océan.

— Ce soir. Juste avant minuit, répondit Cordero.

— Alors assurez-vous que les docks soient bien protégés et que nos potes des garde-côtes soient bien prêts. Si un bateau s'approche, je veux le savoir.

— Ce sera fait, boss.

Après leur départ, je me servis un verre, retournant devant la fenêtre. Notre famille avait été trahie auparavant, ces bâtards stupides pensant toujours avoir le dessus. Si Kostya était en affaires avec le Maker, détruire l'approvisionnement n'était pas dans leur intérêt. Sauf s'ils avaient prévu une autre tactique.

Ou à moins qu'ils aient prévu de voler le bateau.

Je pris plusieurs gorgées, réfléchissant à toutes les possibilités.

Une chose que je savais parfaitement était que ce qui était prévu ce soir n'était que le début.

Alors que minuit approchait, je roulais dans le port. Le voyage s'était déroulé en toute discrétion, le *Picuda* étant l'un des meilleurs bateaux utilisés pour le trafic de drogue. Bien que je me sois lassé du trafic de drogue, préférant nos activités plus légales, mon père avait insisté pour que je prenne la relève. Maintenant je savais pourquoi.

Il ne se préparait pas seulement à la retraite.

Il se préparait à la fin de ses jours.

Je devrais être triste, mais mon père avait vécu sa vie comme il l'entendait. J'espérais seulement qu'il pourrait passer quelques mois ou années avec ma mère, comme elle l'avait toujours voulu.

Je sortis de la Maserati en glissant le Beretta dans ma ceinture. Cordero savait exactement ce que j'essayais de faire. S'il y avait un problème sur l'eau, il le découvrirait en quelques secondes. Nos deux hommes étaient déjà positionnés sur le quai, prêts à recevoir la tonne qui devait disparaître d'ici deux minutes. Ils étaient tous bien entraînés et connaissaient leur affaire.

Ils réalisaient aussi ce que signifierait la trahison.

Si Kostya était derrière tout ça, il s'attendait à ce que les deux hommes, ainsi que les deux membres de l'équipage, soient des cibles faciles. Ils seraient des cibles faciles pour un tireur d'élite tel que le Maker.

Cordero avait ordonné à une bonne douzaine de nos autres soldats de se positionner autour du quai, pour parer à toute éventualité. Y compris toute interférence des forces de l'ordre.

Mes attentes ?

Que le Maker arrive et tente de prendre possession des lieux. Le bateau rapide pourrait dépasser presque tous les autres, tout en restant presque indétectable des radars. Si mes suppositions étaient correctes, Kostya était à la tête d'une toute nouvelle opération et il pensait pouvoir rivaliser avec celle de notre famille.

Si j'avais raison, le détournement aurait lieu au moment où le bateau serait amené au port.

Je restai dans l'ombre, mon point d'observation permettant de voir tout le quai. Bien qu'il n'y ait eu aucun signe d'activité inhabituelle, mes poils se dressèrent sur ma nuque.

Mon instinct me disait que j'avais raison. Quelque chose était sur le point de se produire.

Il n'y avait pas d'appels, pas de signes avant-coureurs. Simplement des eaux calmes par une nuit étoilée.

À cinq minutes de minuit, je réussis à percevoir le son du *Picuda* qui entrait dans le port. Il n'y avait pas de lumières, comme c'était toujours prévu, les hommes ayant fait ce trajet particulier à plusieurs reprises.

Je sortis de l'ombre, prenant mon temps pour m'approcher, brandissant le Glock à deux mains. Il y avait deux soldats sur le bateau et dès que le bateau s'approcha du quai, ils sautèrent à terre, se préparant à l'attacher.

Et comme je le craignais, tout partit en couilles.

Les coups de feu venaient de deux directions distinctes, une tentative de créer une mêlée de confusion.

Au crédit de mes soldats, ils tinrent bon. L'homme du bateau fut tué presque immédiatement, plongeant dans l'océan.

Alors que certains étaient mis à genoux, une ombre surgit de derrière un groupe de palettes. Habillé en noir, le pirate se dirigeait prudemment vers le bateau. Je réagis, mon entraînement et mes compétences entrant en jeu alors que je me dirigeais vers lui.

Les coups de feu continuaient, le pirate étant obligé de tirer plusieurs fois. Il avait vraiment cru qu'il pouvait gérer la situation. Je profitai de mon effet de surprise, me mettant facilement à distance de tir et visant.

L'attaquant comprit alors qu'il avait été compromis et se dirigea vers moi par instinct. Le clair de lune me permit de voir son visage. J'avais eu raison dans mes suppositions. Le Maker.

Quand je pressai la gâchette, je sus dans mes tripes que Kostya avait disparu, préparant simplement le moment de la trahison.

Et je savais exactement qui pourrait m'aider à chasser cet enculé.

Et je le ferais.

Écraser la détermination de Kostya.

Le dépouiller de tout ce qu'il avait de plus précieux.

Et cette fois, il mourrait de mes mains.

À ma façon.

CHAPITRE 5

M*iguel*

La rage.

C'était la seule émotion que je ressentais. J'étais bien conscient que je devais garder le contrôle afin de m'assurer que les décisions que je prenais étaient calculées.

Pour l'instant, je n'en avais rien à foutre.

Je collai ma main contre mon arme, scrutant tout l'extérieur du club avant d'y entrer. À ce stade, je ne pouvais pas être assez prudent.

La ville de New York.

C'était un endroit que je détestais franchement. Lumières vives, spectacles de Broadway, et nourriture exceptionnelle. Cette ville était connue pour ça. Malheureusement, les enseignes en néon souvent criardes cachaient les dessous des crimes vicieux qui se déroulaient dans les rues.

Seuls certains de ces incidents étaient liés à des activités mafieuses.

Je venais à New York le moins souvent possible, une seule fois l'année dernière. Cette fois, mon voyage était obligatoire. Si je voulais retrouver cet enfoiré de Kostya. Il avait en effet disparu, toute trace de lui avait été effacée. Il était devenu évident qu'il avait planifié le coup des mois à l'avance, certain de réussir. Si je devais faire une autre supposition, le stratagème incluait de dépouiller le bateau de ses drogues bien avant qu'il n'arrive au port. L'argent de la vente de drogue lui permettrait d'avoir une vie meilleure.

Ou peut-être voulait-il prendre le contrôle de tout.

Dans tous les cas, je ne pouvais pas le laisser vivre.

Il avait au moins échoué sur un point. J'avais été mis au courant de sa trahison.

Chaque pierre que j'avais retournée, chaque faveur demandée s'était avérée futile. Si quelqu'un pouvait le trouver sans problème, ce serait un membre des Sons of Darkness. Je roulais des yeux en pensant à ce nom, ne sachant plus lequel d'entre nous cinq avait inventé cette expression. Nous étions les cinq princes des familles mafieuses les plus puissantes des États-Unis, des hommes capables de faire un massacre, si nécessaire.

Cependant, nos familles étaient considérées comme ennemies, les anciennes coutumes interdisant toute forme de communication ou de partage de muscles ou d'informations. Nous étions tous d'accord pour dire que les anciennes méthodes ne fonctionnaient plus, le besoin de maintenir un sentiment de camaraderie étant vital pour maintenir la paix.

Personne ne voulait d'effusion de sang, sauf en cas de nécessité absolue.

Les choses étaient différentes, de nouvelles tactiques étaient nécessaires pour maintenir nos positions, accroître notre prospérité.

Je rentrai dans le club, me dirigeant vers la salle privée. Mon avion était arrivé en retard, le trafic était une plaie comme d'habitude, mais j'avais seulement 10 minutes de retard.

Ma conférence.

Ma réunion.

— Le voilà, dit Dominick en souriant et en regardant sa montre.

Je fis un signe de tête à Dominick, la famille Lugiano tenant tout New York dans la paume de sa main. Il était puissant, son père lui ayant confié la majorité des opérations quelques mois auparavant.

— Désolé, je suis en retard.

Les trois autres étaient assis à la table ronde, seul Dominick restait debout. Nerveux comme d'habitude.

Mais encore une fois, je l'étais aussi.

— Il est venu armé, commenta Lorenzo.

Je n'étais pas d'humeur à plaisanter. Je n'étais ici que pour une nuit.

— Obligatoire, dis-je.

Aleksei tapotai la table de ses doigts, son verre déjà à moitié vide. Je soupçonnais que cette vodka ne soit pas la dernière ce soir.

— On dirait que tu es inquiet, mon ami. Ton appel était bizarre, dit Aleksei avec son gros accent russe.

Inquiet ? J'étais consumé par le besoin, la vengeance était la seule chose à laquelle je pensais. J'étais venu ici en espérant qu'Aleksei et ses relations m'aideraient à trouver Kostya. Les Petrov étaient de vrais Bratva, leurs méthodes pour maintenir la paix étaient ingénieuses.

Et violentes.

C'était exactement ce que je voulais.

— C'est le merdier. Ma famille n'a pas besoin de ça, là maintenant, dis-je avec du dédain dans la voix.

J'entendis le bruit de la porte qui s'ouvrait, la serveuse était à l'heure, son timing était impeccable. Elle savait exactement quelle boisson chaque homme préférait. Alors que tous les autres hommes admiraient sa beauté, je ne voyais que du sang dans mes yeux. Une fois le Bombay dans ma main, la pièce à nouveau sécurisée, je jetai mon regard sur les autres.

Michael Cappalini avait récemment pris le contrôle de la partie ouest des États-Unis. Bien que ne pensant pas qu'il puisse être utile en termes d'informations, il avait des éclaireurs dans tout le pays.

Lorenzo Francesco tenait Chicago d'une main de fer, son père refusant d'abandonner toute idée de contrôle total. Ils avaient connu plusieurs situations difficiles au fil des ans et les forces de cet homme étaient impressionnantes.

— On dirait qu'une petite situation délicate pointe son nez chez toi. Un de tes anciens collègues essaie non seulement de détourner tes cargaisons mais il essaie aussi de prendre votre place. Ce qui se dit dans la rue n'est pas bon du tout, dit Dominick, d'un ton bien égal.

Je voulais rire de son audace mais cet homme était au courant de tout dans notre monde.

— Visiblement, les nouvelles vont vite, dis-je en prenant une gorgée, ma rage remontant à la surface. Je dois admettre que j'ai besoin d'un coup de main, dis-je en regardant les autres hommes.

J'étais l'un des rares hommes à n'avoir jamais pris la peine de demander quoi que ce soit, ce dont j'étais fier. Cette situation était bien trop grave pour être négligée.

— Tu m'as donné des informations capitales, mon ami, m'assurant de garder le contrôle chez moi. Je suis prêt à t'aider de toutes les manières possibles. Peu importe ce que tu veux, je t'aiderai, dit Aleksei, le regard en feu, le sourire aux lèvres.

— Ton expertise est exactement ce dont j'ai besoin.

Il fallait que j'élimine Kostya rapidement où ma réputation allait souffrir.

— Tu recherches donc un certain Kostya Mulin, ouais ? demanda Aleksei en jouant avec son verre.

— Celui-là même. Il a trahi ma famille, répondis-je en me rapprochant de la fenêtre.

La vue sur la ville était spectaculaire, les lumières de la ville me rappelant le temps passé à Cuba. Je devais mettre de côté toute pensée concernant ma vie personnelle et me rendre compte que cette affaire était importante. Mon précédent appel téléphonique au Russe avait été fait par nécessité, une autre faveur que j'espérais voir accordée.

— C'est un gars de la Bratva.

Je savais que c'était une possibilité, en entendant le commentaire d'Aleksei. Pourtant, je me hérissais en entendant ces mots.

— Il est chez qui ? dis-je en serrant encore plus fort mon verre.

Il y eut suffisamment d'hésitation pour que je me rende compte que les différents détails avaient été enregistrés, mon instinct me jouant des tours. Je scrutais le visage d'Aleksei tandis qu'il poussait un dossier sur la table, comme je l'avais fait lorsque Michael avait eu besoin de notre aide quelques mois auparavant. En vérité, je n'avais besoin que de la confirmation de ce que je m'attendais à trouver.

— Kostya est un petit joueur, un petit gars qui va vers le type qui paie le plus, comme celui que tu as descendu. Le mec que tu recherches est déjà sur ton radar, dit Aleksei en se levant.

Il attendit que j'aie ouvert le dossier avant de faire une autre déclaration. Je ne pus m'empêcher de glousser. J'avais été bien trop idiot. J'aurais dû écouter mon père depuis le début. Au lieu de cela, j'avais rêvé de paix. Il ne pouvait y avoir de paix avec un homme qui n'avait aucune adoration pour sa famille.

— Santiago Rivera n'a aucun honneur. Ses méthodes sont horribles, profitant de toutes les faiblesses du système.

Aleksei soupira après sa déclaration.

Je hochai de la tête, observant le regard d'Aleksei. Santiago. Je fus encore plus en colère.

— Le système, répétai-je.

— De ce qu'Aleksei nous a dit, Santiago s'est joué de toi. Je comprends que ce n'est pas quelque chose d'agréable à entendre mais il faut que tu saches de quoi il est capable, dit Dominick en se rapprochant de la table.

Je sentis que j'allais exploser.

— Putain de merde ! hurlai-je, frappant la table du point.

Je n'avais jamais été un homme au sang chaud mais c'en était trop.

— Vous allez réussir à trouver Kostya ? demandai-je.

Aleksei me regarda droit dans les yeux.

— Je peux trouver qui je veux. Néanmoins, il faut que tu saches que Kostya n'est qu'un pion ayant infiltré ton régime bien avant Santiago. Il y a peut-être des traîtres chez toi. Santiago est sans doute bien plus fort que ce que tu penses.

Trahison. Mes muscles étaient tendus. Je fermai les yeux et pris plusieurs grandes respirations avant de feuilleter les photos, dont une de Valencia. La photo la montrait sur la plage, entourée d'amies, en train de rire. La façon dont la lumière jouait avec ses cheveux, laissant apparaître un soupçon de rouge que je n'avais pas remarqué, était bien trop séduisante. Ma bite commençait à palpiter alors que mes tripes me disaient que ce n'était pas un portrait de famille.

— Comment tu as eu ça ?

— J'ai mes sources, dit Aleksei calmement.

— Lesquelles ? dis-je avec colère, le regardant.

Soupirant, Aleksei joua avec son verre.

— Tu sais très bien que je surveille de très près mes activités, comme nous sommes tous tenus de le faire. J'ai entendu son nom par une source et je voulais en savoir plus, dit-il.

— Tes gars ont pris cette photo ? dis-je en faisant passer la photo.

— Nan. J'ai choppé un gars qui faisait des carabistouilles par chez moi. Il avait très envie de rester en vie. Il n'a pas réussi.

Je secouai la tête, me forçant à regarder ailleurs. Cela signifiait que Valencia était sur plusieurs radars, sa vie en danger étant donné les activités de son père.

— Santiago s'est joué de moi.

Comme si le dire à haute voix allait m'aider.

— Très bien, dit Michael d'une voix humble. Il a des connexions aux États-Unis mais aussi en Amérique du Sud et Centrale.

Bon Dieu de bon Dieu.

— Il va te falloir trouver un moyen de lui couper l'herbe sous le pied, ajouta Dominick.

Je n'avais jamais été pris pour un idiot. Jusqu'à maintenant. De toute évidence, ma menace n'avait pas été prise au sérieux. Cette pensée était aussi fascinante qu'exaspérante. Je savais comment ruiner la vie de cet homme avant de l'entraîner directement en enfer. Je fermai le dossier, appuyant ma main sur le dessus et me redressant.

— Si ce que vous dites est vrai, les gars, je sais comment m'occuper de lui.

— Donc ta connexion avec sa fille, c'est du vrai ? demanda Lorenzo, presque en m'accusant de quelque chose.

— Cela faisait partie de notre marché. J'avais le droit de profiter de sa fille. Une nuit seulement. Les choses ont changé depuis.

Je laissais mes pensées dériver vers le temps passé à Cuba, essayant de trouver un moyen de la rejoindre. À ce stade, elle devait être bien protégée.

— Donc tu sais déjà quoi faire, dit Michael avec calme.

Je fus surpris que ce soit lui qui arrive le mieux à lire mes pensées.

— Absolument.

J'observais ma main, pensant à ce que je devais faire. Je n'avais pas le choix.

— C'est une faiblesse pour son père. Même si d'une certaine manière, c'est plus sa prisonnière qu'autre chose.

— C'est comme ça que font certains latinos, dit Lorenzo.

— Pas moi, dis-je en tournant la tête vers lui. Par contre, elle m'appartient maintenant.

— Je peux essayer de t'aider mon ami, dit Aleksei. Ma source est… fiable étant donné que sa vie en dépendait. Valencia Rivera est ici. Elle sera à un concert avec l'Orchestre Symphonique de Miami, demain soir. Elle sera aussi à un défilé de mode dans 2 jours, dit Aleksei en se penchant vers moi. Tu auras deux chances de l'attraper.

— Elle est avec son père ? demandai-je en commençant à échafauder un plan.

Un concert. Ma bite me faisait mal une fois de plus rien qu'en pensant à ses longs doigts et à ses lèvres pulpeuses. Pendant quelques secondes, je me laissais aller à imaginer que je poussais ma bite au fond de sa chatte humide.

— Ce n'est pas garanti. Ce serait un geste osé de sa part.

Aleksei semblait amusé par la situation.

— Santiago Rivera est un connard péteux qui croit que tout peut lui sourire… éternellement.

J'étais chaque seconde plus enragé.

— C'est vrai, concéda Aleksei.

— Néanmoins, c'est un homme intelligent, ajouta Michael. Il pourrait se servir de sa fille comme couverture pour d'autres affaires.

Cela semblait logique et plausible.

— Ouais.

— Je vais essayer de trouver Kostya et toi, tu chercheras les connexions de Santiago où il se trouve sur mon territoire. Il ne doit pas y toucher.

Même si je savais que le Russe ne me menaçait pas, nous risquions tous de perdre du respect ainsi qu'une partie de nos affaires. Cela ne devait pas arriver. Entendre qu'elle allait être à Miami me donna plusieurs idées, certaines plus sombres que d'autres.

— Santiago Rivera, je peux m'en occuper. Il rencontrera rapidement son créateur, si besoin.

Mes mots étaient simples. Je ne voulais rien d'autre que d'écraser cet homme ainsi que son empire. Maintenant, j'en avais l'occasion. Ce connard pompeux allait payer pour ses péchés.

Ainsi que ses mensonges.

— Je pense que nous sommes tous d'accord, conclut Dominick.

Les autres hochèrent la tête.

Je levai le verre en guise de toast, mais je ne pensais qu'à goûter Valencia une fois de plus.

Cette fois, il n'y avait pas de question et il n'y aurait pas d'hésitation.

Elle m'appartiendrait.

Le soir du concert, j'étais assis au troisième rang, toujours dans l'ombre mais capable de regarder Valencia se produire. Elle était vêtue d'une magnifique robe noire longue, les lumières scintillant sur ses cheveux noirs. Tout le monde dans le public était hypnotisé par son talent et sans doute aussi par son incroyable beauté.

Je n'avais jamais assisté à un seul concert, incapable de m'organiser. Les affaires étaient toujours présentes dans mon esprit. Ce soir, tout était différent, une permission de passer dans un tout autre monde. La révérence tranquille alors que ses doigts bougeaient avec agilité, la passion qu'elle dégageait et qui brillait dans chaque note qu'elle jouait était tout simplement remarquable.

Je ne voulais rien d'autre que de la prendre cette nuit, capturer à la fois son innocence et sa détermination, la faire mienne. Cela devrait attendre. J'avais remarqué son père dans le public, entouré d'au moins quatre de ses soldats. Qu'elle ait cru ou non qu'il fût fier n'avait pas d'importance.

Son sourire disait tout.

J'étais un homme impatient, refusant d'attendre.

Cependant, j'attendais le bon moment, lui permettant de se délecter de son succès et de sa réussite.

Lorsque le concerto se termina, ses dernières notes encore plus obsédantes que celles que j'avais entendues à Cuba, le public se déchaîna. La standing ovation était bien méritée.

Je pris une profonde inspiration en me levant, applaudissant sérieusement lorsque l'ensemble de l'orchestre symphonique s'inclina. Alors qu'elle se tenait debout, regardant la foule, je pouvais dire qu'elle était bouleversée.

Un faon avec beaucoup trop de gens autour d'elle désireux de la chasser comme une proie.

Moi y compris.

Je serais sévère avec elle, même dur si nécessaire, mais je lui permettrais aussi de découvrir les joies d'une autre passion, une passion qu'elle désirait ardemment.

Le public applaudissait toujours alors que je sortais de la salle de concert, ajustant mes manches et prenant une profonde inspiration.

Elle serait à moi demain.

Ma possession.

Mon prix.

À moi.

Et il n'y avait rien que personne ne puisse faire pour m'arrêter.

* * *

Le défilé de mode était de style smoking et invitation seulement, le prix du billet était de 10 000 dollars et tous les bénéfices étaient versés à une organisation caritative locale. L'endroit était impeccable, Briza on the Bay, l'un des lieux les plus huppés de la haute société de Miami, avec une vue extraordinaire sur l'Atlantique. Le défilé de mode lui-même était considéré comme l'événement le plus populaire de l'année, la nourriture et les boissons étaient destinées aux riches et aux célèbres.

Un cadre parfait pour quelqu'un du calibre de Valencia, même si je fus surpris que Santiago ait pris un tel risque en lui permettant d'y assister. Soit il se croyait en sécurité dans sa situation, soit il n'en avait tout simplement rien à foutre.

J'allais utiliser son arrogance à mon avantage.

Je trouvai facilement un billet, le coordinateur de l'événement était ravi de ma présence. La charmante femme avait facilité la confirmation de la présence de Valencia et s'était assurée que j'aurais un siège juste à côté d'elle. Je marchais à grandes enjambées en entrant, impressionné à la fois par l'architecture et par les décorations festives. Le cadre avait été explicitement conçu en fonction du spectacle, coloré et vibrant, et il y aurait une sacrée fête jusque tard dans la nuit.

L'événement avait déjà commencé depuis plus d'une heure avant mon arrivée, des centaines de personnes se régalant de caviar et de homard, des meilleurs vins et champagnes. Je me dirigeai vers le bar, obligé de m'arrêter plus d'une fois pour les présentations et les bavardages de base.

Quelque chose que je détestais.

J'étais considéré comme célèbre, l'un des célibataires les plus courus. Peu de gens comprenaient vraiment le genre d'homme dangereux que j'étais.

Même avec ma célébrité, je pouvais dire que j'avais froissé quelques plumes avec ma présence, des hommes et des femmes ouvertement ennuyés que je fusse invité en premier lieu. Je continuai à avancer dans la foule, en gloussant à cette idée. Beaucoup avaient peur de moi, terrifiés à l'idée que je vienne me venger d'un faux pas qu'ils avaient commis.

Ils avaient raison d'avoir peur.

— Un gin tonic.

Ma commande terminée, je me raidis quand je sentis une présence derrière moi, la puanteur de l'homme dont je me souvenais d'un passé pas si lointain.

— Incroyable. Je ne pensais pas qu'un homme comme toi serait intéressé par un défilé de mode.

J'attendis que le verre soit dans ma main avant de me retourner.

— Tu ne connais pas tous mes centres d'intérêt, Castillo. Je suis un homme à multiples facettes.

Castillo Martinez. Sa présence à l'événement m'alerta fortement. Bien que je ne l'aie jamais considéré comme une menace directe, son sens des affaires peu scrupuleux était une source d'inquiétude.

Il était l'assassin d'un leader du tiers monde, ne remettant jamais en question sa mission, même si cela signifiait tuer des femmes et des enfants. Un défilé de mode n'était pas son style.

Sauf s'il était en mission.

Il me tendit la main, souriant comme si nous étions de vieux amis.

— J'avais du temps libre alors j'ai été trainé dans cette… soirée. Être ici a également des avantages.

Castillo fit un signe de tête par-dessus son épaule à la voluptueuse rousse qui attendait moins patiemment qu'elle soit resservie.

— Je vois que tu te détends bien.

Alors que j'acceptais la poignée de main, je pouvais voir qu'il cherchait à savoir si j'avais pris des soldats. Il travaillait.

Son rire était bruyant.

— J'aime l'alcool gratuit et les jolies femmes. Je pense que tu vois ce que je veux dire.

— Ouais, je vois. C'est qui ta cible ?

Je regardai vers la fille, ce mouvement m'autorisant d'examiner la pièce. Je n'avais pas encore repéré Valencia.

— Une bourgeoise que j'ai trouvée sur Internet. Ne te moque pas de moi, hein.

Je ricanais gentiment en secouant la tête.

— On a tous nos vices.

— C'est ça, Miguel.

Il me tourna le dos et se pencha sur le comptoir.

— Certains plus sombres que d'autres, dis-je.

— J'ai un conseil à te donner. Un homme sage m'a dit un jour. Ne laisse pas tes penchants devenir plus importants que le business. Cela conduit toujours à des problèmes.

— Fascinant. Je m'en souviendrai.

Je ne devais pas penser que sa présence était une simple coïncidence ou que ses paroles n'étaient qu'une menace. Il avait un but caché et j'avais la nette impression de savoir exactement ce que cela signifiait.

Quelqu'un d'autre en voulait à Santiago.

Ils devraient attendre leur tour.

C'était un homme à garder dans ma ligne de mire.

Je restais en marge tandis que je parcourais l'établissement, pour finalement m'installer sur la vaste terrasse extérieure. C'est alors que je la remarquai, une beauté radieuse qui surpassait toutes les autres femmes.

Ma femme.

Ma nature possessive semblait ne pas vouloir se laisser décevoir, mon excitation grimpait en flèche. Valencia était élégamment vêtue d'une longue robe blanche, dont la fente sur le côté descendait juste en dessous de sa hanche. Les simples bandes de bijoux en or qu'elle portait mettaient en valeur ses talons aiguilles étincelants ainsi que le chignon lâche qu'elle avait formé sur le dessus de sa tête. Elle était à couper le souffle et il n'y avait pas un homme qui ne lui prêtait pas attention.

Je n'avais jamais été un homme jaloux, les femmes n'étant qu'une parenthèse dans ma vie, un répit dans les activités pénibles auxquelles je faisais face chaque jour. Avec elle, je ressentais à la fois un sentiment de fierté et de possession, mon besoin de la mettre en cage et de la consommer augmentant à chaque instant.

Elle se tenait appuyée contre la balustrade, regardant la marina, très seule. Le concept était curieux et déconcertant. Son père me poussait-il à oser la prendre ? J'avais le sentiment que Santiago jouait un jeu dangereux.

J'étais bien plus redoutable qu'un geste de cette nature.

Le verre qu'elle tenait à la main n'était pas la même flûte à champagne que la majorité des fêtards, le liquide clair indiquant que j'avais raison quant à son choix de boisson. Tout ce qui concernait la nuit que nous avions passée ensemble revenait dans mon esprit. Malheureusement, les circonstances actuelles exigeaient un ensemble de règles complètement différentes.

Et elle serait tenue de suivre chacune d'entre elles.

Ses jours de liberté étaient terminés.

Elle semblait désintéressée par la fête elle-même, préférant rester seule. Ce qui me fascinait le plus, c'était que je n'étais pas capable de détecter des gardes du corps rôdant autour d'elle. Peut-être leur avait-on demandé de garder leurs distances, mais pas un seul homme sur le pont ne correspondait à la description des gorilles que j'avais remarqués à la propriété de Santiago. J'avais mémorisé chacun de leurs visages, des hommes qui avaient passé une pléthore de jours à combattre physiquement leurs différents ennemis. Les personnes à proximité étaient bien trop belles, leurs mains et leurs visages n'ayant jamais connu de combat d'aucune sorte.

Sauf si ce n'était avec leur comptable.

Je me tenais dans l'ombre alors que le soleil commençait à glisser à l'horizon, ma bite palpitant à l'idée de la pénétrer profondément dans son petit trou du cul serré. Il n'y avait aucun signe de Santiago, aucune indication qu'elle avait apporté un rendez-vous d'aucune sorte. Mon instinct me disait que son père était en ville et à cette fin, je faisais veiller mes soldats de près. Cette nuit allait s'avérer intéressante.

Quelques minutes plus tard, les lumières clignotaient, indiquant que le spectacle était sur le point de commencer. Je restais derrière elle alors qu'elle entrait dans la salle. L'élément de surprise serait en ma faveur. Je serpentais dans le hall principal, les sièges étant disposés dans un cadre typique de défilé de mode. Je me tenais en retrait, lui permettant de s'asseoir, ainsi que la majorité des autres invités, avant de me diriger vers l'allée. Je remis mon verre à un serveur, balayant une nouvelle fois la pièce du regard.

Deux de mes soldats étaient en position en cas de problème, six autres passaient au peigne fin les clubs et les restaurants à la recherche de Santiago ou de l'un de ses hommes. Je remarquai Castillo à l'extrémité de la scène, son regard dirigé vers moi.

Je déboutonnai ma veste avant de me baisser, déplaçant mon regard vers la scène. Je n'avais pas l'intention de laisser libre cours à la violence pendant le spectacle, mais comme toujours, je devais être prêt à toute éventualité. Je m'éclaircis volontairement la gorge en m'installant contre le dossier de la chaise. En quelques secondes, j'entendis son souffle et je sentis qu'elle essayait de s'éloigner. Je tournai lentement la tête jusqu'à ce que nous puissions établir un contact visuel.

— Hello, Valencia. Quelle coïncidence.

Elle ouvrit la bouche et cligna des yeux plusieurs fois, complètement prise par surprise.

— Eh bien, Miguel. Qu'est-ce que tu fous ici ? Tu m'espionnes ?

— Je vais te donner un indice. Je n'ai pas besoin d'espionner qui que ce soit. Je pensais que tu avais compris ça pendant le temps que nous avions passé ensemble.

— Quelle ordure, cracha-t-elle tout doucement.

Je me doutais bien que son père ait tenté de lui dire que j'étais un monstre sanguinaire qui volait aux vieilles dames.

— Peut-être que je suis simplement là pour profiter d'une belle cérémonie et peut-être voire une jolie fille.

Alors que je distinguais d'abord une pointe de peur dans son regard, ses émotions changèrent et elle fut plus en colère qu'apeurée.

— Tu es là parce que tu as une idée derrière la tête. Je te connais.

— Une idée ?

— Oui, dit-elle en soupirant, sa bouche se tordant.

Ses yeux balayèrent la salle. Peut-être à la recherche d'aide ?

— Tu dois donc savoir que je suis là pour finaliser ma transaction d'avec ton père.

Je remarquai qu'elle essayait d'attraper sa pochette, sans doute pour avertir Santiago de ma présence. Cela signifiait que lui ou ses sbires étaient proches. Je me contentai de poser ma main sur la sienne, lui lançant un regard sévère.

— Tu vois, Valencia. Ton père m'a trahi. Il y a un prix à payer pour ça.

— Un prix ? dit-elle, tremblante.

— Mesdames et messieurs, bienvenue à Miami !

La voix tonitruante de l'annonceur coupa les conversations dans la salle, des lumières scintillantes clignotant dans toutes les directions.

Les applaudissements étaient assourdissants, la musique se transformait en un rythme primitif.

Je glissai mon bras autour du dossier de sa chaise, me penchant et murmurant à son oreille :

— C'est toi, le prix. Tu m'appartiens.

Je lui laissai un moment de silence, qu'elle comprenne ce que je venais de dire.

— Impossible. Tu mens, gros porc !

— Je ne mens jamais dans les affaires, dis-je.

Je la voyais trembler de tout son être, ce qui eut pour don de m'exciter encore plus.

— Maintenant, on va profiter de ce show et tout va bien se passer. Compris ?

Elle détourna son regard vers la scène, des mots chuchotés glissant entre ses lèvres pincées.

— Quand je pose une question, tu réponds. Quand je donne un ordre, tu obéis. Est-ce que j'ai été clair ?

Cinq autres secondes passèrent, assez pour que je sache qu'une punition sévère serait de mise lorsque nous serions seuls.

— Oui, cracha-t-elle, refusant de regarder dans ma direction.

Elle était la fille de son père. Suivre mes ordres n'était pas quelque chose qu'elle envisageait. Elle pensait plutôt à fuir. Je ne pouvais pas attendre d'avoir son corps se tordant sous le mien.

— Génial. Je suis sûr que tu peux être obéissante.

Je me mis au fond de mon siège, mais je pouvais encore l'apercevoir tandis qu'elle fulminait, ne sachant manifestement pas comment réagir. Je ne prêtais aucune attention au spectacle et je pouvais voir qu'elle n'avait aucun intérêt à faire semblant de remarquer ma présence. Je me permettais d'imaginer toutes les choses dégoûtantes que j'allais lui faire, mes penchants très sombres mentionnés par Castillo remontant à la surface. Lorsque l'odeur de son parfum flotta dans mes narines, le feu d'avant fut ravivé, ma faim était hors normes.

Rester assis pendant les quarante-cinq minutes du spectacle était interminable, mettant à l'épreuve mes dernières résolutions. J'avais senti les vibrations de mon téléphone non pas une mais deux fois. Si quelqu'un me dérangeait, c'est qu'il y avait des nouvelles importantes.

Quand l'entracte arriva, ma patience fut à bout.

— C'est l'heure, Valencia. Si tu fais des manières, la punition sera terrible.

— Pourquoi tu fais ça ?

— Parce qu'un marché est un marché.

Sans hésiter, je pris sa main, l'emmenant loin de la scène.

— Qu'est-ce que tu fais ? Ce n'est pas fini, chuchota-t-elle d'une manière étrange. Je ne viens pas avec toi, espèce de dingue.

Je la pris à bras le corps, mon bras entourant son dos, la tenant très près de moi.

— Tu n'as pas l'air d'avoir bien compris. Ton père et moi avions fait un marché qu'il n'a pas tenu. Il m'a trahi. C'est comme ça.

— Il ne m'utiliserait jamais pour faire un marché, sauf si c'est avec le diable, dit-elle en essayant de se dégager. Enfin, peut-être que tu es le diable, déguisé, ajouta-t-elle.

Sa nature rebelle avait du mordant cette fois, ce qui me séduisait. Je ne pouvais pas attendre de l'avoir derrière des portes fermées.

Je baissais la tête, savourant son parfum, presque enivré par cette fragrance exotique.

— Il était au courant des termes et a accepté. De la même manière de laquelle il t'a offerte à moi pour une soirée. Il n'a pas seulement détruit sa relation avec toi, il a aussi scellé le destin de nos deux familles.

— Et donc ? Cela veut dire, encore une nuit avec toi ? dit-elle avec faiblesse.

— Non. À partir d'aujourd'hui, tu es à moi. Tu es ma propriété et je ferai ce que je veux de toi.

— Tu es vraiment monstrueux.

— Tu n'as pas idée, ma princesse. Ton père a voulu jouer avec moi. Je suis un homme dangereux, je te le garantis. Tu es à moi. Je vais t'entraîner, te discipliner. Te baiser. Point. Je te conseille de garder ça en tête.

Alors que nous franchissions les portes, le valet réagit rapidement. Avec une main fermement enroulée autour de son bras, je me servais de l'autre pour sortir le téléphone de ma poche, et manœuvrer jusqu'aux deux messages vocaux qui avaient été laissés.

— Je te tuerai pour ça, dit-elle comme ça. Tu penses peut-être que je suis une faible mais tu ne sais pas de quoi je suis faite.

— Ma princesse, j'ai hâte de te voir essayer.

Les deux messages d'Enrique étaient exactement ce que je voulais entendre. J'avais eu raison dans mes suppositions. Santiago était à quelques rues de là, en train de dîner dans l'un des meilleurs restaurants de South Beach. Je passai l'appel en respirant l'air de la nuit, les parfums incroyables de la ville que j'aimais tant. Quand Enrique répondit, je donnai un ordre simple.

— Rejoins-moi dans 5 minutes dans le parking.

— Trou du cul, enculé, fumier, ordure. Je devrais hurler.

— Cela ne t'aidera pas, ma princesse. Personne ne viendra t'aider. Pas ici, pas dans ma ville.

Elle ne se défendit pas lorsque je l'installai dans la voiture, mais dès que je m'installai sur le siège du conducteur, je pris son sac à main.

— Qu'est-ce que tu fais ?

Sa demande était comme un aphrodisiaque.

— Tu n'es pas près d'utiliser ton téléphone. Passer un appel sera un privilège.

— Mon dieu, tu es vraiment un taré. Je ne comprends rien de ce qui se passe.

— Tu es une femme très intelligente, Valencia. Tu en sais plus sur ton père que ce que tu ne laisses paraître. Je t'emmène en sécurité. Il y a un nombre élevé de personnes qui voudraient s'emparer de toi.

— Toi y compris ? lança-t-elle.

J'allumai le moteur, sortant en trombe du parking.

— Je n'ai aucune intention de te blesser, Valencia, mais je te punirai si nécessaire.

Elle allait contester chaque aspect de sa captivité, me combattre à chaque occasion.

Mais elle apprendrait sa leçon.

Elle me céderait, à la fois dans son corps et dans son âme.

Et ce jour-là, elle m'appartiendrait pour toujours.

Elle restait silencieuse alors que je fonçais dans le trafic vers un autre endroit chic, avec un parking souterrain. Je savais qu'il valait mieux ne pas penser que je pouvais la laisser seule ou l'amener à l'intérieur. Enrique et l'un des autres soldats se dirigèrent vers moi, attendant que je gare la voiture.

Je coupai le moteur, tapant des doigts sur le volant.

— Pourquoi est-ce qu'on s'arrête ? demanda-t-elle en examinant mes soldats.

— Parce que c'est comme ça. Tu seras une gentille petite fille le temps que je revienne, n'est-ce pas ? dis-je en prenant son menton dans ma main. J'espère pouvoir te faire confiance, ajoutai-je.

— Va te faire foutre.

Je l'embrassai, ma main glissant jusqu'à son cou, l'odeur de son parfum forçant ma bite à être pleinement éveillée. Son goût était exactement comme dans mes souvenirs, épicé avec un soupçon de cannelle. Je poussai ma langue au-delà de ses lèvres, buvant son essence alors que je prenais ce qui m'appartenait. L'excitation me traversait, l'adrénaline coulait jusqu'à ce que mon cœur accélère très vite.

Elle frappa ses poings contre ma poitrine, se tortillant et gémissant pendant plusieurs secondes. Je pouvais sentir qu'elle acceptait, que son corps s'abandonnait à moi comme il l'avait fait auparavant. Notre connexion était plus forte que jamais.

Je pouvais la prendre ici même sans poser de questions, la baiser comme un animal sauvage. Bien que je sois de nature primitive, je refusais de l'amener à un niveau aussi dégoûtant. J'en avais fini avec les toilettes sales. Elle ne méritait que le meilleur.

Tant qu'elle obéissait.

Quand je rompis le baiser, ses yeux restèrent fermés, ses lèvres entrouvertes et son visage chatoyant d'excitation.

— Ton père et toi avez beaucoup d'ennemis, Valencia. Mes hommes vont te protéger. Sois gentille ou sinon, tu seras punie très sévèrement. Et je te garantis que ça ne va pas te plaire.

Elle se lécha les lèvres, me regardant droit dans les yeux.

— Va te faire foutre.

Je ris doucement en attrapant les clés de la voiture mais juste avant de fermer la porte, elle eut le temps de me parler.

— Tu vas crever pour ça.

J'avais presque envie de la voir essayer. Ou son père.

— Elle ne doit sortir sous aucun prétexte. Si besoin, attache-lui les mains.

Mon ordre ne devait pas être questionné.

— Pas de soucis, boss, dit Enrique en souriant.

Je rajustai ma veste avant d'entrer dans le restaurant, sans passer par l'hôtesse. Je connaissais bien l'endroit, j'avais apprécié de nombreux dîners incroyables. Je balayai la salle à manger principale, localisant facilement Santiago et son groupe. Soit il ne me remarquait pas, soit il ne se souciait pas de mon approche. Je n'étais pas surpris qu'il soit avec une belle femme. Il était connu pour être un coureur de jupons, un autre aspect que je ne pouvais pas tolérer.

— Bonjour, Santiago.

Je me tenais juste sur le côté, mes yeux balayant les environs immédiats. Il avait deux de ses hommes de main qui les protégeaient, participant à leur propre festin à seulement deux tables de là. En quelques secondes, leurs vestes furent ouvertes, leur puissance de feu étant évidente.

Santiago leva sa serviette, s'essuya la bouche puis fit un signe de la main pour empêcher ses soldats de réagir.

— Miguel, content de te voir. Je dois avouer que Miami m'avait manqué. Une belle ville avec des gens superbes. Et la musique ! Tu veux t'asseoir et manger un morceau avec nous ? dit-il en posant son verre de vin.

Il ne semblait pas inquiet. La femme à ces côtés, par contre, semblait mal à l'aise.

La réaction de sa dame l'ennuyait.

— Sois gentille, ma douce, et va te commander un verre au bar.

Ce n'était pas une proposition mais plutôt un ordre.

J'examinais son verre et essayais de deviner ce qu'il avait pris. Il saisit alors un verre et m'en servit une petite quantité.

Sa lèvre inférieure recula de quelques centimètres alors qu'il essaya de paraître détendu, s'asseyant profondément dans son siège.

— Bon, qu'est-ce que tu me veux, bon sang ?

Je pris mon verre à la main, sentant et jouant avec le vin.

— Un excellent choix, Santiago. Ce que je veux ? Ce qui me revient, dis-je en prenant une gorgée, le fusillant du regard.

— Je ne te dois rien, j'ai honoré notre accord. Nous allons gagner un paquet d'argent, toi et moi, d'ici deux semaines.

Je souris alors que je me penchai sur la table, m'assurant qu'il n'y ait que lui qui m'entende.

— C'est là que tu te trompes. D'accord, de l'argent a été échangé et j'ai l'intention d'en gagner plus, mais je suis aussi bien conscient de l'arrangement que tu as fait avec certains... individus. Ces personnes ont l'intention de détruire une partie de mon entreprise. Comme tu peux l'imaginer, ce ne sera pas toléré.

Il sembla surpris que je sache qu'il était derrière la tentative de sabotage.

— Je te redemande, qu'est-ce que tu me veux ? demanda-t-il à nouveau.

— Ce n'est pas ce que je veux, c'est ce qui me revient, Santiago. Valencia est à moi, dis-je en prenant une autre gorgée, profitant des saveurs du vin.

— Tu n'oseras pas !

— Oh, si. Et c'est déjà le cas. On dira que c'est un remboursement pour tes conneries, dis-je en reposant le verre, me penchant encore plus. Pour ce qui est du reste, je serai en contact avec toi. Je te conseille de quitter Miami ce soir avant que ce ne soit un bain de sang.

Lorsqu'il sembla complètement abasourdi, son visage devenant rouge vif, je sus que mon message avait été reçu haut et fort.

Mon père m'avait bien enseigné.

Il y a de bien meilleures façons de détruire son ennemi que l'utilisation de la violence.

Je venais de le prouver.

Et le meilleur était à venir.

CHAPITRE 6

 *alencia*

— Je te hais ! Je te haïrai toujours. Tu toucheras peut-être mon corps, mais mon cœur, jamais.

Les mots furent crachés au Portoricain comme s'il en avait quelque chose à foutre. J'étais intimement en phase avec un homme de son pouvoir.

Et sa domination.

Chaque aspect de son être était irritant, contraignant.

Enivrant.

Je fermais les yeux, écrasant ma libido. Miguel croyait honnêtement qu'il pouvait simplement me posséder, comme une chose. Je ris amèrement, même si je savais que cette possibilité était réelle. Les hommes comme Miguel Garcia prenaient ce qu'ils voulaient sans hésitation.

Les hommes comme Miguel laissaient des souvenirs obsédants, des peurs éparpillées.

Des désirs sans fin.

Quand Miguel referma la porte de la voiture avec un bruit sourd, je sursautai, le regardant alors qu'il s'éloignait, toujours aussi suave dans ses actions, froid comme un flocon de neige. Il respirait le danger autant que le sex-appeal, le fantasme de toute fille.

De précieuses minutes s'étaient écoulées, mon esprit était en ébullition. Mon père ne se souciait-il vraiment pas assez de sa propre fille pour permettre que cela se produise ?

Je croisai les bras sur ma poitrine, la sensation de mes tétons excités qui grattaient le tissu fin de ma robe me rappelant une fois de plus que mon propre corps m'avait trahie à plusieurs reprises. Comment Miguel m'avait-il trouvée ?

Mais surtout, qu'avait-il l'intention de faire ?

Mon père n'était pas un homme stupide. Il était toujours prudent sur les plans de voyage, s'assurant que chaque détail était géré, la sécurité assurée à chaque endroit. Plusieurs de ses propres hommes avaient fait le voyage avec nous, ses soldats étaient des tueurs bien entraînés.

Deux d'entre eux avaient été affectés au défilé de mode, deux hommes compétents.

Bien que je ne les aie pas vus.

Je frissonnais à cette idée, en réalisant que j'avais pu être amenée ici en paiement d'une affaire qui avait mal tourné.

Devais-je avoir peur de Miguel ? Je connaissais sa réputation. J'avais lu plusieurs articles après son départ, et trouvé toutes les informations le concernant sur Internet. Il était impitoyable à tous égards, un homme à craindre pour les hommes comme pour les femmes.

Il était également très instruit et très intelligent, et avait obtenu un diplôme prestigieux à Harvard. Dans mon esprit, cela le rendait encore plus dangereux.

Lui et sa famille avaient été liés à plusieurs meurtres, mais aucun membre de l'illustre famille Garcia n'avait jamais été condamné ou passé un jour derrière les barreaux. Ils étaient connus dans tous les sens du terme et régnaient sur leur royaume avec une force et un pouvoir qui terrifiaient les politiciens et les forces de l'ordre. Bien qu'ils aient eu leur lot d'ennemis, personne ne pouvait s'installer sur leur territoire.

Ils étaient également brutaux dans leurs représailles.

À quoi est-ce que cela ressemblait ?

Je fermai les yeux, détestant la petite voix dans ma tête mais elle avait raison.

Un enlèvement.

J'avais été enlevée, probablement pour être enchaînée dans une cage comme un animal. Je regardais par la fenêtre, étudiant les deux hommes qui avaient été désignés pour me garder. C'étaient d'énormes monstres, sans doute tout en muscles et sans cerveau. Je laissais mes yeux balayer le garage, osant regarder derrière moi. Il n'y avait pas une âme en vue.

Ce bâtard arrogant pensait qu'il était plus grand que la loi ou mon père. Miguel n'était rien d'autre qu'un trou du cul de première. Rien de plus.

Même si je savais au fond de moi que ce n'était pas tout à fait le cas.

Sexy.

Musclé.

Divin.

Dominant.

— Mon Dieu, lâchai-je, sentant la chaleur entre mes cuisses.

Je l'avais aperçu au concert, mais je n'en étais pas certaine jusqu'à ce qu'il s'assoie à côté de moi une heure auparavant. Pourquoi avait-il pris la peine de venir à cet événement ? Je levai les yeux au ciel. Comme si Miguel pouvait se soucier d'autre chose que de lui-même.

Je passai mes doigts sur ma bouche, me rappelant ce baiser passionné. Son parfum dansait encore sur ma peau, comme il l'avait fait après son départ quelques semaines auparavant. Honnêtement, je n'avais jamais pensé que je le reverrais et j'avais été heureuse de penser que ce serait le cas.

Je l'avais aussi détesté.

Puis j'ai eu envie de lui, fantasmant sur notre temps passé ensemble chaque nuit. Ma collection de vibromasseurs n'avait pas été suffisante pour satisfaire mes besoins. Seul cet homme pouvait le faire.

J'étais choquée et embarrassée de l'avoir laissé me prendre une fois de plus. C'était un seigneur du crime, rien de mieux qu'un vulgaire voleur.

Tout comme mon père.

Je voulais quitter ce style de vie, me cacher dans un pays étranger, vivre comme une fille normale. Au lieu de cela, je fus capturée par l'ennemi.

Pour être utilisée.

Pour être entraînée.

Pour être disciplinée.

Pour baiser.

Ses mots résonnaient dans mon esprit. Il lui faudrait me passer sur le corps. Je trouverais un moyen de m'échapper.

J'avais entendu mon père maudire le nom de Miguel et ordonner à ses soldats de le tuer à vue s'il tentait à nouveau d'entrer dans notre pays. Mais mon père avait passé un accord, m'utilisant comme garantie au cas où il ne respecterait pas les conditions.

Je réalisais qu'il n'avait pas l'intention d'honorer quoi que ce soit, y compris sa relation avec sa fille unique. Je n'étais rien d'autre pour lui qu'une possession, tout comme ma mère ou ses voitures et bateaux adorés.

Je restais assise, réfléchissant à ce que je pouvais faire, le cas échéant. J'avais des amies dans ce pays. Je savais qu'elles feraient n'importe quoi pour moi. Tout ce que j'avais à faire était d'avoir accès à un téléphone. Cela devrait être assez facile.

Une seule larme glissa sur mes cils, me rendant encore plus furieuse. Je n'allais certainement pas laisser Miguel me briser. Pas maintenant. Ni jamais.

Je tournai la tête, observant les deux hommes qui bavardaient avec animation. Et ils ne faisaient absolument pas attention à moi. Je me glissai sur le siège du conducteur, jetant à nouveau un coup d'œil dans leur direction avant d'ouvrir lentement la portière. Je réussis à me glisser dehors et à fermer la porte sans aucun bruit. Je restai accroupie à côté de la voiture pendant quelques secondes tandis que j'étudiais les environs, serrant mon sac à main contre ma poitrine.

Tout ce que j'avais à faire était de trouver un téléphone et de me cacher, en attendant que ma meilleure amie m'emmène loin d'ici.

Et de l'homme qui tenait ma laisse.

De la colère refit surface une fois de plus, de la fureur non seulement contre les actions de Miguel mais aussi contre le fait d'être forcée d'accepter que je n'étais qu'un objet précieux sur tous les plans.

Mon père.

Mon... amant.

Je retins mon souffle, jetant un autre coup d'œil aux soldats costauds, disant une prière silencieuse avant de contourner les véhicules à côté de moi. Le léger bruit de mes talons contre le béton suffit à me donner des palpitations. Lorsque je perçus la voix forte de l'un des hommes, j'avançai péniblement de quelques mètres avant d'arracher mes chaussures et de les prendre en main. Je me mis à courir vers les ascenseurs situés au fond du garage. J'avais juste besoin de rentrer dedans.

Allez, vas-y. Tu peux le faire.

Cette petite voix me fit prendre de la vitesse, mes jambes s'agitant tandis que je me faufilais entre plusieurs voitures garées. C'était ma seule option et même là, les chances n'étaient pas en ma faveur. Un homme comme Miguel avait sans doute des soldats positionnés dans chaque rue à proximité. Je remontai ma robe, ce fichu tissu gênant ma vitesse. Ils étaient juste derrière moi. Bon sang.

Je jetai un coup d'œil par-dessus mon épaule, horrifiée de voir qu'ils étaient à moins de 5 mètres, tous deux criant et m'injuriant comme si je n'étais rien d'autre qu'une fugueuse.

Je détestais la situation dans laquelle je me trouvais, je détestais tout, y compris moi-même. J'étais à moins de 10 mètres de l'ascenseur. L'allégresse m'envahit, une montée d'adrénaline se produisant. J'étais confiante. J'étais forte. J'étais prête à faire tout ce qu'il fallait pour m'échapper.

Le léger tintement de l'ascenseur était comme une douce musique, me forçant à me concentrer sur ma tâche. Je fonçais dans une autre allée. Des phares s'approchaient à vive allure, un véhicule arrivait. Mon instinct me disait qu'ils fonçaient vers moi. J'entendis le crissement des pneus, alors que le conducteur fonçait au coin de la rue, la voiture faisant des embardées sous l'effet de l'élan. Puis tout se passa au ralenti.

— Stop ! cria un des hommes de Miguel.

— L'enculé a un flingue ! cria l'autre gars.

Mes pieds glissèrent sur la surface, me prenant au dépourvu. Je fus propulsée en avant, trébuchant, mon corps vacillant, prête à basculer vers le sol. Non. Non ! Des flashs apparurent dans la périphérie de ma vision, une fenêtre en train de se baisser, mes yeux purent se concentrer sur le canon d'une arme.

La douleur me traversa lorsque j'essayai de me rattraper, mais le geste ne fit que me projeter contre une surface métallique.

Je tombai contre l'arrière d'un SUV, assommée, ma cheville grinçant de douleur.

Et il n'y avait nulle part où me cacher, aucun moyen de m'éloigner de la voiture qui approchait.

Je jetai les mains en l'air, un glapissement nerveux franchissant mes lèvres pincées. S'il vous plaît, mon Dieu. Aidez-moi. Aidez... moi !

Pop ! Pop !

Je tombai avec un bruit sourd et brutal, tout mon corps criblé d'une douleur intense, un poids lourd sur moi. Je ne pouvais plus respirer, mes poumons étouffés par la masse au-dessus de moi, mes talons s'envolant de ma main.

— Laissez-moi partir, pitié.

— Silence, c'est moi. Ne bouge pas.

Miguel.

Je reconnaîtrais sa voix sulfureuse n'importe où.

Il ne perdit pas de temps, me prenant dans ses bras, me jetant sur mes jambes flageolantes, saisissant mes talons, son corps recouvrant le mien.

J'entendis une autre série de coups de feu, des pneus crisser une fois de plus et quelques secondes plus tard, je fus projetée dans l'ascenseur ouvert et plaquée contre la paroi arrière.

— Merde, merde ! cracha Miguel, s'éloignant de moi assez longtemps pour frapper ses mains sur les boutons de la console.

Je respirais bruyamment, la terreur me paralysant. Je fermai les yeux, étourdie par la douleur, recroquevillée dans un coin. J'avais du mal à me concentrer mais je pouvais voir l'homme, mon ravisseur qui se déplaçait de toute sa hauteur, la rage englobant chaque centimètre de son visage. Lorsqu'il frappa sa main contre le mur, je grimaçai, sursautant involontairement.

Sa respiration restait irrégulière, le bruit de la boîte métallique qui bougeait était la seule chose sur laquelle je pouvais me concentrer. Il frappa à nouveau sur la console, l'ascenseur s'arrêta brusquement, le léger bruit sourd se répercutant dans mes oreilles.

Miguel se tourna finalement vers moi, me pressant, laissant tomber mes chaussures et enroulant ses mains autour de mes poignets. Lorsqu'il me mit debout, je sursautai devant tant de véhémence.

— Putain, qu'est-ce que tu croyais faire ? Je t'ai dit d'attendre dans la voiture. J'ai fait en sorte que tu comprennes qu'il y avait des gens dangereux qui te considéraient comme une menace pour leur mode de vie. Tu as été stupide. Tu as failli mourir. Si je n'avais pas été là, si mes hommes n'avaient pas veillé sur toi, alors... on aurait pu te tuer.

J'entendais ce qu'il disait. Je pouvais sentir la colère qui entourait son corps tendu et j'en comprenais même le sens.

Seul mon esprit avait du mal à traiter quoi que ce soit. J'étais perdue. J'étais malade. J'étais seule.

J'étais sa prisonnière.

Il prit des inspirations goulues avant de me tirer dans ses bras, posant sa main sur l'arrière de ma tête. La chaleur de son corps et les battements rapides de son cœur suffirent à calmer ma peur et mes nerfs à vif.

— C'était stupide, Valencia... C'était... Putain, ne refais jamais ça, bordel.

Je m'accrochais à lui, comme une enfant rebelle, reprenant mon souffle alors que je réalisais qu'il y avait quelqu'un d'autre, ici, déterminé à me tuer.

Qui ?

Pourquoi ?

Je ne pouvais qu'imaginer.

Il prit une série de respirations profondes avant de m'adosser à la paroi de l'ascenseur et de soulever mon menton d'une main. Son regard était plein de réprimandes mais aussi de quelque chose d'autre.

De la peur.

Je n'avais jamais vu ce genre d'émotion chez lui. Il était toujours en contrôle, un homme sombre et dangereux. Aujourd'hui, il avait fait un faux pas de son côté, quelque chose dont je doutais qu'il puisse se reproduire.

— Je suis… désolée, arrivai-je à dire avec peine.

La façon dont ses doigts s'enfonçaient dans ma peau était vivifiante, mais rappelait clairement l'homme exigeant qu'il était. Je serrais la mâchoire, l'électricité ayant un effet presque aveuglant. Lorsqu'il baissa la tête, ses lèvres touchant presque les miennes, je me rendis compte que je m'étais mise sur la pointe des pieds, forçant nos bouches à n'être plus qu'à quelques centimètres. Je sentais non seulement son parfum riche et exotique mais aussi la rage qui entourait tout chez lui.

Comme il me l'avait déjà dit.

Il ne perdait jamais.

La tentative d'assassinat l'avait déstabilisé.

Je me baissai, frottant ma main contre ma cheville, grimaçant. Au moins, elle n'était pas cassée.

— Vraiment ? Pour de vrai ? dit-il en rigolant, passant sa main dans mes cheveux.

Il me regardait de haut en bas, visiblement énervé.

— Je ne pense pas que tu dises la vérité mais tu vas m'écouter et par Dieu, tu vas faire ce que je te dis de faire. Compris ?

— Oui.

— Je n'ai pas entendu.

— Oui !

Il se rapprocha à nouveau de moi, ses yeux étaient noirs comme la nuit.

— Je vais te le demander une dernière fois. As-tu compris ?

Qu'est-ce qu'il voulait de moi ? Du respect ? Il pensait gagner mon respect en me menaçant ? En me protégeant ?

En me sauvant la vie.

— Oui, monsieur.

Il sembla se détendre et il fit un léger signe de tête.

— Mieux. Tu apprendras. Point, dit-il en se tournant vers la console de l'ascenseur, appuyant sur un bouton. Ta cheville, ça va ? demanda-t-il.

— Oui.

Il frappa à nouveau le métal froid, sa frustration toujours là.

— On mettra de la glace dessus.

— Je te dis que ça va. Vraiment.

Alors que l'ascenseur s'élevait à nouveau, je continuais à trembler.

De ce qui avait failli se produire.

De ce qui allait se passer dans le futur.

Des émotions qui me traversaient.

Il détourna le regard dans ma direction, ses épaules se soulevèrent.

— Tu veux que je te dise que ton père t'a donné contre un deal de drogue ? Sa propre fille contre de la poudre blanche ?

Devais-je vraiment répondre à cette putain de question ? Je ne devais pas lui laisser imaginer que j'avais des doutes envers mon père.

— Je ne sais pas de quoi tu parles. Mon père ne fait que se servir de toi. Je suis sa princesse.

Ma déclaration l'amusa, un fin sourire se glissant sur ses lèvres.

— Crois ce que tu veux. Je sais la vérité. Quand tu seras prête à apprendre, tu me le diras. Mais avant, tu devras m'appeler maître.

Maître ? Je serrais le poing, ne voulant rien d'autre que de le réduire en bouillie. Au lieu de cela, je serrais les lèvres, repoussant les mots méchants et les cris de colère. Je savais que ça ne me rendrait pas service.

Je réussis à faire glisser les talons sur mes pieds, ma cheville me lançait, mais je refusais de céder à ma faiblesse. Je me balançais d'avant en arrière à cause du froid intense, et je tremblais de partout. J'étais malade de l'intérieur, plus craintive que je ne l'avais été depuis si longtemps.

Depuis que Miguel était venu à Cuba.

Depuis qu'il m'avait emmenée pour une nuit incroyable.

Depuis qu'il m'avait rappelé que j'étais un peu plus qu'un bien.

— Mon père ne tolérera pas ça, dis-je à moitié pleine de rage et à moitié en riant.

Il ne prit pas la peine de se retourner ou de me reconnaître d'une quelconque manière. Il se tenait simplement debout, les mains devant lui, son corps musclé gardant l'entrée de la porte. J'avais vu l'arme. Je savais de quoi il était capable.

Et il avait l'intention de tuer tous ceux qui croiseraient notre chemin.

Les portes s'ouvrirent finalement sur un magnifique hall d'entrée de ce qui semblait être un hôtel de luxe. Quand il se retourna pour prendre ma main, je ne pris pas la peine de lutter. Cela valait mieux.

Les deux mêmes hommes qui avaient reçu l'ordre de me protéger se dirigeaient vers nous. Miguel restait agité, se contentant de nous faire sortir de l'ascenseur et de nous entraîner dans le couloir carrelé de marbre. Attendre.

Il préparait quelque chose.

Je pouvais presque voir les rouages de son esprit tourner, préparant une attaque contre l'auteur de l'attaque.

— Désolé, boss, elle s'est échappée.

L'homme le plus grand était très musclé, plein de tatouages. Son regard était froid comme de l'acier et prêt à tuer.

— On parlera de ça plus tard. Je n'accepte *pas* l'échec, dit Miguel calmement même si je pouvais voir la colère dans son regard.

L'autre soldat regarda à gauche puis à droite avant de parler.

— Ils se sont échappés.

Miguel soupira, se tendant.

— Des informations utiles ?

— Un SUV noir, des fenêtres teintées. J'ai eu un bout de la plaque d'immatriculation, dit le premier soldat, mal à l'aise.

— Sans doute de fausses plaques, soupira Miguel. Mais je sais bien de qui ça peut venir.

Il me jeta un regard de travers avant de tirer un de ses hommes sur le côté, en chuchotant.

Sans doute des instructions étaient-elles données.

J'étais encore secouée, incapable de calmer ma respiration. Ce que Miguel avait dit pouvait-il être vrai ? Je refusais de le croire.

Une autre minute entière s'écoula avant qu'il ne fasse des pas lents dans ma direction. Je n'avais jamais vu son regard aussi froid, aussi dangereux.

— Cordero, il me faut ma voiture. Assure-toi que les autres soient au courant de ce qu'il s'est passé et donne à tous une description précise de la voiture ainsi que de ce que tu aurais pu voir des deux gars. Suis-nous jusqu'au loft et reste de garde toute la nuit. Pigé ? dit Miguel d'un ton uniforme.

Les deux soldats acquiescèrent. Miguel était vraiment très puissant.

— On sera au bar. Je doute que ce fils de pute retente quelque chose tout de suite, ajouta Miguel en lançant les clés à Cordero. Donne-nous 15 minutes.

— Oui, boss, dit Cordero en hochant la tête et regardant l'autre soldat. Toi, tu restes ici.

— Compris, dit l'autre soldat en regardant autour de lui.

Cordero recula enfin, se dirigeant à grandes enjambées vers la porte tournante.

Miguel prit une autre profonde inspiration avant de reporter toute son attention sur moi. Une fois de plus, il était à quelques centimètres de moi et quand il parla, des frissons me parcoururent l'échine.

— On va boire un verre et nous allons parler. Je veux tout savoir sur le business de ton père et ses ennemis.

J'ouvris la bouche avant de me raviser et de me pincer les lèvres.

Il mit sa main sur mon cou, me serrant encore plus fort qu'avant.

— Méfie-toi de moi, Valencia. Ton père a déjà essayé de détruire une partie de mon business, tout en laissant ses ennemis attaquer sa fille. Cela ne se reproduira pas. Tu es dans mon territoire. Mes règles. Pas de questions et pas de conneries.

— Qui étaient les types qui ont essayé de me tuer ?

— À toi de me le dire.

— Euh, d'accord.

Je pouvais dire avec certitude qu'il avait un pressentiment sur l'identité des assassins.

Il grogna de sa manière dominatrice habituelle et passa sa main le long de mon bras, entrelaçant nos doigts ensemble.

Je devais m'appuyer sur lui, faisant de mon mieux pour ne pas boiter, la brute me suivant de près. Je ne pouvais m'empêcher de scruter les dizaines de personnes qui parcouraient le vaste hall. Étaient-ils des tueurs ? Étaient-ils déterminés à mettre fin à ma vie ? Mes pensées étaient explosives et me rappelaient une fois de plus que ma vie ne signifiait rien ou presque dans le monde de la mafia.

Miguel me fit asseoir sur un tabouret dans le coin de la pièce, dos au mur. Cet emplacement lui permettait de voir toutes les personnes qui entraient et sortaient. Il restait debout, penché sur le bar pendant seulement quelques secondes avant que le barman ne s'approche. Je pouvais voir qu'ils se connaissaient bien, mais il n'y eut que quelques mots échangés.

— Comme d'habitude. Plus un saut de glace et un torchon.

Miguel soupira, lançant une nouvelle série de regards furieux à travers le bar avant de s'installer sur le siège en cuir. Au début, il ne prit pas la peine de se tourner dans ma direction, prenant simplement un moment pour déboutonner sa veste.

Je me tenais dans l'ombre, mes yeux papillonnant constamment dans toutes les directions. Oui, les hommes dans le

SUV m'avaient terrifiée, me poussant dans les différents moments d'obscurité que j'avais connus la majorité de ma vie, sauf ces dernières années. La dernière fois qu'une tentative d'assassinat avait eu lieu, c'était lors de mon vingt-et-unième anniversaire, l'événement festif organisé dans l'un de mes restaurants préférés.

Alors que mon père avait pris soin de s'assurer que tout l'espace était à nous pour la nuit, ses soldats monstrueux étant positionnés partout, un invité indésirable avait failli transformer les festivités en tragédie.

Un mort. Plusieurs blessés.

Tant de sang versé.

Mon père hurlant vengeance.

J'avais appris quelques jours plus tard que mon père avait rassemblé au moins deux douzaines d'individus, les interrogeant et les brutalisant selon des méthodes qui me retournaient l'estomac. Même des années plus tard, j'étais incapable de comprendre les horreurs auxquelles ces hommes avaient été confrontés. Et l'assassin n'avait jamais été retrouvé.

— Tu as vu mon père, dis-je tout doucement.

— Je l'ai vu. Nous avons discuté affaires et nous avons finalisé les termes de notre nouveau marché.

Les mots utilisés par Miguel étaient froids, éloquents. Professionnels.

On parlait d'une vie.

D'un kidnapping.

Alors que le barman s'approchait, sans jamais prendre la peine de me regarder dans les yeux, je réalisais que Miguel avait des relations partout, dans tous les domaines. Son pouvoir et son influence étaient manifestement considérables.

— Et il a dit quoi ? Est-ce qu'il t'a rigolé au visage et il t'a dit qu'il allait te pourchasser, comme le sale chien que tu es ?

— Il n'avait rien à me dire, Valencia. Comme je t'ai dit, nous avons passé un marché, avec des conditions. Tu fais partie de ce marché en tant que paiement partiel.

L'arrogance froide de cet homme était choquante.

— Tu te moques de moi ! Il va te pourchasser, crois-moi. Il va te couper en morceau et te donner à bouffer aux alligators.

— Baisse d'un ton, Valencia. Une dure punition t'attend. Je ne pense pas que tu veuilles que ce soit pire.

Les mots de Miguel furent suivis par une main qui entourait le torchon et une autre qui me caressait le menton.

Je tentais de reculer mais le regard qu'il me lança fut suffisant pour me maintenir immobile. Je frissonnai à nouveau. Ses traits s'adoucirent lorsqu'il plongea le torchon dans le seau de glace, soupirant avant de le frotter contre mon visage, enlevant les taches de saleté. La douceur avec laquelle il effectua cette action n'aurait pas pu être plus surprenante.

— C'est mieux comme ça, dit-il tout bas.

Je pus à peine résister quand il me prit la jambe et la leva. J'eus presque le souffle coupé alors qu'il enlevait ma chaussure.

— Ta cheville gonfle.

— Je... tout va bien.

Il haussa un sourcil tandis qu'il remplissait la serviette de glace, repliant le tissu de manière si minutieuse. En pressant le paquet contre ma jambe, il étudia mon expression. Après quelques minutes, il prit une gorgée de sa boisson, toujours aussi sexy et imperturbable.

— Merci, je peux le faire.

Je tendis la main et au moment où nos doigts se touchèrent, l'électricité fut stupéfiante, me coupant le souffle.

Les narines de Miguel se dilatèrent, le bout de ses doigts glissant jusqu'à mon pied avant de se retirer complètement.

— Bref. Parlons maintenant. Il faut que l'on parle de ton père. Pas de mensonges, pas de bobards.

J'étais atterrée, la colère me montant à la tête.

— Je pensais que tu avais un cœur, mais en fait, non. Tu es juste un gros porc.

— Tu m'as déjà dit ça, Valencia. Je comprends, même si je pense que tu devrais dire ça à ton père à la vue des risques qu'il a pris.

J'ouvris ma bouche mais fis une pause avant de parler.

— Tu étais au concert, n'est-ce pas ?

Il sembla surpris, presque impressionné.

— Oui. Je voulais admirer ton talent et j'ai été impressionné, c'est vrai. Comme je te l'ai déjà dit, tu es une musicienne très douée.

Je fus surprise qu'un homme comme Miguel prenne le temps de venir voir un concert et d'apprécier de la bonne musique. Je ne pouvais non plus omettre le fait que j'avais envie qu'il vienne me voir.

— Merci. Au moins, il y avait quelqu'un pour m'encourager.

— Ton père était là aussi, Valencia.

Ricanant, je le regardais. Il ne mentait pas.

— Tu te mets à défendre mon père maintenant ? On joue à quoi, en fait ? Je ne comprends pas, tu veux que je le haïsse puis tu veux que je l'aime. Je ferai ce que je veux faire.

— Je ne joue à rien du tout. Mais je suis juste quand il faut être juste. Il était très fier de toi ce soir-là.

Je ne savais pas si je pouvais lui faire confiance.

— Mais putain, qu'est-ce qu'il t'a dit ? jetai-je, ma défiance se manifestant de manière hideuse.

Je me fichais qu'il me donne une fessée. Je m'en foutais s'il m'enfermait, me poussant dans une cage. Je n'allais pas me laisser faire facilement.

— Tu veux parler du marché qu'il m'a lancé dans la tronche ou le fait qu'il a trahi ma famille de plusieurs manières ?

Il y avait de la colère dans sa voix, de l'obscurité dans ses yeux. Je pouvais sentir la rage qui se dégageait de chaque pore lorsqu'il grogna, faisant tourner son verre d'avant en arrière.

Je reculais, regardant ailleurs.

— Tu n'as pas l'air de savoir ce qu'est une vraie trahison, Miguel.

Il soupira, me rapprochant mon verre.

— Peut-être. Pourquoi ton père est à Miami ?

— Tu veux dire, peut-être qu'il est là pour une autre raison que le concert ? dis-je en riant, savant très bien que mon père n'en avait rien à foutre. Franchement, je ne sais pas, ajoutai-je.

Il m'attrapa le coude, me rapprochant de lui.

— Écoute, je ne suis pas d'humeur à ce qu'on se moque de moi. Ton concert était évidemment une couverture pour autre chose. Bien que je comprenne que ton père… ne veuille pas impliquer sa fille intelligente dans ses affaires… Que fait-il ici ?

Ses doigts pénétraient dans ma peau. Quelle que soit l'action de trahison qui avait eu lieu contre Miguel et sa famille, elle n'était pas prise à la légère.

— Il m'a suggéré qu'il venait voir un client, un client important pour ses affaires. Je sais que c'est une mauvaise idée d'essayer d'en savoir plus. Tu ne te rends peut-être pas à quel point c'est une brute. Qu'il t'ait trahi ou non, il ne vendra pas sa fille comme du bétail. Je ne lui appartiens pas. Je suis faite de sang et de chair, sa princesse. Comme tu l'as déjà si bien dit.

Mes mots étaient empreints de venin. Je repoussai volontairement le verre sur le côté, même si je ne voulais rien d'autre que de le lui jeter à la figure.

Mon commentaire lui arracha un léger sourire, sa lèvre supérieure se retroussant.

— Tu es certainement de la chair et du sang, une femme qui doit être traitée avec le plus grand respect. J'ai vu chaque centimètre de toi, douce Valencia, et je suis conscient de tes envies, des sombres désirs qui alimentent chaque once de la belle femme en cage que tu es devenue. Ce que certains appellent des penchants répugnants qui te transportent dans tes rêves. Plaisir. Douleur. Soumission. Tu as faim de tout ça. Je suis le seul homme capable de te donner ça.

— Tu ne sais rien de moi.

— J'en sais bien plus que ce que tu n'imagines, dit-il d'un ton sombre et plein de désir.

— Tu es un taré et crois-moi, je ne te laisserai jamais me dominer. La seule chose que je veux, c'est de te voir crever, dis-je en levant la main, prête à le gifler.

Il fit claquer son poignet comme s'il anticipait déjà mes actions, sa prise ferme alors qu'il tirait mon bras sur mes genoux, le tordant jusqu'à ce que je gémisse de douleur. Il se pencha plus près de moi jusqu'à ce que ses lèvres pulpeuses puissent effleurer le lobe de mon oreille.

— Chaque action a ses conséquences. Tu as déjà dépassé les bornes plus d'une fois et cela va te coûter une bonne punition. Je te conseille de rester à ta place. Je suis exactement le type d'homme dont tu as toujours rêvé. Je vais te faire connaître l'extase, la vraie, emmenant ton corps vers des nouveaux sommets de plaisir mais avant cela, il faudra que tu m'obéisses.

— Va te faire enculer, arrivai-je à peine à dire.

J'étais excitée, chaude, le cœur à fond. Je n'arrivais pas à le faire sortir de ma tête.

— Je compte faire ça avec toi. Maintenant, sois une gentille fille et finis ton verre. Nous sommes ici pour parler comme des adultes. Je sais bien que tu vas essayer de m'échapper encore une fois mais je *suis* un homme brutal, le genre d'homme qui ne connaît pas le mot « non ». Tu ne peux t'enfuir nulle part et ton père ne viendra pas te sauver.

Je me débattais, essayant d'échapper à son emprise, des larmes se formant dans mes yeux. Comment avais-je pu laisser ma garde tomber il y a quelques semaines ? Comment avais-je pu lui permettre de voir une partie de la vraie fille qui était en moi ? Je trouverais un moyen de m'échapper et un jour, je reviendrais pour me venger, que mon père y participe ou non.

— Je te hais. Par Dieu, je te hais.

Je détestais aussi mon héritage.

Et mon père.

Et ce putain de marché qui m'envoyait directement en enfer.

Et... je me détestais moi-même.

— Tu peux me haïr autant que tu veux. Mais tu craqueras. Ton corps sera à moi. Et ton âme. Et ton cœur.

CHAPITRE 7

Miguel

Conséquences.

J'avais prononcé ce mot comme si je m'attendais à ce que Valencia suive mes ordres sans poser de questions. J'avais oublié combien elle pouvait être fougueuse, presque hautaine dans sa façon d'être. Elle était la fille de son père après tout.

La haine.

Elle pouvait me haïr. Elle avait assez de raisons pour cela, mais l'horreur que j'éprouvais pour Santiago et Kostya était bien plus intense.

J'étais furieux, enragé contre moi-même d'avoir pris des risques avec sa sécurité. Je ne croyais pas aux conséquences et le fait que Castillo ait été présent à l'événement aurait dû être un avertissement suffisant. Il était simplement un tueur à gages. Peut-être que sa vie avait été sauvée par mon intervention.

Seulement après qu'elle m'ait désobéi de toutes les manières possibles. Mais l'incident n'était peut-être qu'un avertissement, Santiago anticipant mes actions, me narguant même. Pour un homme qui avait perdu sa fille, il n'avait certainement pas semblé surpris.

Avait-il déjà passé un accord secondaire avec quelqu'un d'autre ? Je doutais que cette personne soit Kostya. Les méthodes d'organisation étaient bien supérieures à celles du Russe. Cependant, si Kostya travaillait pour quelqu'un qui voulait s'emparer de toute la côte Est, s'installant sur le territoire d'Aleksei après avoir dépouillé celui de ma famille, le Russe trouverait certainement les dernières informations utiles.

Pourtant, ce que je savais de Castillo indiquait qu'il était un tireur d'élite, n'ayant jamais manqué aucune cible. Tuer Valencia aurait dû être un travail facile, cette pensée alimentant diverses idées intéressantes, y compris le fait que sa mort n'avait jamais été l'objectif.

Un avertissement et rien de plus.

Je ne doutais pas que Cordero et ses soldats trouveraient Castillo et quand ils le feraient, ce connard me dirait tout. Je devais trouver un moyen de faire comprendre tout ça à Valencia. Elle ne serait pas utilisée comme un pion dans un jeu dangereux.

— L'homme qui te pourchasse est dangereux. Je te garantis qu'il va encore essayer.

Je ne savais pas si elle avait compris ce que je venais de dire.

Elle soupira, me lançant avec peine un regard.

— Tu comprends ce que je dis ? C'est un vrai assassin, quelqu'un qui n'en a rien à foutre que tu sois une princesse ou simplement une femme. Avant de te tuer, il va sans doute vouloir profiter de toi à fond. Et ensuite, ce sera un carnage. Ton corps sera envoyé à ton père. Enfin, si on arrive à l'identifier.

— Si tu essaies de me faire peur, tu t'y prends mal. J'ai déjà entendu ce que mon père faisait aux traîtres.

— Putain de merde ! dis-je en envoyant mon poing dans le volant.

À un stop, je tournai doucement la tête, sa seule réaction fut de lever les yeux au ciel.

— Qui sont les ennemis de ton père ? demandai-je avec autorité.

— Tu veux dire, tous sauf toi ?

Putain !

On n'arrivait à rien.

Je soupirais alors que les lumières de la ville défilaient de part et d'autre. Elle avait la tête contre la vitre de la portière du passager, ne murmurant pas un seul mot depuis qu'elle avait été poussée dans la voiture. Je comprenais ses réactions, son besoin d'auto-préservation, mais je n'allais pas accepter de m'apitoyer sur mon sort.

Peut-être que je remettais beaucoup trop en question mes décisions et mes actions. Je regardais le rétroviseur avant de prendre le dernier virage vers mon appartement. Même si malgré la sécurité renforcée, personne n'était autorisé à entrer ou à sortir sans confirmation, je ne voulais prendre aucun risque tant que je ne maîtrisais pas la situation.

Avec Cordero et Enrique qui montaient la garde, j'aurais l'occasion de passer quelques appels. Je pourrais aussi prendre mon temps avec la charmante enfant sauvage. Ma bite continuait de me faire mal en pensant à commencer son entraînement, à l'inciter à se rendre complètement.

Mais à quoi je pensais ? Je voulais qu'elle me succombe de toutes les manières possibles. Elle n'avait pas le choix, sa vie appartenait maintenant à l'homme qui allait enlever les couches qu'elle avait cachées pendant des années. Cependant, une obéissance absolue était requise sans poser de question. Je retins mon souffle, imaginant une fois de plus tous les actes vils et répugnants que je lui ferais accomplir.

J'avais vu un simple aperçu de la femme enfermée dans une cage dorée et bien qu'elle n'ait pas cru que je venais de la libérer, elle l'apprendrait bien assez tôt. Toutes les armures n'étaient pas en acier.

— Et mes affaires ? finit-elle par demander.

Elle avait toujours son petit côté rebelle, ses restes de fille unique.

— On peut en acheter. Tu en auras quand je t'autoriserai à en porter, dis-je en la regardant.

— Mon Dieu, quel porc tu es.

Je dus me contenir de rire à sa provocation.

— Tu n'as aucun objet d'importance, Valencia.

— Mon violoncelle ! cracha-t-elle. Je refuse de vivre sans musique. Si tu as un tout petit peu de jugeote, tu sauras que je ne vivrai pas sans musique. Tu le comprendras, à moins que tu ne sois un monstre.

Je n'avais pas pensé à son instrument. Je me posais la question de si je devais lui en acheter un nouveau. Je savais que cela ne servirait pas à grand-chose.

— Je dirai à un de mes hommes d'aller le chercher. À la condition que tu m'obéisses.

— Obéir. Je n'y crois pas, chuchota-t-elle.

— Tu apprendras que mes règles te permettront non seulement de rester en vie, mais aussi de satisfaire tous les aspects de tes désirs pervers que tu as eu peur d'affronter.

— Très bien, comme tu veux. J'apprendrai à être un gentil toutou.

Sa défiance pourrait facilement lui faire commettre une erreur. Elle devait apprendre à tenir sa langue et à prendre la situation au sérieux. Alors que je me dirigeais vers la longue allée menant au garage souterrain, elle se pencha en avant, fixant l'imposant gratte-ciel.

— Ce pays est fondé sur l'avarice, dit-elle de manière offensée.

— Et l'immobilier de ton père ? Ces millions auraient pu être utilisés pour nourrir des familles qui meurent de faim.

Elle me lança un regard plein de haine.

— Écoute-toi, tu prétends que tu te soucies de mon pays. C'est la maison de mon père, Miguel. Je pourrais vivre dans une toute petite maison sur la plage, écouter le clapotis des vagues chaque nuit. Une vie simple. Une vie avec honneur. Mon père déshonore son propre peuple par son style de vie somptueux, l'avidité est sa motivation dans presque tout, alors que d'autres sont affamés.

Je l'écoutais et, bien sûr, je compris la chance que j'avais. J'avais vu le niveau de pauvreté. Je n'étais pas à l'abri des bâtiments en ruine et des conditions de vie difficiles à Cuba. Je devais respecter son animosité pour une richesse basée sur la terreur des autres.

Lorsque je me garai sur la place de parking, elle resta assise, comme une partenaire réticente. Je m'avançai sur le béton et fis signe à Cordero de venir avant de faire le tour du côté passager.

Il se tenait à quelques mètres de là, scrutant sans cesse la zone, déterminé à ne plus jamais s'attirer mes mauvaises grâces. Il avait vu des épisodes de ma colère, une colère que souvent je ne pouvais pas contrôler.

Après avoir ouvert la porte, je lui tendis la main, essayant de réfréner l'impatience qui se profilait déjà en moi. Elle finit par saisir ma main, les yeux écarquillés par notre connexion. Le fait de voir qu'elle était obligée de boiter envoya une autre vague de colère dans mon esprit. Un jour, Castillo et moi nous rencontrerions à nouveau et ce jour-là, je le tuerais.

— Envoie un de nos gars chercher le violoncelle de Valencia à son hôtel.

Il n'y avait aucun moyen qu'elle ait pu entendre mon ordre. Peut-être étais-je un homme horrible en la forçant à montrer son niveau d'obéissance avant de lui fournir son bien le plus précieux, mais à ce stade, cette décision était nécessaire.

— Pas de souci, boss. Enrique s'occupera de vous. Je vais m'occuper du reste après avoir fait un tour, dit Cordero d'un hochement de tête respectueux.

— Parfait. Arrange-toi aussi pour que notre réunion de demain se passe bien à 10 heures et que tout le monde soit là. On doit trouver la taupe.

Ça me démangeait d'écraser l'idiot qui avait osé me contrarier. Il y avait une chance que Kostya ait agi seul. J'avais été imprudent et maladroit en laissant trop de détails sortir au grand jour.

Tous mes efforts pour effectuer des changements dans l'organisation familiale avaient été contrecarrés. Peut-être que les vieilles méthodes de mon père étaient les meilleures.

Brutales et impitoyables.

— Ce sera fait, boss. Vous avez besoin d'autre chose ce soir ? dit-il en observant Valencia.

Je tournai alors mon regard vers elle.

— Oui, contacte Sylvie. Elle va babysitter Valencia demain quand je serai à la réunion, dis-je en lui lançant un regard de travers.

Il savait exactement où je voulais en venir.

— Une babysitteuse ? Tu te fous de moi ?

— Pour des raisons évidentes, je ne peux pas te laisser seule. Il te faudra des affaires et Sylvie peut te protéger et s'occuper de toi en cas de besoin.

Je pouvais voir de l'amusement sur le visage de Cordero. Je n'avais jamais utilisé Sylvie autrement qu'en tant que soldat entraîné. Je savais que cette femme serait furieuse de ces ordres, mais j'avais peu de choix. Je savais également que lorsqu'il s'agissait d'extraire des informations, Sylvie serait capable de le faire bien mieux que moi ou que n'importe lequel de mes soldats. À ce stade, je n'allais pas être pris dans le flou à nouveau.

Plus jamais.

Valencia siffla plusieurs mots en espagnol, les différents noms qu'elle me donnait étaient amusants.

— Je vais l'appeler, dit Cordero.

Je tenais fermement sa main tandis que je me dirigeais vers les ascenseurs, ma faim augmentant à chaque instant.

Elle refusait même de me regarder pendant le trajet, se blottissant contre la paroi d'acier, la bouche tordue. Enrique nous étudiait tous les deux, sa curiosité grandissant. Mes soldats ne m'avaient pas vu avec quelqu'un d'autre qu'un rencard occasionnel pour un événement majeur nécessitant ma présence, un peu plus que de la poudre aux yeux pour les curieux. Cela ne me ressemblait pas du tout, c'était une rupture avec tout ce que je considérais comme le plus important.

Le mariage.

La famille.

La loyauté.

Je n'étais tout simplement pas fait pour au moins deux d'entre eux, mes sœurs ayant pris les gènes de ma mère. Je savais peut-être ce que ma femme aurait à endurer, le genre de danger auquel mes enfants seraient confrontés à chaque instant de leur vie. Je refusais de faire ça à quelqu'un d'autre.

Bien que mon père ait voulu perpétuer notre lignée, mon fils serait le seul chef qui aurait été acceptable dans l'avenir.

Honnêtement, je détestais les manières du vieux monde.

Enrique nous suivait dans le hall, restant en retrait pendant que je déverrouillais la porte. Je n'avais aucune idée de ce qu'elle penserait de mon récent achat, bien qu'elle soit habituée aux environnements cossus. J'allumai plusieurs lampes, le coûteux système d'éclairage à LED mettant en valeur diverses pièces d'art et sculptures et illuminant les canapés et les fauteuils en cuir.

Seul le meilleur faisait l'affaire.

Valencia semblait retenir son souffle alors qu'elle entrait lentement, se dirigeant vers le milieu de la pièce principale. Je laissai tomber les clés sur la table du vestibule, épuisé par cette longue et pénible journée. Elle sembla figée pendant quelques secondes, puis elle se dirigea finalement vers les baies vitrées, secouant la tête et marmonnant à nouveau en espagnol.

— *Cerdo opulento.*

Porc opulent. Je dus me retenir d'exploser de rire.

— J'ai le droit de sortir ? demanda-t-elle avec docilité.

— Enlève tes chaussures.

Elle écarquilla les yeux, noire de colère.

— J'ai dit, enlève tes chaussures. La dernière chose que je veux qu'il t'arrive, c'est que tu trébuches et tombes de mon balcon.

Elle se détendit et prit le temps d'enlever ses chaussures, doucement.

— J'ai le droit maintenant ?

Elle n'avait aucune idée d'à quel point j'avais envie de ravager son corps.

— Tout à fait. Mes règles sont simples. Tu vas rester chez moi sauf si tu es avec moi ou si je donne l'ordre à un soldat de t'emmener à un endroit. Tu auras le droit d'aller partout mais tu ne pourras pas communiquer. Tu ne seras pas autorisée à contacter ton père ou ton ami qui habite pas loin d'ici.

Son regard changea à nouveau et la méfiance réapparut sur son visage.

— Tu as une capacité incroyable à tout foutre en l'air en parlant. Je veux juste sortir.

Ses mots étaient violents mais je comprenais ce qu'elle voulait dire.

— Je ne suis pas un homme facile, Valencia, mais je vais essayer d'être aussi indulgent que possible.

Elle ricana.

— Tant que je suis prisonnière ici.

Elle se dirigea vers la porte, l'ouvrit et sortit.

Je la suivis mais restai derrière la vitre, étudiant la femme maintenant en ma possession. Elle était crispée, restant à un bon mètre de la balustrade tout en regardant son environnement. Quand elle finit par s'approcher du bord, ses mains balayant les barres de fer, la légère brise fouettant ses cheveux, je sus que j'avais pris la bonne décision.

Et j'avais encore plus envie d'elle.

Je retirai ma veste, la jetant sur le dos d'un des canapés, et retroussai immédiatement mes manches. L'obscurité de mon environnement avait un effet marqué ce soir. Ma gouvernante avait changé les magazines sur la table basse, une demande qu'elle trouvait souvent drôle pour un homme comme moi. Qui lisait encore de vrais magazines ?

Après avoir détaché mon nœud papillon, je le jetai par-dessus la veste, riant doucement pour moi-même en déboutonnant ma chemise. Je détestais être dans ce costume de singe, préférant une vie plus discrète. Cette pensée me fit sourire. Tout le monde me connaissait comme un homme d'affaires, qui ne se reposait jamais. La vérité, c'est que je n'avais jamais passé plus de cinq minutes sur les grands balcons. Je ne m'étais jamais baigné dans la piscine située à l'étage inférieur, ni même détendu dans le jacuzzi.

J'avais dépensé près de quarante-huit millions de dollars pour un loft de 1 000 mètres carrés dans lequel je dormais et guère plus. Même la cuisine offrait peu de nourriture. Je réalisais que je me trompais si je pensais avoir vraiment vécu ma vie. Je ne faisais qu'exister depuis des années, fonctionnant uniquement comme un chef de mafia.

Je me dirigeais vers le bar bien achalandé, une autre caractéristique révélatrice. Combien de nuits avais-je mangé dans un restaurant, refusant de cuisiner dans ma propre cuisine ? Je soupirai en préparant les boissons, tout en jetant des coups d'œil dans sa direction.

Peut-être que ce soir pourrait être le début de quelque chose de phénoménal ou le début d'une fin. Dans tous les cas, je devais m'assurer que Santiago et Kostya soient éliminés. Sinon, tout respect pour ma position serait anéanti. Je ne pouvais pas me permettre un accroc, pas avec mon père qui prévoyait de prendre sa retraite.

Je n'avais plus pensé à sa déclaration désinvolte, mais même en tenant compte de notre relation difficile, il était toujours mon père. Tout comme Santiago avait toujours une place dans la vie de Valencia.

Cette dichotomie était quelque chose que je devais garder à l'esprit.

Alors que je sortais, la nuit et le moment me rappelaient ceux passés à Cuba, sauf que cette fois, elle resterait dans mon lit. Elle sentit ma présence comme elle l'avait fait auparavant, se hérissant et s'éloignant. Je posai simplement son verre sur l'une des tables, me déplaçant vers une chaise à quelques mètres de là.

— Tu devrais éviter de t'appuyer sur ta cheville.

Elle ne dit rien, ne bougeant pas pendant bien deux bonnes minutes avant de regarder le verre et de le saisir. Et à ce moment seulement, ses yeux osèrent me regarder.

— C'est magnifique. Il y a une piscine en bas, génial. Elle est à toi ?

Je soupirai, jouant avec mon verre.

— Oui. Comme je te l'ai dit, tu pourras explorer toute ma propriété. Il y a plusieurs chambres et salles de bains, une salle de sport... Je vais m'arranger pour que l'on te prépare une chambre ou dans une pièce, que tu puisses jouer de ton instrument tranquillement.

Il y avait une telle élégance tranquille en elle. L'obscurité s'était installée, mais la lune brillante me permettait de voir son expression pensive avant qu'elle ne prenne une gorgée de son verre.

— Merci. J'aurai aussi besoin de partitions, si tu es un homme décent, tu me les donneras. Enfin, si j'y ai le droit.

Un homme décent ? Cette phrase me surprit.

— Tu auras de plus en plus de liberté au fur et à mesure que le temps passera, dis-je, fatigué.

— Si je t'obéis.

— Oui. Je m'attends à ce que tu essaies de t'enfuir. Si j'étais toi, je penserais à ces hommes dans ce garage. Ils avaient une idée en tête. Toi.

Elle fut à nouveau surprise. Elle ne semblait toujours pas comprendre.

— Mais pourquoi ? Qu'est-ce que je leur aurais fait, à ces gens ?

— C'est à toi de le deviner. Ton père a sans doute plus d'ennemis que toute ma famille. Tu as toujours été une cible. J'ai facilement trouvé quand tu allais venir et où tu allais jouer ton concert. Tout le monde aurait pu faire de même. Cet appartement, ici. Il va te garder en sécurité. Je vais te protéger.

— Mais seulement si tu m'enchaînes comme un animal.

Je pris une gorgée de mon verre, essayant de ne pas m'énerver. Elle voulait me pousser à bout. Elle avait besoin de voir ce que j'allais faire, jusqu'où j'irais dans mon effort pour la former.

La soumettre.

La dominer.

Ma faim était débridée, la bête griffait à la surface.

— Tu connais maintenant mes règles et ce que j'attends de toi. Toute infraction sera punie. Comme je t'en ai déjà parlé, il y aura des conséquences pour toutes tes actions. Et cela commencera dès ce soir.

Si elle avait peur de ce qui l'attendait, elle ne le montrait certainement pas. Je posais l'arrière de ma tête contre la chaise, étudiant les vagues de l'océan à travers les barreaux de fer. Je devais admettre qu'ils me rappelaient une cellule de prison.

Je pouvais entendre la glace cliqueter dans son verre alors qu'elle prenait plusieurs gorgées, je pouvais presque détecter les battements rapides de son cœur. Il y avait eu un désir clair dans ses yeux au défilé de mode, le genre de faim que deux compagnons primitifs ressentent, l'attraction qu'aucun d'eux ne peut nier. Il était temps de commencer sa nouvelle vie.

Je me levai de la chaise et lui tendis la main.

— Viens avec moi.

Elle tourna la tête, levant la tête avec dédain.

— Je n'en ai pas l'intention.

Inspirant, je restai dans ma position, mes yeux fixés sur les siens.

Un tic nerveux apparut au coin de sa bouche et son incapacité à soutenir mon regard signifiait qu'elle comprenait au moins la situation dans laquelle elle se trouvait. Elle enroula sa main autour de la balustrade avant de hocher la tête une fois.

La sensation de sa main dans la mienne me déclencha une nouvelle décharge électrique qui parcourut l'arrière de mes jambes. Il était évident par ses tétons durcis qu'elle ressentait la même chose. Mon emprise restait ferme tandis que je la conduisais à l'intérieur, vers l'escalier presque caché menant au rez-de-chaussée. Alors que mon esprit ne pouvait que l'imaginer nue, la baiser de toutes les manières possibles, garder le contrôle total sur elle était vital.

Et il n'y avait aucun doute qu'elle découvrirait mes méthodes... spéciales.

La chambre que j'avais choisie était presque aussi clairsemée que le reste de la maison, mais parfaite pour la première partie de son entraînement. J'avais eu peu de temps pour me préparer à son arrivée, bien que certaines de mes inclinations m'aient permis d'avoir une petite collection de méthodes de discipline adaptées.

Lorsque je lâchai sa main, elle croisa les bras, marcha au centre de la pièce et lorsque j'allumai la lumière, elle inspira.

— C'est ici que je vais rester ?

— Pour l'instant, oui.

— Je pensais que tu allais m'enchaîner à ton lit.

Je me rapprochai de la commode, ouvrant un tiroir.

— Il faudra que tu gagnes le droit de dormir avec moi.

— Quel enculé, chuchota-t-elle.

— Pour ce qui est de ce commentaire supplémentaire, tu vas recevoir une punition. Déshabille-toi.

— Quoi ? dit-elle en tournant la tête, reculant de quelques pas. Pourquoi ?

— Ne questionne pas mes ordres. Compris ?

— Compris.

Son visage était pincé de colère, ses yeux remplis de rage. Elle sembla hésiter et je tournai ma tête dans sa direction.

— Tu as une dernière chance d'être une gentille fille car sinon, je te garantis que la punition sera atroce.

Elle cligna des yeux plusieurs fois, sa lèvre inférieure frémissant mais, à son honneur, elle obéit, les doigts raides alors qu'elle commençait à se déshabiller.

Je me tournai vers elle, choisissant la sangle que je comptais utiliser. Je n'avais pas l'intention de l'enfermer dans la chambre ou de la garder enchaînée à un lit, à l'exception de ce soir. Une période de temps passée seule devrait lui permettre de mieux comprendre sa situation. J'entendis un léger bruissement et toutes les parties de mon corps furent envahies par la faim, mes boules se contractant.

Lorsque je me retournai, la vue de cette femme me coupa le souffle. La femme audacieuse et fougueuse semblait modeste, presque minuscule, alors qu'elle tentait de couvrir ses seins d'un bras, son autre main s'étalant sur son monticule succulent. Ce qui m'attirait le plus était la longue ligne de son cou, les os ciselés de ses épaules et les doigts très délicats utilisés pour créer une musique si sensuelle.

Valencia balançait la tête, toujours provocante, si royale dans ses manières. Elle ne voulait absolument rien avoir à faire avec moi. Elle baissa le regard sur ce que j'avais dans la main, ses yeux ne s'ouvrirent que brièvement.

— Quoi que tu me fasses, vas-y.

Je ris de son audace, de la fierté que j'allais briser.

— Allonge-toi sur le lit.

Mon ordre fut suivi d'un soupir mais elle savait qu'il ne valait mieux pas me défier. Elle obéit.

— Ici ?

J'ignorais, du moins, j'essayais d'ignorer le frottement de ma bite contre ma fermeture Éclair.

— Je t'ai dit de t'allonger.

Sa bouche se tordit. Elle hésitait quoi répondre. Elle finit par se positionner au milieu du lit, les bras sur les côtés.

— Que fais-tu ?

— Qu'est-ce que j'ai dit ? Ne questionne pas mes ordres.

Je voyais qu'elle était furieuse mais aussi apeurée. Son corps entier tremblait.

— Les mains sur la tête.

Je me rapprochai d'elle, jouant avec la sangle en cuir que j'avais sélectionnée.

Un par un, elle plaça ses bras à peine au-dessus de sa tête, prenant de grandes respirations avant d'enfouir son visage dans la couette.

Je m'allongeai doucement sur le lit, prenant son poignet dans ma main. Elle serra les mains et donna plusieurs coups de pieds. Je fis glisser le bout de mes doigts le long de sa colonne vertébrale, réprimant un grognement lorsqu'elle tressaillit.

— Ce que tu vas apprendre est simple. Respecter mes ordres te facilitera la vie.

— C'est ça.

Sa réponse aurait dû m'énerver mais j'avais trop envie de la briser.

— Je te fais la promesse que je ne te ferai jamais de mal. Et que personne d'autre ne le fera non plus. Mais d'abord, il faudra que tu me fasses confiance.

— Comment te faire confiance après ce que tu m'as fait ? demanda-t-elle.

— Je t'ai sauvé la vie, Valencia, et je te garantis que je suis le seul homme qui puisse te protéger.

Je passais le cuir autour de son poignet, refusant de croiser son regard furieux. Une fois la boucle attachée, je fis le tour du lit pour passer de l'autre côté. Cette fois, son bras était mou, son acte d'indifférence me fit sourire.

Après l'avoir attachée, je passais ma main le long de sa colonne vertébrale une fois de plus, utilisant le bout de mon index, le faisant glisser dans la fente de ses belles fesses. Elle se crispa une fois de plus, prenant des respirations goulues tandis que j'imaginais le temps que nous avions partagé auparavant, le plaisir comme jamais je n'en avais connu. Je traçai la rondeur de ses fesses avant de caresser sa peau.

— Tu mérites une bonne fessée. Tu ne crois pas ?

— Non !

— Je vais te le redemander et tu vas répondre honnêtement. Est-ce que tu mérites une fessée pour ton comportement ?

— Va te faire foutre !

Les deux fessées que je lui mis lui arrachèrent un gémissement, ses poings se serrant.

— Valencia ?

— Oui. Okay. C'est ça que tu veux entendre ?

— Je veux que tu réalises que ce que tu as fait était dangereux.

Elle tourna la tête, essayant de me regarder dans les yeux.

— Très bien. Je t'ai dit pardon. J'avais juste eu peur.

— Tu n'as aucune raison d'avoir peur. Enfin, pas peur de moi.

Je donnai plusieurs fessées à son cul, appréciant la chaleur croissante sur ma peau. Chaque contact était électrisant, mon cœur battait la chamade.

Valencia enfouit à nouveau sa tête dans le lit, se débattant avec ses liens tandis que je continuais à la fesser, prenant mon temps pour passer d'une fesse à l'autre. La floraison de rouge me rendait presque fou de désir, mon cœur s'emballant, ma bite poussant fort contre le fin lin de mon pantalon. Je devais utiliser chaque once de retenue en moi pour ne pas la prendre maintenant.

Je lui envoyai encore quelques fessées, enivré par l'odeur de sa douce chatte.

— Est-ce que tu es excitée par moi ?

— Non.

Lorsque je fis s'écarter ses jambes, l'aperçu de sa jolie chatte rose était presque trop dur à supporter. Je glissai mes doigts sur ses lèvres gonflées, émettant un grognement primal.

— Ne me mens pas, Valencia. Tu peux m'être hostile mais ne mens pas. C'est un péché capital pour moi.

Au moment où je glissais mes doigts en elle, elle gémit, son dos se cambrait. Chaque cellule de mon corps était enflammée, le feu faisait rage, la bête au fond de moi était affamée. Je fis quelques allers-retours, ajoutant un deuxième puis un troisième doigt, ivre de désir.

Elle bougeait, ondulait les hanches tout en serrant les poings, luttant contre l'envie qui, je le savais, se développait.

— Oh...

Après avoir continué quelques secondes, je sortis.

— Seules les gentilles petites filles ont le droit à ce qu'elles désirent.

— Sois maudit !

Je me mis debout, utilisant ma main gauche et dégageant les cheveux de son visage humide.

— Comme je te l'ai dit, c'est moi qui domine.

Je la laissais me regarder pendant que je glissais mes doigts dans ma bouche, savourant leur délicieuse saveur.

Elle prit plusieurs longues respirations supplémentaires, ses yeux n'étant guère plus que des poignards.

Je me dirigeai vers la porte, repliant ma main sur la poignée. Je savais que si je me retournais pour lui faire face, je pourrais changer d'avis, son regard étant trop intense.

— Je reviens.

Silence complet.

J'attendais qu'elle réponde mais décidais de partir vu l'absence de réponse.

— Quand ? demanda-t-elle tout doucement.

Je mis mes mains dans les poches, me concentrant pour ne pas écouter mes désirs.

— Je ne te quitterai jamais, Valencia. Si tu essaies de t'enfuir, je te pourchasserai. Si on te kidnappe, je *viendrai* te chercher. Si on te fait du mal, quelqu'un paiera pour cela. Tu as ma parole d'homme. Si Dieu le veut, un jour, tu seras ma femme.

En fermant la porte, je savais très bien que mes menaces seraient rapidement mises à exécution.

CHAPITRE 8

 alencia

Chassée.

Je pouvais seulement l'imaginer me chassant comme le vrai prédateur qu'il était. Je soufflais, tournant la tête en direction de la porte, grimaçant au moment où elle se refermait et que je me retrouvais seul. *Trou du cul. Connard. Salaud* !

Il croyait vraiment que j'allais devenir sa femme, quelles que soient les circonstances ? Il devait plaisanter. J'aurais préféré me jeter d'une falaise plutôt que d'épouser un homme aussi dangereux, impitoyable et sans scrupules.

Un seul craquement me força à pousser un léger gémissement et je m'attendais à moitié à voir un croque-mitaine sortir de l'ombre intense. Je secouai la tête d'avant en arrière, étourdie par l'anxiété.

L'obscurité était étouffante, créant une vague de terreur dans mon corps, des souvenirs de m'être cachée dans un placard pendant que les soldats de mon père balayaient la maison et les terrains, quelque chose que je n'oublierais jamais. Je tremblais, comptant jusqu'à dix. Puis vingt. J'avais été capable de vaincre mes peurs auparavant. Ce... monstre n'allait pas me ramener à mon état le plus faible. De plus, Miguel avait dit qu'il reviendrait, et je savais qu'il le ferait. Mais quand ? Combien de temps allait-il me laisser ici, ligotée comme une criminelle ?

Ou comme une mauvaise petite fille.

Je gémis à cette idée.

Comme si je pouvais croire tout ce qu'il disait.

Salaud.

Je voulais crier tous les mots horribles que je connaissais et ses mots auraient dû enflammer ma fureur, mais ils ne le firent pas. Je tremblais de partout, ma chatte frémissait en pensant à lui. Mon Dieu. Comment pouvais-je désirer cet homme monstrueux de quelque façon que ce soit ? Je hurlais des mots de haine dans mon esprit tandis que mon corps me trahissait, mes tétons me faisant mal, aspirant à ce que ses doigts les pincent et les tordent.

Chaque partie de mon corps était en feu rien qu'à son contact et la légère fessée n'était qu'une tentation. Une partie de moi en voulait plus, les sombres désirs qu'il avait mentionnés me fascinaient. Non. Bon sang, non. Je me sentais malade.

Des images de la nuit à Cuba défilèrent dans mon esprit, la belle sculpture de son corps musclé, sa bite épaisse et palpitante. Je me tortillai à nouveau, réalisant quelques secondes plus tard que le jus de ma chatte avait coulé le long de mes cuisses, glissant sur le lit.

Il avait été à la fois dur et tendre, me permettant de me sentir libre pour la première fois depuis des années, peut-être même depuis toujours. Et j'avais envie de lui. Admettre ça n'allait pas me faire du bien. Il avait manifestement des intentions cachées derrière son masque de brute.

Soudain, des détails concernant cette tentative d'assassinat surgirent dans mon esprit, étouffant toute velléité. Grimaçant, je me tordis les poignets, le bruit du cuir qui grince me rappelant que je n'étais rien de plus qu'une prisonnière.

Que ce soit mon père qui tienne la clé de ma cage ou un homme qui me promette de me protéger, la situation était exactement la même.

Zéro liberté.

Ce que je réalisais, c'était que je reconnaissais l'un des visages des deux hommes qui m'avaient poursuivi. D'où, je n'en étais pas certaine. Je n'avais jamais été autorisée à rencontrer quelqu'un d'autre que les quelques hommes que mon père utilisait comme mercenaires et pour la protection de notre famille. Ses associés n'étaient jamais admis dans la maison.

À l'exception de Miguel.

Mon père avait-il vraiment planifié tout cet événement, en prétendant que ma vie ne comptait pas pour lui ? Il y avait peu de moyens de le savoir, mais je le découvrirais, d'une manière ou d'une autre.

La douleur dans ma cheville me poussa à râler. Je levai la tête, clignant plusieurs fois des yeux dans l'espoir de voir quelque chose. Au moins, il avait laissé les stores ouverts, le clair de lune laissant passer une lueur ruisselante. Je serrais les poings, me tordant dans mes entraves, faisant tout ce que je pouvais pour calmer mes nerfs. Aucune tension n'allait faire le moindre bien.

Je compris pourquoi Miguel faisait cela, pour renforcer son commandement absolu, un simple rappel qu'il avait négocié ma vie dans un acte de vengeance. Son animal de compagnie. Son obsession. Je fermai les yeux, me souhaitant une autre vie, la parfaite maison de plage dont j'avais toujours rêvé. Ce n'était certainement pas un mensonge, Miguel ne l'aurait pas toléré. Je n'avais jamais voulu vivre comme une riche princesse, un avantage que ma mère semblait apprécier. Ou peut-être qu'elle tolérait simplement le mariage arrangé auquel elle avait été forcée.

Je n'avais jamais vraiment pensé à cet arrangement malsain de manière négative auparavant. Ma mère avait toujours souri, riait aux moments opportuns, accueillait divers événements avec aisance et grâce. Je ne l'avais vue pleurer qu'une seule fois, un moment où, petite fille, elle avait perdu mon petit frère quelques jours seulement après sa naissance. Depuis lors, elle avait eu peu d'émotions. Peut-être que maintenant je comprenais pourquoi.

Cependant, je n'étais en rien comme elle. J'étais beaucoup plus forte qu'elle. Ni mon père ni Miguel ne prendraient le dessus sur moi. Un jour ou l'autre, j'arriverais à m'éloigner de lui. Il fallait juste que j'attende le bon moment.

Plusieurs minutes, peut-être plus, semblèrent s'écouler, l'absence de son me poussant à la paranoïa. Ce loft était immense, magnifique à tout point de vue, mais froid. Tout comme cet homme.

Tout comme une bête agitée.

Je repensais au concert, réalisant que les deux hommes avaient été dans le public, ce que j'avais du mal à comprendre. La musique était mon réconfort, mon évasion et ils avaient interféré avec mon monde privé. Maintenant, ce connard utilisait mon violoncelle comme monnaie d'échange. Mon père ne s'était jamais intéressé à ma musique, certainement pas autrement que pour m'embrasser sur la joue lorsque j'étais excitée par une bonne nouvelle. Je n'étais qu'une femme, rien d'important.

Je me calmai finalement, jouant le dernier concerto dans ma tête, appréciant les sensations éblouissantes du brillant maestro avec lequel j'avais eu la chance de collaborer. J'avais été choquée après avoir reçu l'appel, le Miami Symphony était l'un des orchestres les plus vénérés des États-Unis. Et ils m'avaient demandée comme invitée. C'était le rêve de tout musicien.

Maintenant, tout était fini, on me l'avait enlevé comme tout le reste. Je luttai contre une autre série de larmes amères, sachant au fond de moi que Miguel ne tiendrait jamais sa promesse, même si j'étais aussi bonne que l'or. Il ne me laisserait certainement pas de temps pour moi. Je serais à sa disposition à n'importe quelle heure du jour et de la nuit. Cette pensée était révoltante.

Horrible.

Inimaginable.

Excitante.

Je me détestais pour cette myriade de sentiments. Miguel n'était pas un héros parfait, un prince arrivant en calèche. Il était le crapaud, simplement vêtu de vêtements coûteux et magnifiques et doté d'un corps sensuel.

Combien de temps s'était-il écoulé ? Des minutes ? Des heures ? Je n'avais aucun moyen de le savoir.

Quand je perçus le craquement de la porte, je me hérissai, gardant mon visage détourné de lui, priant pour qu'il me détache simplement et me laisse tranquille. Je sentis un mouvement du poids sur le lit et retins ma respiration.

Jusqu'à ce que son souffle chaud tombe en cascade sur ma peau, enflammant toutes les braises que j'avais essayé si désespérément d'enfouir en moi.

Un gémissement glissa de mes lèvres avant que je ne puisse l'arrêter, la gêne et la honte de lui permettre de savoir combien j'étais incroyablement chaude et humide.

Dégoûtante.

Il restait dans l'obscurité, les coussinets rugueux de ses doigts allant de haut en bas de mon corps nu. Je pouvais sentir la chair de poule apparaître, exposant encore plus ma faim. Même l'odeur de mon jus de chatte était plus forte qu'avant.

Miguel était si calme, réservé dans ses manières alors qu'il faisait glisser ses doigts le long de ma jambe, touchant tendrement ma cheville enflée.

— Tu es sûre que ce n'est pas cassé ?

— Non, ça doit juste être une petite entorse.

— Dans ce cas, on remettra de la glace quand on aura terminé.

— Terminé ?

— Terminé ta punition.

Je retins de lui envoyer une remarque acide mais juste quelques secondes.

— Tu vas me baiser ? Te vider en moi pour ton plaisir ?

— Ouais.

Sa réponse était nette, franche. Est-ce que cet homme était capable d'avoir des émotions ?

— Regarde-moi, Valencia.

J'entendis le clic d'un interrupteur, la lumière ne faisant qu'ajouter à mon malheur.

Je choisis de l'ignorer, enfonçant mes doigts dans la couette.

Il me tira brutalement, me forçant à tourner la tête dans la direction opposée.

— Je t'ai dit de me regarder.

J'avais du mal à comprendre la tornade d'émotions qui le torturaient en permanence. Parfois, il était doux comme un agneau puis il devenait une bête sauvage la seconde d'après.

— Que veux-tu que je regarde ? L'armure qui t'étrangle et qui soi-disant te protège mais qui détruit l'homme qui s'y trouve ?

Ses yeux scintillèrent comme ils l'avaient fait au moment où il m'avait poussée dans l'ascenseur. Il relâcha simplement sa prise, passant ses doigts dans mes cheveux emmêlés avant de se lever. Un autre moment de tendresse, mais il me forçait à le regarder pendant qu'il détachait sa ceinture, prenant son temps avec l'épaisse boucle. Il imposait sa position sur moi.

Et je le détestais encore plus pour ça.

Pourtant, je ne pouvais pas m'empêcher de regarder chaque seconde de la façon dont il retirait lentement le cuir épais des boucles de sa ceinture ou l'expression presque sereine qu'il arborait. Il était dans son élément, ô combien puissant et dominateur. J'avais envie de rire, de lui hurler que mon père pouvait gérer ça d'une manière beaucoup plus violente, mais cette pensée n'était en aucun cas normale. Alors je gardais la bouche fermée, mes doigts toujours enroulés autour du tissu épais.

Il plia la ceinture en deux, passant ses longs doigts sur le grain dense, prenant plusieurs respirations profondes.

— Cela ne me donne aucun plaisir de te punir. J'espère que tu le comprends.

Non, je ne le comprends pas, ça. Trou du cul.

Combien j'avais envie de débiter ces mots, chaque syllabe chargée de venin. Peut-être voulait-il que je m'excuse encore une fois, que je le supplie de me pardonner. Ça n'allait pas arriver. J'enfouis mon visage entre les oreillers, en prenant plusieurs grandes respirations.

— 20 aujourd'hui. Je pense que ça va être un excellent rappel des règles qui te permettront de rester en vie.

Je n'avais pas de réplique méchante. Il n'y avait rien que je puisse dire. Ce n'était pas ce que je voulais dans ma vie. Faire face à ce futur me prenait aux tripes, détruisant tous mes espoirs et mes rêves. Mes pensées dérivèrent vers les fessées que j'avais reçues quelques semaines auparavant et j'eus honte qu'au moment où je le fis, mon corps entier éclata de désir. Chacune de mes cellules bourdonnaient d'électricité, l'attente me desséchait la bouche.

J'entendais le claquement de son poignet, le bruit de la ceinture qui se déplaçait dans l'air. Je retins mon souffle, anticipant une explosion de douleur dans chaque cellule et chaque muscle. Et oui, je sentis le coup dur contre mon cul, mais l'angoisse anticipée n'était guère plus qu'une douleur sourde. Peut-être que j'étais morte à l'intérieur, incapable de ressentir quoi que ce soit d'autre.

Le bruit se répéta, mais cette fois, mon ravisseur en lança deux d'affilée, les deux frappant exactement au milieu de mes fesses. Mes orteils picotaient, tout comme ma chatte. Un autre éclair de chaleur humide et d'embarras traversa mon corps. Juste un rappel supplémentaire de mes mauvaises habitudes. Peut-être que je devais simplement faire face au fait que j'étais une mauvaise petite fille, dévergondée et mauvaise. Peut-être que je méritais une punition sévère pour le simple fait d'être en vie.

Il expira, le son plus rauque qu'auparavant et même de ma position, je pouvais sentir sa concentration.

— Tu te débrouilles très bien.

Le seul claquement était plus fort cette fois, la sangle s'écrasant contre mes fesses. Cette fois-ci, la douleur éclata, aveuglante, me faisant recroqueviller les orteils alors que je me levais d'un coup sec du lit.

— Oh mon Dieu !

Je tremblais de partout, clignant des yeux alors que des larmes me montaient aux yeux. Pourquoi avait-il fallu plusieurs coups pour que mon corps s'anime, refusant d'accepter la punition ? Je haletai plusieurs fois, me déplaçant tandis qu'il frottait ses doigts sur mes fesses déjà brûlantes. Je pouvais seulement imaginer que je ne serais pas capable de m'asseoir pendant une semaine.

Miguel me fessa à nouveau. Et à nouveau. Puis deux autres fois, le rythme était si bien rodé que je savais qu'il avait déjà fait ça avant. Je perçus son grognement sauvage et bas, le son se répandant dans l'air autour de moi. Il aimait ça. Il voulait que je souffre. Comment le pouvait-il ? Je ne lui avais jamais rien fait de ma vie.

Lorsqu'une nouvelle volée arriva, je me débattis de toutes mes forces, le bruit de la partie métallique des menottes frappant le lit flottant tout autour de moi. Ce bruit affreux me rappelait un morceau de musique insensé, du heavy metal. Je faillis rire, le concept étant si inapproprié que je gémis à la place, faisant tout ce que je pouvais pour masquer mon extrême inconfort.

Il ne méritait pas de savoir à quel point cela faisait mal ou la peur qui encapsulait chaque partie de moi.

— Encore quelques-unes. Tu verras qu'obéir à mes règles va te rendre la vie plus facile.

Chacun de ses mots s'imprima dans mon cerveau.

Me faciliter la vie ? Il se moquait de qui ? Le bruit du claquement me surprit de nouveau, les deux fessées claquant contre le haut de mes cuisses cette fois-ci.

— Putain, putain !

En gémissant, je donnai un coup de pied, tournant et tordant mon corps, prête à le supplier d'arrêter. Je ne pouvais pas empêcher les larmes de couler, mon corps entier tremblait.

J'étais pourtant si vivante.

Je réalisais à ce moment précis que j'étais encore humide et chaude, mes tétons durs, une autre vague de désir me traversant. Comment cela pouvait-il m'exciter ? Comment pouvais-je imaginer avoir faim d'un homme qui ne respectait pas la vie ?

Mais je le faisais.

Je le voulais. Le toucher. Le goûter. J'avais envie que son odeur couvre mon corps, que ses lèvres soient pressées contre chaque centimètre de ma peau. Je voulais que sa bite dure soit enfoncée si profondément dans ma chatte que le bout touche mon utérus.

Je sentis presque son exaspération alors qu'il donnait les derniers coups, le bruit qu'il fit en jetant la ceinture me faisant sursauter une fois de plus. Allait-il me laisser comme ça ? Aurait-il pitié de la pauvre petite fille qu'il avait disciplinée ? Lorsque ses deux mains robustes pétrirent mes fesses meurtries, je frémis, retenant un cri. La piqûre était inimaginable, mais après quelques secondes, la chaleur de ses doigts me réconforta d'une manière étrange.

Je fermai les yeux, permettant à mon esprit de tomber dans une accalmie. Tout semblait être flou, mon cœur s'emballait et le son résonnait dans mes oreilles. Je ne savais pas qu'il m'avait détachée, je n'avais pas compris que j'avais été libérée jusqu'à ce qu'il prenne ma main dans la sienne, frottant ma paume avec son pouce dans des motifs circulaires.

— Je suis fier de toi, dit-il avec douceur en se tournant vers moi. Tu as le droit de me regarder, Valencia. Fini la douleur pour ce soir.

Je me mordis l'intérieur de la joue jusqu'à ce que je sois obligée de prendre plusieurs respirations calmes, ma main picotant, les sensations dérivant tout le long de mes jambes. Je rouvris lentement les yeux, me délectant de l'aura qui l'entourait, une aura de danger et de décadence. Il semblait encore plus maître de lui, ses traits robustes étant illuminés par la lumière douce.

— Tu te souviens de la promesse que je t'ai faite sur ce balcon, par cette magnifique nuit ? chuchota-t-il.

— La promesse ?

Je pouvais sentir ses doigts descendre tout doucement le long de mon bras.

— Oui… Toi seul peux déverrouiller la clé de la douleur ou du plaisir.

Je ravalais plusieurs fois, la tension s'apaisant. Alors que ses doigts continuaient leur chemin, effleurant délicatement mes seins, je frissonnais, incapable d'arrêter ce désir insupportable. C'était maintenant lui qui utilisait une clé en or, déverrouillant les chaînes qu'il avait placées autour de moi lorsqu'il était parti.

Il ne pourrait y avoir d'autre homme.

Il n'y aurait jamais d'autre amant.

Il le savait comme si nous étions destinés l'un à l'autre.

Maintenant, il exigeait non seulement mon acceptation mais aussi ma soumission.

— Tu es la seule qui puisse ouvrir la cage autour de laquelle ton cœur est enfermé, continua-t-il en jouant avec mes tétons.

— Oh…

Des étoiles flottaient devant mes yeux tandis qu'il faisait des mouvements encerclant mon téton durci encore et encore. Lorsqu'il me pinça brutalement le téton, je sursautai, le choc électrique étant si inattendu.

— Je… Oh, mon Dieu…

— C'est-à-dire, libérer la femme de sa prison, celle avec qui j'ai partagé une passion brute.

Ses yeux clignotaient, un sourire se dessinant sur sa lèvre supérieure, tandis qu'il se déplaçait vers mon autre sein, répétant le mouvement.

Je ne pouvais pas détacher mon regard de lui, de sa mâchoire ciselée, de son nez noble et de sa belle peau couleur miel. Il était la perfection, sauf qu'il se cachait derrière son propre masque, un masque forgé par la colère et les représailles. Lorsqu'il me tordit le téton, la douleur se transforma en un flot d'excitation croissante, chacun de mes nerfs s'agitant.

Se penchant sur moi, il souffla d'un téton à l'autre avant de faire tourner sa langue une seule fois. Il fit lentement glisser ses doigts sur mon ventre, devenant plus agressif, ses ongles s'enfonçant dans ma peau.

Ma respiration devenait irrégulière, mes yeux s'embrumaient alors qu'il s'approchait de mon nombril. Je perçus un grognement provenant de la base de sa gorge, un son primitif et barbare. Je réalisais aussi que j'avais ouvert mes jambes comme pour lui faire signe, ma faim refusant d'être ignorée.

— Tu es prête pour moi, dit-il d'un ton sombre et dangereux.

Les mots restaient coincés dans ma gorge, mais je savais que mon corps ne pouvait pas mentir. J'étais enchantée par chaque touché, par la magie de ses doigts.

— Tu as faim de moi, ajouta-t-il, me touchant avec tant de douceur.

J'étais presque à bout de souffle, si mouillée et chaude que je n'arrivais pas à penser correctement.

— Oui…

— Hum… Si douce et obéissante.

Il pencha la tête en faisant courir ses doigts le long de ma jambe. Puis sa bête ravageuse refit surface, ses actions ressemblant davantage au prédateur que je savais qu'il était. En se glissant entre mes jambes, il les poussa vers le haut et vers l'extérieur, les plaquant contre le lit.

— Oh… Mon…

Je passais ma main sur mon visage alors qu'il baissait la tête. Le même souffle d'air chaud était complètement différent, mettant mon corps en feu. Au moment où sa langue jouait autour de mon clito, je me soulevais du lit en poussant un gémissement étranglé.

Il n'était rien d'autre qu'un sauvage quand il enfonça son visage dans ma chatte, secouant sa tête d'avant en arrière dans des mouvements rapides. Les sons qu'il émettait étaient sexuels, primaux, et arrachaient tous mes derniers lambeaux d'humanité.

Je le voulais, l'attraction était bien trop intense. Je glissai mes mains jusqu'à mes genoux, tenant ouvertement mes jambes grandes ouvertes. Quand il émit un son rauque, je frémis une fois de plus, tombant dans un abîme de plaisir.

Il fit glisser sa langue de haut en bas de ma chatte, me conduisant dans un état de folie. Je pris plusieurs grandes respirations, essayant de maintenir ma position, balançant ma tête d'avant en arrière. Lorsqu'il poussa un doigt le long de mes lèvres gonflées, je sursautai, clignant plusieurs fois des yeux.

Son regard était brûlant, dominateur en tout point. Il enfonça un deuxième et un troisième doigt en moi, les faisant s'ouvrir tandis qu'il mordait mon clitoris.

Tout ce que je pouvais faire, c'était haleter, combattre l'orgasme qui était prêt à m'entraîner dans l'extase.

— Pas encore, ma princesse, pas encore. Maintenant, ferme les yeux.

Je faisais tout ce que je pouvais, essayant de l'écouter, mais mon corps refusait d'obéir. Les sensations de picotement étaient comme une bouffée de chaleur brûlante, les vibrations caustiques forçant mon corps à avoir des spasmes. Quand il retira ses doigts, je m'agrippai à la couette, tirant dans mon effort pour rester une bonne petite fille. Je ne savais pas que j'allais avoir mal lorsqu'il claqua ma chatte avec la ceinture, le son de la fessée me parvenant aux oreilles.

— Oh putain, oh !

Il m'en donna quatre autres, puis enfonça à nouveau son visage dans ma chatte, la léchant d'une manière qui faillit anéantir mes dernières résolutions. J'étais sur un autre plan, chaque aspect de ce qu'il faisait était surréaliste.

Miguel répéta l'action, me donnant quatre fessées rapides. Quand il recommença à enfoncer ses doigts aussi profondément que possible, je savais que je ne pourrais pas me retenir.

Je sursautai à nouveau en poussant un cri étranglé, chaque partie de mon corps tremblant tandis que l'orgasme me traversait comme un raz-de-marée. Je n'arrivais plus à respirer ou à penser, mon esprit et mes deux membres étaient ébranlés par l'intensité.

Il se retira complètement, léchant et mordillant l'intérieur de mes cuisses. À la seconde où il toucha ma chatte avec sa main, en mouvements rapides, l'unique orgasme se transforma en une vague fantastique.

— Oh, mon Dieu, oui !

Ce n'est que lorsque je cessai de trembler qu'il recula, un autre grognement rauque franchissant ses lèvres.

— Il va falloir t'entraîner, ma princesse. Tu n'as pas le droit de jouir tant que je ne te le dis pas.

Je n'avais pas de mots cohérents à dire, mon esprit était vide et mon corps épuisé.

Il se leva du lit, faisant glisser sa langue sur ses lèvres.

L'expression charnelle de son visage était sexy comme l'enfer, ses cheveux autrefois parfaits étaient maintenant ébouriffés. Je ne pouvais pas détacher mon regard de lui alors qu'il m'étudiait, comme s'il contemplait exactement ce qu'il voulait faire. Quand il me tendit la main, je me mis à genoux, incertaine de ce qui m'attendait.

Miguel n'était pas un homme patient et il n'avait certainement pas l'habitude de demander deux fois ce qu'il voulait. Il attrapa ma main, me tirant du lit. Bien qu'il n'ait pas été aussi énergique que je m'y attendais, peut-être parce qu'il s'inquiétait de ma cheville, il était certainement autoritaire dans tous les domaines.

Il me poussa contre l'épaisse porte en verre, mettant une main sur ma tête, puis l'autre. En déplaçant mes cheveux sur une épaule, il se pencha sur moi.

— Qu'est-ce que tu vois ? dit-il en murmurant dans mon oreille.

— De la solitude.

Je sentis une vague dans sa respiration et je compris que ma réponse l'avait surpris.

— Fascinant. Moi, je vois de la vie, des vagues, peut-être un peu de vent, de la pluie, l'influence du soleil et de la lune sur la marée. On ne sait jamais à quoi s'attendre et c'est ça qui est beau.

J'étais stupéfaite par ses paroles, étonnée par la façon dont il faisait bouger ses hanches d'avant en arrière, la sensation de sa bite palpitante envoyant une autre décharge d'électricité dans mon corps. Comment un homme comme lui pouvait-il avoir ce genre d'effet sur moi ? Comment ce beau connard pouvait-il me libérer de mes péchés ? Je pouvais voir son reflet dans la lune brillante, ses yeux éblouissants prenant un air hanté. Alors qu'il écartait mes jambes d'un coup de pied, soufflant une bouffée d'air chaud sur mon cou, je collais mes paumes contre la vitre.

Il ne perdit pas de temps et détacha son pantalon. Je le regardai glisser sur ses hanches sculptées jusqu'à ce que la sensation glorieuse de sa bite nue poussant contre mon cul meurtri ne soit rien de moins que le nirvana.

— Maintenant, je vais te baiser.

Cette fois, il ne s'agissait pas de romance ou même de la noirceur d'une passion interdite. Il s'agissait d'établir une autre ligne de contrôle. J'étais à lui. Je sortais les hanches alors qu'il faisait glisser le bout de sa bite de haut en bas de la fente de mon cul, sa respiration devenant irrégulière.

Je me rendis compte que je retenais ma respiration lorsqu'il fit glisser sa bite juste dans ma chatte, se frayant un chemin à l'intérieur. Je voulais presque désespérément son corps nu contre le mien, j'avais envie de partager de longues heures d'amour.

Mais cela n'avait rien à voir avec nous ou avec l'homme qui tenait mes hanches. J'ai simplement élargi ma position encore plus, arquant mon dos alors qu'il poussait toute la longueur de sa bite à l'intérieur.

— Bordel !

Son rugissement semblait se répercuter, sa voix profonde de baryton, comme un velours lisse sur chaque centimètre de ma peau. Sa prise se resserra, plongeant dans et hors de moi d'abord lentement, me permettant de ressentir une pluie de sensations le long de ma colonne vertébrale jusqu'à mes jambes.

Puis il devint une bête, me baisant avec un abandon sauvage, la force me poussant contre la vitre. Il n'y avait rien de tel que le son de sa peau se heurtant à la mienne ou la sauvagerie de ses actions.

Je me laissais aller, je ne pensais plus, je me balançais juste avec lui pendant qu'il me baisait.

Ses actions devenaient toujours plus sauvages, ses doigts s'enfonçaient en moi. Il n'y avait aucune chance qu'il me laisse partir.

La vitre était embuée, comme mon esprit, alors que la baise continuait, chaque plongeon plus intense que le précédent. Il était comme un animal sauvage. Je pouvais sentir ses muscles se contracter, je pouvais dire qu'il était sur le point de jouir.

Mon cœur s'emballait, le seul contrôle que j'avais était ma capacité à serrer. Au moment où je le fis, son corps entier se mit à trembler, un profond grondement s'échappant de sa bouche.

— Ouais !

Il rejeta sa tête en arrière, haletant pour respirer, sa bite palpitant en moi. Après quelques secondes, il replia son corps sur le mien, entrelaçant nos doigts ensemble.

Je pris de profondes inspirations en appuyant ma tête contre le verre froid, la montée d'adrénaline était incroyable.

— Tu n'as aucune idée de ce que tu me fais, princesse, chuchota-t-il les lèvres contre mon cou.

Pendant quelques précieuses secondes, je pus sentir son armure tomber, me permettant de voir un minuscule aperçu de l'homme à l'intérieur. Je savais que tout le monde avait deux côtés, un côté obscur et un côté lumineux, mais lui, il était tellement compliqué.

Comme si une alarme s'était déclenchée, il rompit cette douce connexion, s'éloignant de moi d'un grand pas. Il se contenta de remonter son pantalon, glissant sa bite à l'intérieur.

Je ne pouvais pas réagir, je n'avais aucune idée de ce que je devais ou ne devais pas lui dire.

Il passa ses doigts dans ses cheveux avant de parler.

— Si tu veux, rejoins-moi dans la cuisine. Tu trouveras deux, trois choses dans la salle de bains pour toi. Ensuite, tu iras faire du shopping avec un de mes soldats. Demain.

Je ne savais pas à quoi je m'attendais, mais cette attitude froide et calculatrice quelques minutes après... Bon sang, je ne savais pas comment qualifier cette expérience. Je ne pus que hocher la tête, attendant qu'il ait quitté la pièce avant de m'affaler contre la porte.

Connard.

Un autre frisson parcourut mes jambes alors que je me dirigeais vers la salle de bains. Le simple fait d'allumer la lumière fut une autre agréable surprise. Une salle de bains digne d'une reine. Je passai mes doigts sur les belles installations en marbre, étonnée de voir à quel point la pièce semblait ouverte et pourtant fermée. Lorsque je remarquai le placard, j'hésitai avant d'ouvrir les deux portes. Il y avait très peu de choses à l'intérieur, à l'exception de lingerie splendide dans plusieurs couleurs éblouissantes.

Il ne faisait aucun doute que c'était cher, la soie était comme de l'or filé. Dès que je me glissais dans une robe de chambre et que je nouais la ceinture, je devenais la femme achetée par un homme sans pitié. Je fis des pas hésitants vers le miroir, m'attendant à moitié à ce que mon reflet me terrifie.

Au lieu de cela, ma peau rayonnante me fit sourire, sans que je sache pourquoi. La sensation d'étourdissement persistait alors que je quittais la pièce, faisant tout ce que je pouvais pour me calmer. Je savais qu'il allait essayer de me cuisiner, mais c'est moi qui avais besoin de réponses.

Je le trouvai en train de regarder ses placards, comme s'il ne les avait jamais remarqués auparavant. La belle musique provenant de haut-parleurs invisibles était classique, une autre surprise ou peut-être qu'il essayait de m'apaiser. Quoi qu'il en soit, ses changements d'émotions et d'actions avaient laissé un vilain trou dans mon estomac.

Une bouteille de vin avait été ouverte, deux verres à moitié remplis. Rouge, mon préféré, bien qu'en ce moment, tout ce à quoi je pouvais penser était la couleur du sang.

Il se retourna et pendant une fraction de seconde, il n'y eut pas de monstre qui se terrait à l'intérieur de cet homme, pas de caïd de la mafia prêt à éradiquer son ennemi. Il n'y avait que la joie absolue de voir quelqu'un qu'il aimait porter un cadeau qu'il avait acheté lui-même.

Je fus attirée vers lui d'une manière que je n'avais jamais connue auparavant, alors que ses yeux me parcouraient de long en large.

— Tu es magnifique, dit-il en le pensant vraiment.

— C'est très beau.

Je passai ma paume sur le devant de la robe.

Il fit le tour de l'îlot central, se rapprocha de moi et m'embrassa le visage avec une telle douceur.

— Non, ma douce. C'est toi qui es très belle.

Lorsqu'il baissa la tête, effleurant mes lèvres, je me retrouvai sur la pointe des pieds, ignorant la douleur de ma cheville.

Je m'agrippai à sa chemise, enroulant mes doigts autour du tissu, mon cœur s'emballant. Tout cela était complètement inattendu, un homme dont je pourrais me soucier. Peut-être.

Le son de son téléphone interrompit ce moment spécial, le grognement qui sortait de ses lèvres était empreint de rage.

— Putain ! lâcha Miguel, sortant son téléphone de sa poche. J'espère que ça sera intéressant. Je n'aime pas être arrêté.

Je croisais les bras, détestant ce côté de sa personnalité, incapable de me faire une idée de ce qu'il était vraiment.

— Ouais. Alors tu le gardes là. Je veux que ce bâtard soit à genoux. Je veux qu'il sente le poids de l'anticipation de ma visite. Et je veux qu'il soit terrifié, putain.

Miguel mit fin à l'appel, rangeant son téléphone et soupirant.

— Malheureusement, je dois sortir. Tu vas rester ici, et Enrique va rester te protéger. Bien qu'il n'y ait presque pas de nourriture, Enrique commandera tout ce que tu veux. Il n'y a pas d'autre moyen de sortir de ce loft que par la porte d'entrée, alors n'essaie pas. Si tu le fais, tu seras sévèrement punie, dit-il en s'approchant de moi. Et tu as intérêt d'avoir bien compris ce que je viens de te dire.

— Il n'y a que ça qui marche avec toi. Les menaces.

Son visage s'adoucit soudainement.

— Ce n'est pas une menace, ma princesse. C'est une promesse. Tu le comprendras d'une manière ou d'une autre.

La personne qui avait lancé le contrat sur ma vie l'avait perturbé au point qu'il tremblait de colère. Je n'étais pas certaine si son état émotionnel était dû à mon bien-être ou au fait que quelqu'un avait presque interféré avec son horrible mission de me garder prisonnière. Pourtant, la façon dont sa poitrine se soulevait et s'abaissait me donnait des frissons dans le ventre. Peut-être qu'il se souciait de moi. Peut-être qu'il y aurait un moyen d'avoir une vie.

— Tu vas où ? osai-je demander.

— Il y a des questions auxquelles tu ne veux pas savoir la réponse.

— Et si c'est le cas ? Tu réagis comme si je n'étais qu'une enfant incapable d'entendre la vérité mais tu me demandes d'être honnête. Ce n'est pas équitable. Je sais bien que des hommes du monde entier voudraient exterminer mon père mais même après deux tentatives d'assassinat, il ne m'a jamais parlé de tout ça. Peut-être voulait-il me protéger ou m'épargner le fait d'en savoir trop. Si tu veux que j'obéisse, il va falloir que tu m'inclues dans ton monde.

Miguel regarda dans le vide, pensif. Après avoir tourné la tête, il soupira.

— Tu as raison, Valencia. On pense qu'un des gars a été localisé.

— Et qu'est-ce que tu vas faire ?

— Ce qui me semblera nécessaire. Crois-moi, ma princesse. Tu penses sans doute que je suis un monstre mais il existe des gens bien pires que moi sur terre. Personne ne te fera plus jamais de mal. Et s'ils essayent, il y aura des conséquences.

Des conséquences.

Il avait utilisé ce mot plusieurs fois, comme si son honneur ne devait jamais être remis en question.

Quand il partit, j'ai su dans mes tripes qu'il allait tuer l'homme qui m'avait agressée.

Le plus drôle, c'est que cette idée me donnait presque le vertige, j'imaginais les différents actes brutaux que Miguel allait lui infliger, j'en avais l'eau à la bouche. Bon sang. Ma main tremblait, mon cœur s'emballait. Je voulais un acte de représailles. J'avais besoin de savoir que cet homme serait puni.

Qu'est-ce que ça faisait de moi, sinon un monstre ?

CHAPITRE 9

 iguel

J'allais tuer ce connard et j'allais savourer chaque moment où je le ferais souffrir. Personne ne devait jamais faire de mal à une femme, pour aucune raison, et le fait qu'elle soit ma femme ? Encore pire. J'étais reconnaissant que Cordero conduise. Je savais que ça ne me dérangerait pas de renverser une seule personne qui se mettrait sur mon chemin.

Je lui avais promis de la protéger, qu'elle serait en sécurité avec moi. Ma conviction avait été réelle, la vérité pourrait être tout autre. Je savais qu'elle avait une cible dans le dos, et ce, de plusieurs origines. Ma réponse rapide enverrait au moins un avertissement direct.

Ouais, tout comme je pensais que cela se produirait avec Danton. De toute évidence, Santiago avait des couilles de la taille d'un melon. Ou il était tout simplement putain arrogant et stupide.

Le fait qu'elle ait boité jusqu'à la cuisine et le souvenir de l'expression de douleur sur son visage étaient suffisants. Réaliser qu'elle aurait pu mourir des mains de ce salaud me poussait à bout. Je devais croire qu'elle en savait peu sur les ennemis de son père. Apprendre qu'il y avait eu des tentatives auparavant rendait les possibilités encore plus complexes.

— Vous savez que je n'essaierai jamais de vous dire comment agir, boss.

Je tournai ma tête lentement vers Cordero.

— Dis toujours.

— Vous pensez que tuer Castillo est dans notre intérêt ? Je veux dire, peut-être qu'il a des infos et des connexions qui pourraient nous aider. De plus, ça montrerait que vous avez peur de quelque chose.

Il n'avait jamais contredit un de mes ordres mais il avait raison. Pour cette fois.

— Bien vu, Cordero. Nous allons voir ce que monsieur Martinez a à nous dire avant que je prenne ma décision finale.

Effectivement, me servir de Castillo était dans mon intérêt.

— Oui, boss. Je… Je suis désolé.

— Tu as eu raison de questionner mon ordre.

Il se passait quelque chose dans les coulisses, une tentative de s'emparer de nos cargaisons, certes, mais aussi de notre territoire. Je pouvais sentir l'odeur du sang dans l'eau.

Le SUV était à peine arrêté que j'en sortis, traversant le parking à grandes enjambées, sans même reconnaître les videurs qui montaient la garde à l'entrée du club. Sylvie avait gagné une belle récompense ce soir, en traquant et en immobilisant ce connard sans renfort.

Mais encore une fois, c'était une femme qui bottait des culs.

Les battements de tambour enivrants de la musique salsa vibraient avec force contre le sol, les couleurs tourbillonnantes du vaste système d'éclairage mettaient la foule en ébullition. Tout le monde était d'humeur à faire la fête.

Ma fête serait d'une nature totalement différente.

Je fus obligé de me frayer un chemin, me dirigeant vers les escaliers menant aux bureaux du deuxième étage. Ce que très peu de gens savaient, c'était que j'étais copropriétaire de ce club, ce qui me permettait de bénéficier de divers avantages autrement interdits au client normal. Personne n'allait me faire chier ce soir. Ils avaient été prévenus.

Je fis irruption dans la pièce, donnant à Sylvie un signe de tête respectueux. Elle avait appelé des renforts seulement après avoir bouclé Castillo. Cordero ferma la porte, restant juste dans l'embrasure. Je pris plusieurs grandes respirations, faisant les cent pas, les mains sur les hanches.

Castillo restait silencieux, même si je pouvais presque sentir sa peur. Il avait été mis à genoux comme je l'avais demandé, les mains attachées dans le dos. Il aurait dû savoir qu'il ne fallait pas me contrarier. Il y avait certaines règles non écrites concernant notre milieu. Bien qu'il fût un tueur à gages, il avait acquis sa réputation en étant politiquement correct. Toute cette situation était... troublante.

Je laissais passer quelques minutes alors que je réfléchissais à la façon dont je voulais gérer ça. Le tuer signifierait que des questions seraient posées et que nos ennemis sauraient que j'avais perdu la tête. Ce n'était pas dans l'intérêt de ma famille, mais qu'est-ce que j'en avais à foutre ?

— Miguel, je ne sais pas ce que tu penses que j'ai fait, dit Castillo avec son arrogance habituelle.

Je lui fis un signe de main, refusant de lui répondre. Plus le temps passait, plus je bouillonnais de rage.

— Je ne te trahirais pas. Je pense que tu le sais.

La voix de Castillo ne contenait aucune trace de doute, aucune acceptation de ce qu'il avait fait.

Ma réaction fut rapide, mon poing le frappa en plein dans la mâchoire, le sang s'écoulant de sa bouche. Je fléchis ma main tandis que deux des soldats le redressaient, réalisant qu'il n'avait pas fait de bruit après ce coup.

— Ce que je sais, c'est que tu as tenté de tuer quelqu'un. Ce que je veux savoir, c'est comprendre qui t'a ordonné de faire ça.

Mes mots étaient tranchants et empreints de colère. Je tournais la tête dans sa direction, pour étudier sa réaction.

Castillo regarda de soldat en soldat avant de prendre la peine de répondre à ma déclaration.

— Je ne sais pas du tout de quoi tu parles. Je le jure devant Dieu.

— Ne te fous pas de ma gueule, Castillo, je ne suis pas d'humeur.

— Sans déconner, de quoi tu me parles ?

Cette fois-ci, il avait un léger accent dans sa voix, comme s'il me prenait pour un idiot.

Je lui redonnai un coup, en faisant signe à mes soldats de le remettre sur pied.

— Bon, on va reprendre depuis le début mais c'est ta dernière chance. Réponds à mes questions, sinon les prochaines heures vont être atroces. Tu me supplieras de te tuer à la fin. Et tu sais quoi ? Je ne te tuerai pas, je te garderai en vie suffisamment longtemps pour que tu souffres le plus possible.

Avalant, il me fit un signe de tête respectueux.

— Je te dirai ce que je sais si je comprends de quoi tu veux me parler.

Je sentais de la sincérité dans sa voix.

— Que faisais-tu au défilé ?

— J'avais une cible.

— Oui, ça, je sais.

Son regard hébété voulait tout dire. Il n'avait aucune idée d'où je voulais en venir.

— C'était un ennemi à un de mes clients.

— Un ennemi, dis-je en riant. On a tous des ennemis.

— Le gars n'est pas venu. Je suis toujours à sa recherche. C'est un latino qui a tué la maîtresse de mon client. Content ? dit-il en balayant la pièce du regard. De qui veux-tu me parler ?

Je pensais à la meilleure solution. Devais-je lui dire tout ce que je savais ? Je décidais de lui lancer un indice.

— L'innocente fille d'un homme connu. Ce que je veux connaître, c'est le nom du gars qui t'a recruté pour ça.

— Hein ? s'exclama-t-il. Tu sais très bien que je ne peux pas donner les noms de mes clients, Miguel, ajouta-t-il avec appréhension. Tu sais que j'ai déjà tué des femmes. Tu sais que d'une certaine manière, elles le méritaient. Tuer des femmes innocentes est quelque chose que je ne ferais jamais. Plutôt mourir.

Je respirai le plus calmement possible, essayant de penser à tous les éléments que j'avais.

— Et tu vas me dire que ta présence au défilé était une coïncidence ?

— Que Dieu protège la vie de ma petite fille, chuchota-t-il.

Il était au bout du rouleau.

Je sortis mon Beretta, le tenant lâchement dans ma main.

— Ta fille. Ah, oui. C'est vrai, ta fille de 8 ans qui est dans une école privée.

— Espèce de salaud ! Si tu essaies de poser le petit doigt sur ma fille ! cracha-t-il.

Je levai la main, secouant la tête.

— Je suis comme toi. Je n'aime pas la violence envers les femmes et les enfants. Néanmoins, si tu veux qu'Ashley revoie un jour son papa.

— Putain, Miguel, très bien. Quoi qu'il se passe, je trouverai des informations. Il doit y avoir des rumeurs dans la rue à propos d'un contrat. Tu connais ces gars.

Il avait raison, même s'il y avait de nouveaux joueurs qui voulaient rentrer dans le jeu.

— C'est ton jour de chance. Voilà ce qu'on va faire. Je vais te laisser vivre, pour le moment, mais me connaissant, tu sais que je vais te demander un service.

Il me regarda avec détachement.

— Ouais, compris.

— Fais courir le bruit dans la rue que je suis noir de colère. Ensuite, trouve les deux fils de pute qui ont essayé de tuer Valencia Rivera.

Il ouvrit grand les yeux.

— La fille de Santiago Rivera ?

— Tout à fait.

— C'est ça. Elle était au défilé. Fascinant. Ce n'est pas avec elle que tu as passé du bon temps à Cuba ? dit-il en clignant de l'œil. Ouais, je connais ta… carrière.

Comme je m'en doutais.

— On dirait bien, oui, dis-je comme ça.

— Le gars qui s'attaque à sa fille a une sacrée paire de couilles. Rivera est influent et a des amis partout. Quiconque s'attaque à sa famille signe son arrêt de mort.

— Ouais, sans doute. Si tu n'as pas essayé de la tuer, alors quelqu'un d'autre essaie d'entrer dans mon territoire. Je pense que ce genre de choses ne te plaît pas.

— Que veux-tu que je fasse si je trouve l'identité de ce connard ? demanda-t-il.

Soit il se foutait vraiment de ma gueule et il était très fort, soit il ne savait pas du tout qui elle était.

— Tu viens me voir. Si c'est le cas, ta fille verra son papa à son prochain anniversaire. Sinon, t'es foutu, dis-je en me rapprochant de lui. Et, Castillo ? Tu connais ma réputation. Tu essaies de te foutre de moi, t'es mort. T'essaies de t'enfuir, t'es mort. Tu touches un centimètre de Valencia, tu finis en saucisson.

La sonnerie du téléphone de Cordero me prit par surprise.

— Ouais, d'accord. Faisons ça. C'est quoi cette fille pour toi ? Tu aurais des sentiments pour elle, Miguel ? Tu sais que c'est dangereux, ça, dit-il.

Il savait mieux que quiconque qu'il ne fallait pas poser de questions de ce genre.

— Ce n'est rien d'autre qu'un moyen de pression. Je veux mes informations dans 24 heures. Enrique, relâche-le.

Enrique me fit un demi-sourire avant de le détacher.

— Putain, Miguel, ce n'est pas moi ton ennemi ici.

— Je ne suis pas là pour te faire chier, Castillo.

— Boss, on a un nouveau problème, grommela Cordero.

Je me rapprochai de lui.

— Alors ?

— Une nouvelle cargaison a été détournée.

* * *

Il y avait deux choses que je ne pouvais pas supporter dans la vie : les sacs à merde menteurs et ceux qui tentaient de s'immiscer dans mes affaires. À ce stade, je n'avais aucun moyen de savoir si le détournement avait quelque chose à voir avec Santiago, mais dans mon esprit, je savais que ce connard se foutait de moi.

D'accord, prendre sa fille avait certainement provoqué chez lui une forte envie de vengeance, mais une destruction de ce niveau semblait indigne de cet homme. Et puis, jusqu'où un père irait-il pour libérer sa petite fille ? Peut-être que je sous-estimais cet homme. Si tel était le cas, il me faudrait prendre d'autres décisions, notamment faire comprendre à Santiago que m'enrager n'était pas dans son intérêt. Cela signifierait une escalade.

Deux personnes pourraient jouer à ce jeu.

Je me tenais sur les quais, regardant ce qui restait du bateau, les débris éparpillés à moins de cent mètres du rivage. Le peu de feu qui restait allait disparaître en quelques minutes. Les garde-côtes avaient été prévenus, mais les différents hommes qui étaient à ma solde avaient mis un terme à toute question indésirable ou à une enquête à grande échelle. Cependant, le fait que deux des meilleurs coursiers que j'avais utilisés aient péri dans l'attaque me laissait la bouche sèche et mon besoin de représailles au premier plan de mon esprit. Près de deux millions de dollars de produits avaient été perdus, ce qui était inacceptable à tous les niveaux.

Il n'y avait pas de carte de visite de l'individu qui avait commis l'acte et je doutais qu'il y en ait une. Du moins pas encore. C'était un jeu, une démonstration de force. Vie de merde.

— Et maintenant, boss ? demanda Cordero.

— Trouve si Santiago a déjà quitté le pays. Je veux aussi que tu mettes nos opérations en pause. Personne ne doit être au courant de ça.

— Compris, boss.

Je remarquais des phares au loin et me hérissais, réalisant que si ce visiteur particulier était inattendu, son arrivée en ville signifiait que les informations qu'il avait pu obtenir avaient des implications inquiétantes. Je restais immobile, prenant plusieurs grandes respirations. Mon prochain appel devait être adressé à mon père. Voir Aleksei marcher dans ma direction était à la fois bienvenu à certains égards et déconcertant.

Aleksei se mit à côté de moi, secouant la tête en suivant mon regard.

— T'as vraiment pas de bol, mon ami, dit-il avec son accent, plus prononcé que d'habitude. Je suspecte que l'on t'ait envoyé un avertissement.

— Le deuxième en quelques jours.

— Tu as des ennemis dangereux.

Plusieurs secondes passèrent jusqu'au moment où j'en eus marre de regarder le naufrage s'enfoncer dans l'eau.

— Que fais-tu ici, Aleksei ? Tu es un peu loin de chez toi, non ?

— J'aime bien Miami, dit Aleksei en balayant la zone du regard à la recherche d'espions.

— On est en sécurité, ici. Je parie que tu as trouvé Kostya.

— Il était insolent, revenant à la raison presque immédiatement. Mes hommes ont été en mesure de le suivre facilement. Pour un Bratva, c'était inhabituel.

— Bizarre. Ça ne ressemble pas au Kostya que je connais.

Quelque chose clochait. Kostya n'était pas stupide et il prenait toujours d'infinies précautions.

— Il se passe quelque chose en Russie qui m'échapperait ?

— Non, pas que je sache et comme tu le sais, j'ai encore des gars en Russie. Kostya se comporte comme s'il n'avait peur de rien.

— Intéressant, dis-je en soupirant.

Il renifla, observant les quais.

— Ouais. Soit Kostya se sait en sécurité ou alors il avait vraiment une bonne raison de venir à Philadelphie. Il a peut-être de la famille là-bas mais il ne leur parle pas.

— Tu lui as parlé ?

Il se tourna pour mieux me regarder.

— Je n'en ai malheureusement pas eu l'opportunité. Néanmoins, il ne sera plus un problème pour toi.

— Qu'est-ce qui te fait dire ça ?

— Il a été abattu dans un restaurant, juste à la périphérie de la ville. Mes sources me disent qu'il était à un rendez-vous. Il a été tué proprement. Un silencieux a été utilisé.

— Donc cet abruti connaissait le type qui l'a tué.

— On pourrait croire ça, oui. Enfin, c'est ce que mes gars m'ont dit. Kostya n'avait pas l'intention de cacher ou même d'acheter une Maserati en arrivant en ville. Je dirais que le timing est très intéressant et les rues sont curieusement silencieuses. Ce n'est pas génial pour mon business.

Je mis mes mains dans les poches, prenant quelques respirations profondes.

— Je dirais que ta théorie est juste. On dirait que quelqu'un essaie de prendre le contrôle de toute la côte Est. Il faut avertir Dominick immédiatement.

Celui qui avait tué Kostya était en train de régler les derniers détails. Travailler ensemble pourrait être le seul moyen d'éradiquer un ennemi commun.

Peu importe qui c'était.

— T'inquiète pas, mon ami. Dominick est déjà bien au courant, dit-il en riant. Ses soldats sont en train de ratisser l'état de New York et du New Jersey à la recherche d'informations. Mes gars sont sur Washington et ses environs. On trouvera bien quelqu'un qui aura envie de discuter. C'est toujours comme ça. Je suspecte aussi que l'on va bientôt découvrir des drogues dans nos rues qui ne viendront pas de nous.

Sans doute. Je ne voulais pas penser à cette éventualité.

Je penchai la tête, la lumière ténue de la lune ainsi que les quelques lumières du quai me permettant de voir la lueur dans ses yeux.

— Ouais, c'est clair. Tu aurais pu me dire ça au téléphone, tu le sais, mon ami.

— J'aurais pu mais je n'en avais pas envie. Il me fallait quelques jours de repos. Miami est tellement une vie sublime.

— Et comment va ta petite femme ? dis-je en passant.

Il sourit. Bizarre pour un homme avec une telle réputation.

— Elle est adorable mais si désobéissante.

— Exactement ce qu'il te faut.

— C'est ce qu'elle me dit aussi.

Son visage s'assombrit alors et il prit de grosses respirations.

— D'ailleurs, je voulais t'apporter des informations qui devraient être importantes pour toi et en vérité, la sécurité devrait être la plus haute importance au sein de ton organisation, dit-il.

Il sortit une enveloppe dans sa veste, crachant des insultes en russe.

— C'est quoi ? demandai-je en prenant l'épaisse enveloppe.

— Appelle ça une assurance. Tu devras peut-être en avoir besoin. J'ai pris le temps de faire quelques recherches sur monsieur Rivera. Il est peut-être intelligent et brutal mais il a tendance à laisser… des traces de sa débilité derrière lui.

— Des mots bien choisis, je suppose.

— Monsieur Rivera est très dangereux et a plusieurs facettes. Méfie-toi de comment tu vas t'occuper de lui.

Je pris une grande respiration avant d'acquiescer. Mon amitié avec le Russe avait vraiment de sacrés avantages.

— C'est bien noté.

— Je pense que tu as aussi un traître dans ton organisation.

— Ce qui veut dire ? dis-je en me hérissant.

— Kostya a balancé tes techniques d'affaires. J'imagine que ça vient de ton cercle intérieur. D'après ce que j'ai pu dire, celui qui tente de s'attaquer à ton organisation, et comme tu l'as dit, peut-être à toute la côte Est, a mis en place un plan depuis un certain temps en utilisant des ressources précieuses afin de gagner une position significative pour frapper. Je crois, mon ami, que les objectifs sont fixés sur tes opérations en premier. Si j'étais toi, je surveillerais mes arrières.

— Rivera.

Je ne faisais confiance à presque personne, y compris à la majorité des personnes avec lesquelles mon père continuait à faire des affaires. Mon père prenant sa retraite, je devais tenir compte du fait que la fuite provenait d'une source supposée fiable. Une autre raison pour avoir une conversation avec mon père.

— Bien qu'il n'y ait absolument aucune indication de son implication que j'ai pu détecter, je me méfierais quand même. Celui qui est responsable a de puissantes relations. C'est évident. Je sens dans l'air une électricité que je n'ai pas sentie depuis que j'ai repris les opérations de mon père.

— Ouais. Je pense pareil. Malheureusement, tu ne connais pas Santiago comme moi, répondis-je. Il a des connexions partout et est très précautionneux.

— Alors méfie-toi pour de vrai. Et pour ce qui est de ton… prix ?

Je ris à nouveau, pensant à Valencia.

— Une réussite. Mais elle a failli se faire assassiner.

Il écarquilla les yeux.

— Sa vie a une signification différente.

— Sans doute.

— Attention, Miguel.

— Je ferai attention, oui, grognai-je, ma colère s'exacerbant.

Je tâtai l'enveloppe avant de la glisser dans ma poche. Ce n'était pas le moment de laver son linge sale. Étant donné la crise avec la cargaison, certains autres ennemis seraient en état d'alerte, voire tenteraient de s'immiscer dans d'autres opérations. Ce genre de conneries n'allait pas se produire. Ce qui s'était passé avec Danton n'avait pas été un avertissement suffisant. Il était peut-être temps de faire le ménage.

— Merci pour ton aide avec tout ça. Qu'est-ce que je te dois ?

Aleksei rit de bon cœur, admirant les dernières flammes qui consumaient le bateau.

— Rien du tout. Par contre, il se peut qu'un jour tu doives me retourner la faveur.

— Pas de problème, dis-je avec sincérité.

Ce que nos pères ne purent jamais comprendre, c'est que si nous étions les princes privilégiés de la mafia, tous des hommes brutaux et sans pitié, nous avions aussi de l'honneur et du respect pour les autres.

— Tu es un homme génial, Miguel, et tous ceux qui seront sur ton chemin souffriront.

— J'ai l'impression que tu veux encore me dire quelque chose.

— *Ne der'mo, gde ty yesh',* glissa-t-il.

Je levai un sourcil, amusé par son sourire moqueur.

— Ne mange pas là où tu viens de chier. Un dicton intéressant.

Je ris pour de bon ce coup-ci.

— Pourquoi j'ai l'impression que ce proverbe m'est dirigé ?

Ses yeux se fixèrent à nouveau aux miens.

— Fais vraiment attention. Quand tout semble trop calme, cela veut dire que la tempête arrive. Quelqu'un va essayer de te détruire, toi, ou ta famille.

— Ouais, ça je le savais déjà.

Je jetai un dernier coup d'œil à l'océan, mon esprit s'embrouillant dans mes propres pensées de vengeance. Si Santiago croyait vraiment qu'il allait me battre, il allait découvrir que j'étais devenu son pire cauchemar.

***

J'avais parlé à quelques sources, des messagers dont les moyens de subsistance seraient affectés par la destruction des cargaisons. Bien qu'ils semblassent tous effrayés, il n'y avait aucune indication d'une nouvelle trahison, du moins pour l'instant. Mon avertissement personnel à chacun d'entre eux devrait me faire gagner du temps.

Le loft était bien trop silencieux quand j'entrai, voyant à peine Enrique pour lui dire de rentrer chez lui pour la nuit. Avec Castillo sur la touche et Kostya dans une morgue de Philadelphie, je doutais qu'il y ait une quelconque tentative de coup pour le reste de la nuit.

Cependant, j'étais prêt à tout.

Je n'aimais pas la façon dont les choses se passaient, comme si quelqu'un en voulait d'abord à ma famille et utilisait les affaires de ma famille presque comme une rançon sans qu'aucune demande ne soit faite. Pour l'instant.

Je sortis l'enveloppe de ma poche, frottant mon pouce d'avant en arrière. Quelles que soient les informations qu'elle contenait, je ne doutais pas que les détails ne feraient qu'accroître la rage qui me tenaillait. Je la jetais simplement sur la table basse, avec mes clés. Je tins mon Beretta dans ma main pendant une minute entière avant de le placer à côté de l'enveloppe.

Expirant, je jetai ma veste et arrachai la chemise de mon pantalon avant de me diriger vers le bar. Ce soir, je devais boire un bon scotch pour calmer ma colère. Après en avoir versé une bonne quantité, je portai le verre à ma bouche avant de me diriger vers les fenêtres. Même l'océan semblait tumultueux ce soir, les vagues s'écrasant sur le rivage. Je me tenais contre la vitre, capable de voir mon reflet, bien qu'il ne s'agisse que de la moitié de mon visage. Tout semblait déformé, je ne me reconnaissais pas.

Même moi, j'avais toujours pensé que j'étais un monstre, un homme vraiment mauvais qui se cachait derrière une façade de richesse. Ma tête battait la chamade, la nécessité de prendre des décisions alternatives était absolument vitale. Je n'étais pas certain de ce qu'elles allaient être.

Je revins vers la table et m'installai sur le canapé. Bien que je fusse curieux de connaître les informations qu'Aleksei avait fournies, l'épuisement s'installait et j'avais la nette impression que des jours difficiles m'attendaient. Je pris une autre gorgée avant de poser le verre sur la table et d'ouvrir l'enveloppe.

Une série de photographies explicites était nichée à l'intérieur.

Les images étaient horribles, sanglantes et brutales, le genre de meurtres qui me donnait même la chair de poule. Et le pire ? Il y avait des femmes et des enfants. En passant de l'une à l'autre, je commençai à avoir une idée précise de qui était Santiago dans mon esprit. La manière dont il se débarrassait de ses ennemis était répugnante. Il n'avait aucun honneur.

Je remis les photos dans l'enveloppe, puis j'attrapai ma veste, glissant l'ensemble de cette merde dans l'une de mes poches. Je me frottai la mâchoire, réfléchissant aux prochaines étapes. Oui, ces informations pourraient s'avérer utiles, en mettant un frein à ses opérations, mais à quel prix ? Valencia ne pourrait jamais savoir à quel point son père était un monstre.

Je n'avais pas encore entendu dire si oui ou non Santiago était toujours dans le pays. Je ne pouvais que supposer qu'il resterait caché jusqu'à ce qu'il ait finalisé son plan de vengeance. Je m'assurerais de garder une longueur d'avance sur lui.

Après quelques secondes, je descendis l'escalier arrière, me dirigeant lentement vers sa porte partiellement fermée. Du bout de l'index, je la poussai, jetant un coup d'œil à l'intérieur, capable de voir le haut et le bas de son épaule étant donné qu'elle était tournée sur le côté. Au moins, elle avait réussi à se reposer.

Je pris une autre gorgée, réalisant que ma main tremblait à cause du haut niveau d'adrénaline de mon corps. En me dirigeant vers le lit, je retins mon souffle. Peut-être ma décision de l'enlever avait-elle été irréfléchie, déclenchant une réaction en chaîne qui conduirait à plus de violence, voire à des morts supplémentaires.

Mais je n'en avais rien à faire.

Sa présence donnait au moins un sens supplémentaire à ma vie. Je me tenais au-dessus d'elle, contemplant sa douce peau, son dos souple et pourtant si fort. Je tendis l'index à quelques centimètres de sa peau, traçant la ligne de sa colonne vertébrale avant de disparaître dans la robe de soie qu'elle avait choisie de porter. Soupirant, je refusai de la réveiller, me contentant de remonter le drap jusqu'à ses épaules.

Elle méritait certainement une nuit de paix. Juste avant de fermer sa porte, je l'entendis s'agiter dans son sommeil, de doux murmures s'échappant de ses lèvres. Le son était comme une douce musique, un ronronnement doux qui envoyait une pluie de sensations dans chaque cellule et chaque muscle de mon corps, gonflant ma bite. Cette femme m'excitait tellement.

Alors que je montais les escaliers, un moment de dégoût total envahit mon esprit. Bien que je fusse né dans ce monde, les ramifications de certaines décisions n'avaient jamais été aussi douloureuses. Elle avait raison. J'avais cérémonieusement détruit sa vie. Ou étais-je en train de la sauver d'une autre situation encore plus grave ? Peut-être que j'avais besoin de me dire ça pour atténuer ma culpabilité.

Ce n'est qu'après avoir atteint le haut de l'escalier que je remarquai qu'une lumière était restée allumée dans la cuisine. La lueur chaude me rappelait quelque chose que ma mère faisait quand j'étais adolescent. Elle avait toujours laissé une lumière allumée pour mon retour. En entrant dans la pièce, le couvert pour un sur l'îlot attira immédiatement mon attention. Une bouteille de vin était ouverte, un verre en cristal frais prêt pour mon arrivée. En m'approchant, je réalisais qu'il y avait une note placée au milieu de l'assiette.

. . .

Je pensais que tu aurais faim en rentrant.

Je t'ai laissé quelque chose dans le frigo.

Il n'y avait pas de mots compliqués, juste une gentillesse à laquelle, en toute sincérité, je n'étais pas habitué. Je pouvais exiger des gens qu'ils me rendent service quoi que je demande, mais une marque de douceur de cette nature ne m'était pas arrivée depuis mon enfance. Il n'y avait aucune raison pour que mon estomac soit bizarre, mais lorsque je poussai la porte du réfrigérateur, je fus plus que surpris. Valencia avait disposé diverses viandes et fromages, des fruits et des légumes sur un beau plateau de cristal, le tout fait de manière artistique. Il y avait même un bol de ce qui semblait être une sorte de crème.

La myriade d'émotions était difficile à supporter, mes pensées dérivant une fois de plus vers toutes les choses viles et sales que j'avais envie de lui faire.

La dominer.

La dresser.

L'utiliser.

Le rire qui s'échappa de ma bouche n'avait aucune signification, si ce n'est que la surprise était plus agréable que je ne voulais l'admettre, même à moi-même. Je ressentis une chaleur intérieure que je n'avais pas connue depuis des années. Tout ça à cause de fromage et de fruits ? Bon sang.

Je posai le plateau sur le comptoir, en faisant courir mes doigts sur l'emballage plastique soigneusement placé, des picotements me parcourant le corps. J'engloutis tout le reste du scotch. Je voulais autre chose. Du vin rouge. Il n'y avait rien de mieux qu'un cabernet audacieux avec des fromages spécialement sélectionnés. Je fis sauter le bouchon, versant avec assez d'agressivité pour que des perles du riche liquide glissent au-delà du bord.

Je fus soudainement affamé, arrachant le plastique comme si je n'avais pas mangé depuis une semaine. La première bouchée de fromage fut incroyable, la gorgée de vin plus intense que jamais. J'avalai plusieurs morceaux, incapable de remplir ma bouche assez vite. Les saveurs étaient exquises, si riches et audacieuses, satisfaisant au moins une partie de mon palais.

Le verre de vin toujours à la main, je me dirigeai vers la chaîne stéréo. Bien que mes goûts musicaux fussent éclectiques, il n'y avait qu'un seul CD qui serait acceptable en cet instant. Après avoir attrapé la télécommande et appuyé sur l'interrupteur, je fis des pas prudents en arrière, ma poitrine se soulevant tandis que j'attendais les premiers accords du concerto passionné.

Dès que je perçus le violoncelle, je fermai les yeux, imaginant une fois de plus le concert. Valencia était extraordinairement douée, son talent était remarquable. Avec chaque note, chaque accord étonnant, je tombais dans un voyage magique que seule une chose aussi belle pouvait accomplir. L'obscurité, la magie enveloppant ce passage intense me coupaient littéralement le souffle.

Je me retrouvai à trébucher en arrière, le dégoût de moi-même transformant la douleur dans ma tête en un grondement sourd. Je pouvais sentir ma colère se relâcher, un moment de tristesse brute interrompant mes pensées, traînant sur mes synapses.

— Éteins ça !

Sa demande réussit à filtrer par-dessus la musique, sa voix tremblant de colère.

Je pris une profonde inspiration avant d'ouvrir les yeux. Elle se tenait comme une lueur d'espoir, ses longs cheveux tombant en cascade sur ses épaules et ses bras dans un effet de halo. J'eus du mal à répondre et quand je ne le fis pas, elle se dirigea vers la chaîne stéréo, frappant de ses mains le lecteur CD pour tenter d'arrêter la musique.

— Dépêche-toi d'éteindre cette merde ! Je ne la supporte pas ! me cracha-t-elle.

En quelques secondes, elle parvint à ouvrir le lecteur et pulvérisa le CD en de minuscules morceaux à l'aide de l'étagère.

— Tu m'as volé ça ! Tu es un égoïste et c'est intolérable. Ça ne te dérange pas de me faire du mal, hein ?!

Je jetai à moitié le verre de vin sur le comptoir, faisant de grandes enjambées jusqu'à ce que je puisse prendre ses poignets dans mes mains.

— Bien sûr que non, je ne veux pas te faire de mal. Réponds-moi. Pourquoi ne veux-tu pas écouter une des plus belles mélodies de la terre ? Quelque chose que tu as créé toi-même ? Pourquoi ?

— Parce que. En quoi cela te regarde ? Tu n'en as rien à faire de moi et je sais qu'il ne faut pas croire que tu vas me laisser avoir mon violoncelle. Tu ne te soucies pas de mes besoins ou de mes envies, si je mérite ou non d'être heureuse. Tu ne te soucies que de toi et de ton monde vicieux de criminels. Monstre ! Tu es mauvais. Tu es vraiment mauvais !

— Tu ne vois donc pas à quel point tu comptes pour moi ? Toi et ton bonheur ?

— Montre-le moi, alors, Miguel. Prouve-moi que tu te préoccupes d'autre chose que de ta petite personne.

J'étais déchiré, ne parvenant à me contrôler qu'avec peine.

— Je n'ai rien à te prouver. Tu m'appartiens. Point.

— Je ne suis pas un jouet. Je mérite d'avoir une vraie vie.

— C'est la seule vie que tu vas avoir, Valencia. Je te suggère de t'y faire.

Je l'embrassai, mes doigts s'enfonçant dans ses poignets. La lumière clignota dans mon champ de vision alors que ce moment de passion brut devenait un rugissement, un prédateur prenant sa partenaire, un monstre capturant sa proie. Je ne m'étais jamais senti aussi vivant, aussi bestial.

Je dominais sa langue alors qu'elle continuait à me combattre, essayant de plaquer ses poings contre ma poitrine, hurlant à moitié dans le baiser. Je lâchai l'un de ses poignets, passant mes doigts dans son dos, saisissant ses fesses et forçant ses hanches contre les miennes. Je perçus l'odeur de ses ruses féminines, son propre désir qu'elle refusait de reconnaître. J'avais vu la dureté de ses tétons qui dépassaient du tissu fin de sa robe.

Elle était à moi. Tout à moi.

J'étais sauvage, des grognements sombres et rauques s'élevant de ma poitrine, la bête en moi se frayant un chemin vers la surface. Son goût, la chaleur de son corps contre le mien, c'était trop dur à supporter. Je glissai ma main sous sa robe, caressant ses fesses.

Elle recommença à se tortiller, envoyant son poing contre mon épaule puis passant ses ongles sur mon visage. Le choc fut juste assez fort pour que je perde mon emprise. Quand elle se cabra, prête à me frapper avec sa main ouverte, je saisis ses cheveux d'une main, son bras de l'autre.

— Ici, tu es chez moi, Valencia. Tu me dois le respect. N'oublie jamais qui je suis. N'oublie jamais à qui tu appartiens.

— Peut-être que tu auras mon corps mais mon cœur, jamais ! Je serai libre de toi, un jour. Je trouverai un endroit où tu ne m'auras pas. Mon père deviendra le chasseur et crois-moi, il *va* te tuer. C'est un homme de parole.

— De parole ? Tu ne dois pas connaître ton père correctement dans ce cas. Tu sais ce qu'il fait à ses ennemis, Valencia ? Tu sais ce qui arrive à leurs familles ? Ils sont tués comme des bêtes.

Dans ma folle colère, j'avais débité la seule chose que je ne voulais pas infliger à la femme dont j'étais amoureux. Putain de merde. Je me rendis compte que mon corps tout entier tremblait à cause de la quantité ridicule de rage qui traversait mon système.

— Tu mens ! Mon père n'est pas comme ça ! C'est un homme honnête même si certains disent que c'est une brute en affaires.

— Fascinant, dis donc. Tu ferais mieux de sortir de ton monde de bisounours, ma petite, car ton père a bien peu d'estime pour la vie humaine.

En grognant, je la fixai du regard, mes pensées se tournant vers l'enveloppe. Je refoulais ma haine de cet homme, refusant de céder à ses tactiques brutales. Peut-être que l'homme dont je devais la protéger était son propre père.

— C'est un monstre sans âme, Valencia. Ne pense jamais autre chose de lui.

— Et qu'est-ce qui le différencie de toi, Miguel ? As-tu assassiné cette personne qui a aussi tenté de me tuer ? As-tu déchiqueté son cœur pour t'amuser ?

Je ne répondis pas immédiatement, ce qui lui déclencha un rire méchant.

— Oh attend, il s'est échappé ? me lança-t-elle.

Elle faisait de son mieux pour me rendre dingue.

— Je choisis mes ennemis avec précaution.

— Toujours ces putains d'énigmes, mon Dieu. Sans doute encore tes mensonges. Merci de te préoccuper de moi mais je me débrouille très bien toute seule.

Je soupirai, partiellement surpris par son emportement. Chaque fois que je la laissais s'approcher de moi, je me retirais, par choix ou par métier. Ce soir n'avait pas été différent. Cependant, je devais faire des choix difficiles.

— Tu oublies où est ta place.

— Et ça te fait du bien de me le rappeler, dit-elle en levant le front, comme pour me défier. Mon père est peut-être un dur, un vrai, mais il est un père de famille pour qui sa femme et ses enfants comptent énormément. Il te détruira. Et il me sauvera.

— Cela ne va jamais arriver, ma princesse.

— Et pourquoi ça ?

— Parce que, Valencia, tu vas devenir ma femme, dis-je en la dominant de ma hauteur. Tu vas l'empêcher de faire un putain de truc. Ensuite, personne ne pourra plus te prendre ou je massacrerai les gars qui essayeront.

CHAPITRE 10

 *alencia*

Sa femme.

Cet homme était soit fou, soit beaucoup trop égocentrique.

Ou les deux.

J'avais eu raison. Cette histoire d'enlèvement était un plan pour être intégré à ma famille ? Peut-être que l'argent était plus important, ou l'influence ? Je réfléchis aux raisons et je sus que sa décision avait plus à voir avec le fait d'ostraciser davantage mon père et de contrecarrer son pouvoir. Est-ce que je m'en souciais vraiment ? Bon sang, je n'étais plus certaine de rien.

Cependant, s'il pensait ne serait-ce qu'une minute que j'allais l'épouser, le réveil serait brutal. J'avais du mal à réfléchir, à accepter ce qu'il avait dit, mais l'expression de son visage indiquait qu'il était déterminé à tenir sa promesse.

— T'es vraiment un idiot si tu penses que je vais me marier avec toi, dis-je en réussissant à me relâcher de son emprise.

— C'est la seule manière que tu as de rester en vie, dit-il après quelques secondes.

— Pour me protéger de qui, de mon père ou de tes ennemis ?

Je pouvais voir qu'il réfléchissait à cette question.

— Je ne te mentais pas quand je te disais que ton père était un monstre sans âme. Je me doute bien qu'il va essayer de se venger de moi et de ma famille. Mais cela ne va pas arriver, comme tu l'imagines bien.

— Et je ne suis qu'un pion là-dedans, que tu utilises contre lui. Tu vas me faire souffrir pour les péchés de mon père ?

Je regardai les griffures que j'avais infligées, le léger filet de sang et je me sentis presque coupable.

Presque.

Il ouvrit la bouche, ses sourcils se froncèrent puis il détourna le regard.

— Je ne veux pas te faire souffrir pour ce qu'il a fait. Tout ce que je t'ai demandé, c'est de suivre mes règles. Il y a des raisons pour cela, y compris ta sécurité. Je ferai tout pour te satisfaire et accomplir tous tes désirs.

— Je *désire* faire ce que je veux.

Le ton tonitruant et velouté de sa voix était bien trop puissant, surtout ce soir. J'avais rêvé de cet homme, de son corps robuste et de ses yeux sombres, de la façon dont ses lèvres pleines bougeaient lorsqu'il donnait un ordre, et de la sensation de sa bite enfouie au plus profond de moi. Je me débarrassais de ces sensations persistantes, me rappelant que je n'étais rien d'autre qu'une possession, un outil à utiliser contre mon père. Miguel ne m'aimerait jamais. Il ne me traiterait jamais d'égal à égal. Je ne pourrais jamais tolérer ce genre de relation. Cette pensée me fit presque rire. Il n'avait aucune idée de la façon de gérer une vraie relation, quelle qu'elle soit.

— Ouais, c'est ça.

J'avais envie de le frapper, de me venger de ce que je soupçonnais dans mon cœur depuis des années. Les mots qu'il avait prononcés sur mon père étaient horribles, et pourtant, quelque part au fond de moi, je savais que cet homme était capable de tout. J'en avais entendu assez, vu assez, été témoin assez pour savoir que mon père était cruel. Pour une raison quelconque, le poids d'un tel fardeau pesait sur moi, les larmes glissant sur mes cils. Je n'aurais jamais une vie normale. C'était foutu.

Je rejetais la responsabilité de l'effondrement de mon monde de verre protégé sur les épaules d'un homme sexy. Mon Dieu, j'avais mal au ventre, l'affreuse crise de colère que j'avais faite me rappelait mon comportement avec mon père quand j'étais enfant. Ce n'est que lorsque je me conduisais mal que j'obtenais une réelle attention.

Je ne comprenais pas pourquoi j'avais recours à un comportement aussi ridicule. Peut-être que je ne faisais rien d'autre que de pousser Miguel à bout. J'avais besoin de voir le vrai homme, celui qui se cachait derrière ce fichu masque qu'il portait en permanence. Ou peut-être que j'avais besoin de voir s'il était aussi violent et colérique que mon père. Dans tous les cas, ce n'était pas une vie.

Même si je doutais de pouvoir réaliser mes rêves. Je ne serais jamais libérée de cette monstrueuse vie dans laquelle j'étais née, quelles que soient les circonstances. Et je ne pourrais plus jamais jouer de mon violoncelle adoré.

— Valencia, je n'ai pas envie de débattre.

— Alors laisse-moi partir. Qu'est-ce que tu dis de ça ? dis-je en essayant de me cacher de lui.

Il me prit le poignet et me rapprocha tout prêt de lui. Je pouvais sentir la chaleur de son corps.

— N'essaie plus jamais de t'enfuir, compris ?

Il tremblait sous l'effet de la colère, mais presque aussitôt que sa réaction fut déclenchée, elle changea à nouveau, ses traits et son comportement s'adoucissant.

— Je ne pourrai jamais te laisser partir, Valencia, tu ne le comprends donc pas ? Tu ne vois pas que tu m'as fait quelque chose ? Ton innocence et ta pureté ont laissé une tâche sur mon cœur qui ne partira jamais.

— Je suis innocente ? parvins-je à dire, me battant contre toutes les émotions que je ressentais.

Tout en lui était si intense, un homme dont la soif ne serait jamais étanchée, dont la faim ne pourrait jamais être apaisée.

Il était ma kryptonite, mon plaisir coupable, et cette idée me rendait malade, alors même que mon corps avait désespérément envie de lui.

Miguel me prit dans ses bras et je n'avais plus la force de le combattre. J'étais brisée, incertaine de tout désormais.

— Non, Miguel, s'il te plaît.

— S'il te plaît quoi, Valencia ? S'il te plaît, ne te soucie pas de toi ? S'il te plaît, prétends que tu ne comptes pas pour moi ?

Il posa un bisou sur mon front, ses mains tenant ma tête.

— Je ne peux pas et je ne ferai pas ça.

La chaleur de son corps était extrême. Je pris sa chemise dans mes mains, écrasant mon poing alors que je buvais son essence. Même son eau de Cologne musquée était suffisante pour durcir mes tétons, ma chatte frémissant comme si ses doigts s'étaient glissés dans mon corps. Je voulais cet homme. J'avais envie de cet homme.

J'avais besoin de ce beau mais maudit bâtard d'une manière qui n'avait aucun sens. Il était comme le sang de ma vie, l'envie de m'ouvrir plus que je ne pouvais en supporter. Je fermais les yeux alors qu'il passait ses lèvres sur mon nez jusqu'à ma joue, le contact étant léger comme une plume. J'étais perdue dans un moment de besoin brut, essayant de rationaliser comment je pouvais me sentir comme ça. Attirée par lui.

Je me languissais de lui.

Tout devint flou quand il déplaça ses lèvres vers ma mâchoire avant de faire glisser sa langue sur le bord de ma bouche. Quand il fit glisser le bout de ses doigts sur ma nuque, chatouillant la peau de mon dos, un gémissement monta du plus profond de mon être.

— Dis-moi ce que tu veux, Valencia.

— Je… Je ne sais pas.

— Je pense que tu le sais, chuchota-t-il. Je sais que tu le sais. Dis-moi ce que veut ton corps.

Je ravalai, laissant les mots filtrer dans mon esprit, essayant désespérément d'éteindre le désir intense. Mais je n'y arrivais pas. Chaque partie de moi avait trahi la femme qui se trouvait à l'intérieur, érodant le masque que j'avais porté pendant si longtemps. Je vacillais, incapable de penser clairement alors qu'il continuait à faire glisser ses doigts le long de ma colonne vertébrale, les déplaçant sous l'ourlet de ma magnifique chemise de nuit. Je ne m'étais jamais sentie aussi sexy ou désirée, ma bouche étant soudainement sèche.

Quand il m'embrassa à nouveau, ses lèvres explorant les miennes, ce contact si doux, je me mis sur la pointe des pieds. Le léger soupçon de sa langue dans ma bouche suffit à envoyer une pluie vibrante d'électricité en moi.

— Je vais réaliser tes fantasmes les plus sombres. Je te donnerai tout ce dont tu as toujours voulu dans la vie, me dit-il tout doucement avant de me mordiller l'oreille. Et un jour, tu me supplieras pour avoir tout ça.

Alors qu'il tenait mes cheveux, me tirant la tête en arrière, je tombais dans un état de bien-être ultime. La sensation de ses dents glissant sur mon cœur me donna une série de frissons, mes jambes tremblaient. J'étais soudainement libre, volant haut tandis qu'il grognait comme le vrai sauvage qu'il était. Je ne pouvais plus lutter contre lui, mon corps refusant de repousser cette bête brutale.

La sensation de sa main massive caressant mes fesses était plus intime que n'importe quel acte sexuel. Quand il fit rouler le bout d'un seul doigt de haut en bas dans la fente de mon cul, je me penchai sur lui en faisant bouger mes hanches. La façon dont sa bite palpitait, poussant contre mon ventre, me rendait folle, me rappelant qu'il était un mâle alpha.

— Tu es très désobéissante.

— Euh…

Que répondre à ça ?

— Tu as besoin de discipline.

— Je suis une gentille fille.

Il rit doucement alors qu'il continuait de passer ses doigts sur mes fesses, touchant presque mon trou.

— Dis-moi ce que tu veux.

Le frisson de son contact, la réalisation que j'avais envie de tout ce que cet homme pouvait me donner, c'était fou.

— Je veux…

Mes mots disparurent lorsqu'il fit glisser son doigt à l'intérieur. Je haletais, retenant ma respiration alors qu'il faisait entrer et sortir son doigt. La douleur fut brève, le délice de quelque chose de si pécheur envoyant une vague de plaisir en moi. J'étais si vivante. J'étais libre.

J'étais à lui.

Sa femme.

Sa possession.

Son...

Épouse. L'idée était terrifiante, les exigences presque trop lourdes à supporter. Quand il retira son doigt, je gémis comme une enfant, m'accrochant à lui d'une manière qui suggérait que j'en voulais plus. La première fessée était excitante, et je cambrais mon dos, prenant des respirations rapides.

— Dis-moi ce que tu veux, Valencia.

— Toi.

Je savais que c'était ce qu'il voulait entendre. J'étais surprise de ce que je disais, mon sang allant à toute vitesse dans mon corps.

— Okay ? Je te veux toi. Je ne sais pas pourquoi mais tu m'attires tellement. Je n'arrive pas à te détester, dis-je en avalant avec difficulté, essayant de briser notre connexion.

— Ce n'est pas assez, me chuchota-t-il à l'oreille, me donnant deux nouvelles claques sur les fesses, la légère douleur ne faisant qu'accroître l'intensité des ténèbres qui explosaient au plus profond de moi.

Mon corps entier défaillait, comme si sa domination totale était un puissant aphrodisiaque. Une houle de désir jaillit du plus profond de mon être, permettant aux mots d'exploser.

— Utilise-moi, mets-moi des fessées, baise-moi !

Il me mordilla le lobe de l'oreille deux fois de plus, ses sons gutturaux profonds ressemblant plus à ceux d'une bête qu'à ceux d'un homme. Mon Dieu, je voulais que sa bite épaisse soit enfouie dans ma chatte, me conduisant à de nouveaux sommets de plaisir. J'avais envie que sa bite pénètre brutalement dans mon trou du cul, qu'elle me remplisse. Je voulais que sa main claque mes fesses, me rappelant que je n'étais rien de plus qu'une petite fille désobéissante.

Je voulais son contrôle.

J'aspirais à sa domination.

Alors que cette pensée était fascinante, mon monde entier s'effondrait.

Après m'avoir donné plusieurs autres fessées sévères, il passa le bout de son index sur mon front, puis le long de l'arête de mon nez et autour de mes lèvres. Je restais immobile tandis qu'il continuait son exploration, faisant danser le bout de ses cinq doigts sur mes seins puis sur mon ventre. Je fus choquée par son niveau de véhémence lorsqu'il retira d'un coup sec la jolie chemise de nuit, exposant chaque centimètre de mon corps nu.

— Si belle.

Son regard était carnassier alors qu'il me soulevait de terre, faisant de longues enjambées jusqu'à ce qu'il puisse se laisser tomber sur le canapé. Je me mis à cheval sur ses jambes et il fit glisser sa main le long de ma colonne vertébrale avant de saisir ma nuque, comme un homme qui s'empare de son bien.

Je frissonnais en me déplaçant de haut en bas, berçant son corps. La sensation de sa bite palpitante recouverte de tissu contre ma chatte humide était un pur plaisir. Je plaçais mes avant-bras sur ses épaules, entrelaçant mes doigts ensemble tandis que j'ondulais mes hanches. L'odeur de notre désir combiné était à couper le souffle, l'arôme musqué encore plus pénétrant qu'avant.

Sa lèvre supérieure se retroussa, le grognement qui franchit ses lèvres tendues était primaire. Je pouvais voir ce que mes taquineries lui faisaient.

— Fais attention, ma petite princesse, m'avertit-il.

— Sinon quoi ?

— Sinon tu ne pourras pas t'asseoir pendant une semaine.

— Hum… Soupirai-je en caressant son torse, m'émerveillant de ses magnifiques muscles si durs.

Je déboutonnais lentement sa chemise, me penchant pour souffler de l'air chaud sur sa peau.

Miguel rejeta sa tête en arrière, gémissant plusieurs fois.

— Doucement, madame.

Je me reculai jusqu'à ce que je puisse glisser mes mains jusqu'à sa ceinture et détacher lentement la boucle. Il finit par incliner la tête, observant chacun de mes mouvements tandis que je m'efforçais de détacher son pantalon, tirant sur la fermeture Éclair. Son rire était sensuel, ses yeux dansants illuminés par la fine lune. Pour une raison quelconque, ses yeux brillaient, m'attirant à travers une fissure dans son armure et jusqu'à son âme.

Son âme sombre et hantée.

Il ne faisait confiance à personne, y compris à moi, son monde étant totalement organisé, une exigence absolue. Si on modifiait quoi que ce soit dans son régime, il se déchirait, comme si le contrôle était la seule chose sur laquelle il pouvait compter.

Je venais de mettre à mal son système immaculé, le forçant à s'effondrer, ne serait-ce que pour quelques précieuses secondes. Et maintenant, sa méthode pour retrouver le pouvoir était mon obéissance absolue.

Et ma dévotion.

Un autre grognement se répandit dans la pièce à la seconde où j'enroulai ma main autour de sa grosse bite, tordant mes doigts jusqu'à ce que la friction crée des étincelles supplémentaires entre nous.

— Mon Dieu... grogna-t-il, prenant plusieurs respirations profondes et éparses avant de saisir mes seins et de faire rouler mes tétons entre ses doigts. Il gloussa sombrement en les pinçant et en les tordant, malaxant leurs rondeurs avec ses mains.

— Hum...

Je penchais la tête alors que l'électricité montait en flèche entre nous, envoyant une pluie de couleurs vibrantes et étonnantes devant mes yeux. L'effet arc-en-ciel pulsait, correspondant aux battements rapides de mon cœur. Je caressais sa queue de haut en bas, en pressant le bout puis en répétant le mouvement encore et encore. Ce n'est que lorsque les gouttes de sperme glissèrent de sa bite que je cessai, faisant glisser le bout de mon doigt dans sa délicieuse semence.

Mes yeux étaient brumeux alors que je glissais mon doigt dans ma bouche, faisant des bruits de succion exagérés. C'était tout ce qu'il pouvait supporter, ses doigts s'enfonçaient dans mes hanches, les soulevant, poussant le bout de sa bite au-delà de mes lèvres et dans ma chatte humide.

Je fis rouler le bout de mon doigt autour de ses lèvres, le poussant juste à l'intérieur de sa bouche chaude et humide une seconde avant qu'il ne me tire vers le bas. Le son du frottement de sa peau contre ma peau imprégna l'air, se mélangeant au gémissement sauvage qui sortait de ma bouche.

Il était si épais, si dur que mes muscles se contractèrent immédiatement, ma chatte se serrant comme un étau. Bon sang, cet homme était énorme, il me remplissait complètement.

— Oh, mon Dieu, oh, oh...

Je m'accrochais à lui, mon corps tout entier frémissant tandis qu'il me forçait à le chevaucher comme un étalon sauvage, mes seins se balançant sous l'effet de l'intensité brute.

— Si serrée et si douce. Si mouillée.

Son murmure rauque était une musique douce et passionnée flottant dans la pièce. Je pouvais écouter cet homme parler pendant des jours.

Je fis claquer mes genoux contre ses cuisses, remuant et serrant ma chatte puis me détendant jusqu'à ce qu'il émette une série de sons bestiaux.

Cet homme était vraiment barbare lorsqu'il me pénétrait, utilisant la force des muscles de ses cuisses. Il mit ses doigts dans mes cheveux, caressant les mèches qui tombaient devant mon visage. Et ses mots étaient excitants, un autre rappel de sa domination totale.

— N'y pense même pas avant que je ne t'y autorise.

Je me mordis l'intérieur de la joue pour ne pas hurler alors qu'il continuait ses actions sauvages, allant plus fort et plus vite. Se laisser aller avec lui était bien trop facile. Contrôler un orgasme était quelque chose d'entièrement différent, mais je savais qu'il valait mieux ne pas le décevoir ou je subirais une autre série de punitions sévères.

Je pris plusieurs grandes respirations, savourant les sensations incroyables, faisant tout mon possible pour lui obéir. Lorsque je fus certaine de ne plus pouvoir en supporter davantage, il me remit en position assise, sa main s'agrippant une fois de plus à mon cou tandis qu'il inclinait sa tête jusqu'à ce que nos lèvres se touchent presque.

— Même si tu crois que tu as un certain niveau de contrôle, je t'assure que tu te trompes.

Le sourire ironique sur ses lèvres était bien trop provocateur, ses mots me brûlaient l'esprit. Bien qu'ils aient été prononcés avec une sensualité exacerbée, je savais qu'il valait mieux ne pas le contrarier.

Il était bien trop dangereux et impitoyable.

Miguel frotta ses lèvres sur les miennes, prenant une profonde inspiration et fermant les yeux. Ses ongles parfaitement manucurés creusèrent dans ma peau, la prise se resserrant.

Je savais que quelque part dans mon esprit, j'aurais dû avoir peur de lui, mais malgré toutes ses bravades et son comportement malsain, il était un homme en quête d'accomplissement.

Est-ce que je voulais être celle qui remplirait son cœur, qui guérirait ses blessures profondes ?

Peut-être.

Est-ce que je pensais que c'était possible ?

Sans aucun doute, non.

Ses démons l'avaient brisé en petits morceaux.

Pourtant, le désir brûlant continuait à alimenter une passion qui nous brûlait la peau, brûlait mes terminaisons nerveuses qui avaient été endormies bien avant. Peut-être que j'aurais dû être reconnaissante. Peut-être que j'aurais dû me plier à tous ses désirs. Il y avait beaucoup trop de peut-être, y compris si oui ou non l'assassin allait frapper à nouveau. S'il le faisait, je savais qu'il réussirait.

Miguel me fit glisser sur ses genoux jusqu'à ce que je sois dos à lui. Je fermai les yeux tandis que ses doigts descendaient le long de mes bras, la chair de poule me faisant tourner la tête. Je me déplaçais d'avant en arrière, mon jus de chatte tachant sans doute son pantalon de lin coûteux. Cette pensée me fit sourire alors même qu'il passait ses ongles dans mon dos. Le toucher était exaltant.

Il souleva mes hanches une fois de plus, poussant mes pieds contre le sol. Lorsqu'il pressa le bout de sa bite le long de ma chatte, je réprimai un gémissement. Quand il replongea sa bite en moi, je ne pus retenir mes exclamations, laissant échapper un cri qui se répandit dans l'air au-dessus de nous.

— Tu aimes quand c'est rude, hein ? demanda-t-il.

— Oui.

Je n'avais aucune raison de mentir.

— Tu réclames ma bite dans tous tes trous.

Putain, oui.

— Oui, mon Dieu, oui.

Je me tortillais d'avant en arrière, profitant d'une autre vague de friction.

— Alors chacun de tes trous aura ce qu'il mérite.

Miguel passa sa main sur mes fesses, puis sortit sa bite de ma chatte pour la poser juste au bord de mon trou du cul.

— J'aime ton petit cul tout serré.

Je retins mon souffle alors qu'il positionnait le bout contre mon trou, réprimant plusieurs cris au moment où il glissa juste à l'intérieur, me tenant en l'air comme s'il attendait de me donner le temps de m'adapter. Je fermai les yeux, plantant mes mains sur ses jambes, mes doigts aussi tendus que le reste de mon corps.

Il n'y avait rien de doux dans la façon dont il prit mon cul, plongeant sa bite en moi.

— Oh... Mon Dieu...

Mes mots étaient décousus alors que des sensations éblouissantes de douleur se mélangeaient à l'euphorie pure, me conduisant à un nirvana extrême. Des étoiles se déplaçaient devant mes yeux, ma vision se troublait et mon esprit était incapable de traiter autre chose que la magnifique extase qui parcourait mon corps comme une traînée de poudre.

Il me fit monter et descendre deux fois seulement, me plaquant contre ses jambes puis déplaçant sa main autour de ma cuisse, caressant mon clito. Alors qu'il faisait tournoyer le bout de son doigt sans but, je réalisais que j'avais enfoncé mes ongles dans sa peau.

Je n'arrivais plus à respirer, je ne pouvais rien faire d'autre autour de moi que le plaisir pur. Je me mis sur la pointe des pieds, le chevauchant une fois de plus, l'action étant bien plus puissante qu'auparavant.

Son gloussement sombre était comme un ronronnement de chat sauvage, le son apaisant dans sa complexité. Je devins folle, utilisant mes jambes pour soulever mon corps, me frottant à sa queue tandis qu'il faisait rouler son doigt autour de mes lèvres. Je n'en avais pas assez de lui, remuant mon corps, montant et descendant encore et encore.

Il ajouta un deuxième et un troisième doigt, utilisant maintenant son pouce pour rendre mon clitoris encore plus sensible tandis qu'il pompait ses longs doigts dans ma chatte douloureuse. Je pouvais entendre sa respiration lourde, je savais que ce n'était qu'une question de temps avant qu'il n'explose en moi. À la seconde même où il glissa son autre main pour attraper mon sein, je crus que j'allais perdre la tête. Je tentai désespérément de retenir mon orgasme furieux, je voulais que ça dure.

— Putain. Si putain de serré. J'adore.

Ses murmures étaient saccadés de désir et il parsema de baisers ma nuque. Même s'il faisait glisser sa langue râpeuse le long de ma peau hérissée, je faisais tout ce que je pouvais pour tenir.

— Oh, oh, oh, oh !

J'entendais les sons qui sortaient de ma gorge serrée, je pouvais à peine penser à autre chose qu'à ce moment furieux. Cet homme m'avait déchaînée, ouvrant la boîte de Pandore avec ses besoins exigeants, ses sombres désirs. Je ne me souciais plus de savoir si c'était un péché de Dieu ou une rencontre faite au paradis. J'avais simplement besoin de plus.

J'en voulais encore plus.

J'avais faim de tout ce que cet homme pouvait me donner.

Je continuais avec force, montant et descendant à un rythme effréné et pendant ce temps, ses doigts opéraient leur magie, me rapprochant d'un incroyable orgasme puis se retirant. La façon dont il me pinçait le clito d'une main et me tordait le téton de l'autre était époustouflante. Je pouvais dire qu'il était sur le point de jouir, je savais qu'il ne pouvait pas se retenir plus longtemps.

Je serrai alors mes muscles.

Son rugissement me donnait une série de sensations chatoyantes, toutes si vilaines, sales de toutes les manières.

Je luttais pour respirer alors que ses doigts me poussaient à la folie, tapant sur ses jambes alors qu'il me poussait de plus en plus près de l'orgasme.

— Laisse-moi jouir, par pitié, dis-je, incapable de penser à autre chose qu'à mon plaisir.

— Est-ce que tu seras une gentille fille ?

J'étais incapable de répondre. J'avais l'impression de flotter dans un nuage de plaisir.

— Dis-le !

— Oui, oui, oui !

Il plongea alors son visage dans mon cou. Je perdis tous mes moyens à ce moment-là.

— Alors, jouis.

Il n'y avait aucune retenue, aucun sens de quoi que ce soit d'autre que mon désir du plus grand plaisir. J'explosai, mon corps entier se secouant violemment alors qu'un orgasme se transformait en un deuxième, puis en la plus incroyable des vagues. J'étais perdue dans ce moment d'extase, entendant à peine son expression étranglée tandis qu'il me faisait monter et descendre sur sa queue.

Mais je sentis sa libération, sa semence remplissant mon trou, me gardant emmêlée dans une boucle de pur paradis.

Quand il eut fini, il m'entoura de ses bras, me serrant contre lui jusqu'à ce que notre respiration se calme. La façon dont ses doigts caressaient délicatement ma peau était la cerise sur le gâteau, me rapprochant de lui, d'un homme qui refusait de laisser quiconque lui dire non.

Il avait obtenu ce qu'il voulait.

Il avait pris ce dont il avait besoin.

Et ce qu'il ne savait pas, c'est qu'il avait déjà volé une partie de mon cœur.

Miguel pressa des baisers dans ma nuque avant de me faire glisser sur le canapé, me forçant à m'allonger sur le ventre tandis qu'il se levait.

— Tu vas rester ici. Tu as compris ?

— Oui.

— Oui ? dit-il en me mettant 4 fessées.

— Oui, monsieur ! dis-je en souriant à moitié.

Je n'avais jamais appelé personne monsieur de toute ma vie.

— C'est mieux.

Je l'entendis remuer ses vêtements et je sus qu'il avait quitté la pièce. Je tournai la tête, fixant l'enveloppe. Ce qui s'était passé pendant son absence l'avait perturbé de plusieurs façons. Je ne voulais pas lui demander ce qu'il cachait ou ce qu'il avait l'intention de faire. Ce n'était pas quelque chose que je devais faire.

En soufflant, je me concentrais sur les sons de l'océan, le clapotis des vagues juste assez fort pour me permettre de me détendre, de reprendre mon souffle.

Même si ma curiosité me piquait.

Il y avait tellement de questions à poser, tellement d'informations que je voulais apprendre. Un jour, peut-être qu'il me ferait assez confiance.

En entendant ses pas, je fermais les yeux, incertaine de ce qui m'attendait.

— Vraiment une vilaine petite fille. Tu ne me respectes pas du tout, dit-il en riant doucement alors qu'il caressait mon dos avec ces doigts.

Il écarta alors soudainement mes deux fesses.

— Qu'est-ce que tu fais ?

— Je te donne quelque chose de quoi réfléchir ce soir.

Je sentis une pression, une matière rigide qui me fit grincer des dents. Il utilisait un plug. Oh, mon Dieu. Chaque partie de mon corps se crispait alors qu'il le tournait, me forçant à prendre plusieurs respirations profondes.

— Détends-toi, princesse. Cela te rappellera où est ta place.

Ma place. Je serrai les poings, essayant désespérément de ne pas gémir comme un enfant mal élevé. La pression était intense, mais mes muscles cédaient, s'ouvrant à lui sans hésitation. Il fit glisser le plug en moi, centimètre par centimètre jusqu'à ce que je sois pleine, une autre série de sensations traversant mon corps.

Putain de merde.

La douleur se transforma en quelque chose d'entièrement différent, mais l'électricité se mit à parcourir chaque cellule de mon corps.

— Très bien. Il restera en toi jusque demain matin.

Miguel prit ma main et m'aida à m'asseoir alors qu'il me regardait avec voracité.

— Une dernière chose. Viens avec moi.

Je le suivis tandis qu'il me conduisait dans la cuisine. Il alluma les lumières suspendues au-dessus de l'îlot, ses yeux ne me quittant pas tandis qu'il prenait une gorgée de son vin.

Je le regardais tandis qu'il m'étudiait, me buvant comme on le ferait d'un bien précieux. Il frotta son pouce sur ma joue, ses longs doigts caressant mon cou, utilisant sa force pour me tirer en avant. Lorsqu'il écrasa sa bouche sur la mienne, écartant instantanément mes lèvres, le goût immédiat du vin rouge fut bien plus enivrant que je ne pouvais l'imaginer.

Il me serra contre lui, savourant ce moment de passion, laissant le baiser devenir un rugissement sauvage entre nous. Lorsqu'il se retira enfin, il frotta son index sur l'unique goutte de vin qui avait glissé de ma bouche.

— Merci de m'avoir laissé des restes, dit-il en soufflant et se dirigeant vers la nourriture. Une géniale surprise, ajouta-t-il.

— J'aime faire des surprises, chuchotai-je, lui faisant un petit sourire en coin.

Un moment de gêne s'installa. Il n'était pas habitué à ce que quelqu'un fasse quelque chose sans une raison sournoise.

— Eh bien, je pense que tu devrais te reposer, dit-il en reposant le verre sur l'évier, ouvrant un des tiroirs. Je pense qu'il faut également que tu te souviennes que chaque acte entraîne des conséquences.

La cuillère en bois qu'il leva me fit réfléchir.

— Peut-être que je n'ai pas toujours ce qu'il faut pour cuisiner mais mes ustensiles peuvent avoir d'autres utilisations.

— Tu m'as déjà mis une fessée.

— Une utilisation pour quelque chose de très différent.

Je réalisai à ce moment-là que je serais toujours à sa merci, obligée d'obéir à une certaine forme de règles. J'avais grandi avec beaucoup trop de règles. Pourtant, j'étais excitée par cette perspective, et je riais presque en le réalisant. Peut-être que j'avais eu envie d'un homme fort dans ma vie pendant des années. Peut-être que j'avais besoin d'une main ferme, qui ne pardonne pas à mes tendances enfantines. Je ravalai ma salive, me balançant d'avant en arrière comme une enfant capricieuse.

Ses sourcils restaient levés tandis qu'il me tirait sur le bord du comptoir, me forçant à respirer les différentes senteurs délicieuses. Il dégagea les cheveux de mon visage, caressant ma joue avec tant d'amour que j'en oubliais presque que sa douceur n'était qu'une façade. Il retira le plateau du chemin, en utilisant seulement son index, en poussant le bout contre le bas de mon dos.

— Les conséquences entraînent toujours des punitions. Toujours.

Sa voix révélait une autre vague de froideur. Un autre changement. Une autre couche.

Je me tenais aux bords de l'îlot, essayant d'éviter de gémir. Au moment où il fit tournoyer la cuillère dans l'air, faisant glisser le manche le long du même chemin qu'il avait utilisé avec sa main, je ne pus me retenir. Le son ressemblait à un cri pitoyable, un moment de doute de soi fusionnant avec l'acceptation hideuse que je finirais par enfreindre ses règles encore et encore.

Il enroula sa main autour de mes cheveux, me maintenant en place, son poignet craquant lorsqu'il frappa d'abord un côté puis l'autre.

— Merde !

Le mot glissa de ma bouche, ma poigne devenant ferme alors que l'anticipation faisait vibrer toutes les fibres de mon cerveau. Lorsqu'il en lança quatre autres, l'un après l'autre, je m'affaissai contre le comptoir, prenant plusieurs respirations profondes.

— Quand tu auras appris à m'obéir, un monde nouveau se dévoilera à toi, dit-il avec décontraction.

Il me fessa plusieurs fois jusqu'à ce que la chaleur soit intense et la douleur presque aveuglante. Qui aurait cru qu'une cuillère en bois pouvait infliger autant d'angoisse ?

Un rire nerveux jaillit de ma gorge, la lutte pour le retenir ajoutant instantanément de la pression à ma tête déjà douloureuse. Tandis qu'il continuait à me donner la fessée, le bruit des claques étant presque aussi pénible que la douleur elle-même, je tombai dans un état d'esprit différent, une accalmie tranquille que j'utilisais pour me concentrer sur l'apprentissage de ma musique.

Je ne sais pas pourquoi le fait de réaliser que je faisais exactement les mêmes exercices mentaux me dérangeait tant, mais c'était le cas. Une nouvelle vague de colère et de désespoir s'infiltra dans mon système, créant une vague de stress et d'anxiété. Toutes les prémonitions que j'avais eues depuis que j'étais petite fille s'étaient dissipées, me permettant de vivre sans leurs révélations blasphématoires qui me venaient habituellement dans mon sommeil.

Pourquoi maintenant ?

Pourquoi avais-je un tel pressentiment ?

Pourquoi savais-je que… quelqu'un allait mourir ?

Cette myriade d'horribles pensées me fit bondir, me repoussant du comptoir.

— Reste en position, m'ordonna-t-il.

Je tirai ma tête d'un côté à l'autre, luttant avec lui tandis que diverses images défilaient dans mon esprit. Je ne pouvais pas les arrêter. Horribles. Brutales.

Sanglantes.

Elles filtraient dans mon esprit en couleurs vives. Je n'avais pas réalisé que le son sauvage et très guttural provenait de ma gorge jusqu'à ce que je parvienne à me libérer de son emprise, luttant pour m'éloigner de l'îlot.

— Que se passe-t-il, Valencia ?

— Euh… Rien.

Je courus vers la table basse, me dépêchant d'attraper ma chemise de nuit, faisant tomber sa veste par terre. Mon corps entier tremblait lorsque je me penchai, mon regard attirant une série de photographies tombées de l'une des poches. Les photos s'éparpillaient sur le beau bois dur et j'étais attirée par elles, incapable d'arrêter ma curiosité. Je clignai des yeux plusieurs fois pour essayer de me concentrer, et j'aspirai mon souffle lorsque je parvins enfin à comprendre ce que je voyais.

— Valencia, non. Laisse ça tranquille, me commanda-t-il, tournant la tête vers moi.

Même si la seule lumière provenant de la cuisine éclairait les photos en papier glacé, elle était suffisante pour me permettre de réaliser l'horreur dépeinte sur chacune d'entre elles. J'en pris une dans la main, essayant de me concentrer. Les photos étaient horribles, les scènes de meurtres différentes de tout ce que j'avais vu auparavant, que ce soit dans la vie réelle ou à la télévision.

J'étais plongée dans un vide, mon esprit incapable d'assimiler complètement l'information.

Mais je connaissais plusieurs des lieux. Cela signifiait que... mon père était... Non. *Non* ! Cela ne pouvait pas être vrai.

— Valencia... Désolé que tu aies dû voir ça.

— Non ! criai-je en tirant une poignée de photos dans ma direction.

Je reculai à grands pas, essayant de ne pas m'engourdir complètement. Je devais savoir ce qu'était vraiment mon père. Je passai d'une photo à l'autre, à peine consciente que Miguel s'était à nouveau mis debout. Oh. Mon. Dieu.

Mon esprit se brouilla, les éclaboussures vives de cramoisi couvrant les murs et les vérandas, les cuisines et les chambres. En les feuilletant une à une, je me sentis sombrer.

Jusqu'à ce qu'une photo fasse surface.

— Non… Ce n'est pas possible, non…

Les larmes me montèrent aux yeux tandis que des souvenirs doux puis amers remontaient à la surface. Un moment perdu dans le temps.

Un garçon qui pensait m'aimer.

Une série de mensonges vicieux.

Puis une disparition.

Tout ce que mon père m'avait dit n'était qu'un énorme mensonge. Je n'avais pas été abandonnée. Je n'avais pas été mal aimée. Je n'avais pas été mal aimée. Oh !

Miguel pencha la tête, les yeux vitreux, l'expression froide.

C'était plus qu'un simple avertissement, c'était ma réalité et je devais l'accepter. Je savais trois choses avec certitude.

Premièrement, les photos étaient bien réelles, des femmes et des enfants assassinés dans leur lit.

Deuxièmement, je savais sans l'ombre d'un doute que je ne pourrais plus jamais passer un moment avec mon père.

Jamais.

Plus jamais.

Je regardais Miguel dans les yeux, les mains tremblantes.

Enfin, troisièmement...

Miguel, sa famille et ses tactiques étaient tout à fait identiques à ce que j'avais vécu dans mon enfance.

Des monstres tous les deux.

Des meurtriers tous les deux.

Mais ce n'était pas ma vie qui était en danger. C'était la sienne.

Miguel allait mourir.

CHAPITRE 11

M<small>*iguel*</small>

La mort.

J'avais côtoyé la mort toute ma vie, j'avais été privé d'innocence. Mon père s'était assuré que je comprenne que la mort était notre amie, une nécessité pour maintenir la paix. J'avais tout appris sur la brutalité, j'avais compris les différentes méthodes de mise à mort. Toutes utilisées.

Toutes perfectionnées.

Un vieux dicton anglais m'avait été inculqué dès mon plus jeune âge. La mort n'a pas de calendrier. Peut-être n'en avais-je jamais pleinement compris le sens jusqu'à présent. Mais encore une fois, j'avais toujours été le garçon fougueux, l'adolescent rapide et rageur, et le jeune homme téméraire.

Et maintenant ?

Peut-être que j'étais tout simplement trop prudent, mon incapacité à rechercher la colère à tout prix ayant été un facteur déterminant dans la tentative de prise de contrôle des opérations des Garcia. Mon père serait certainement d'accord. Peut-être que ma douce mère, une âme juste et bonne, m'avait inculqué le sens de l'équité. Je bus une nouvelle gorgée de café, au goût beaucoup plus amer que d'habitude.

Je ne m'étais jamais considéré comme un homme cruel, y compris dans l'usage d'une force excessive à l'égard de mes ennemis. Depuis que j'avais vu les actes odieux commis par le cartel de Rivera, je me rendais compte que j'avais eu raison.

Il était peut-être temps de changer de méthode. Je jetai la tasse sur mon bureau, enfonçant mes mains dans mes poches, dégoûté par mon attitude désinvolte.

J'avais été stupide de laisser ces misérables photos dans un endroit où Valencia pourrait les trouver. Elle avait reconnu plusieurs des lieux en quelques secondes, sa réaction initiale étant plus due au choc qu'à autre chose.

Puis elle s'était attachée à une seule photo plus qu'à toutes les autres, et avait fini par éclater en sanglots. Aucune question n'avait pu la faire sortir de son silence. Alors qu'elle m'avait jeté le groupe de photos à la figure quelques secondes seulement avant de s'enfermer dans sa chambre, j'avais pu comprendre quelle était la photo qui avait fait le plus de ravages.

Je me tenais à la fenêtre de mon bureau, regardant la mer tranquille, me demandant comment Aleksei avait réussi à mettre la main sur ces informations. D'après ce que j'avais pu voir, les photographies ne provenaient pas de dossiers des forces de l'ordre, mais venaient plutôt de... c'était plutôt de l'art. Si mes suppositions étaient exactes, Santiago Rivera était un homme très malade, son penchant pour la mort ne ressemblant à rien de ce que j'avais connu auparavant. Les photos n'étaient que des trophées de ses penchants particuliers.

La boucherie.

Mes contacts avec les garde-côtes m'avaient confirmé que le bateau était totalement perdu, un produit d'une valeur d'un million de dollars s'étant échoué en mer. Le premier appel téléphonique de Cordero avait indiqué que le moulin à rumeurs était saturé de conneries dans les rues. Malheureusement, cela ne ferait qu'augmenter si je ne frappais pas directement, tôt ou tard.

Et toujours aucun signe de Santiago ou d'indication qu'il aurait quitté le pays. Quand je trouverais ce petit con, il allait apprendre ce que signifiait croiser un membre de la famille Garcia.

Entendre mon téléphone me fit grogner. J'avais besoin de temps pour réfléchir et planifier, l'interruption alimentant mon impatience. Je savais exactement à qui m'attendre à l'autre bout du fil.

— J'attendais ton appel, dis-je en attendant le souffle court de mon père.

— Tu m'étonnes, putain. Encore une livraison foutue ? cracha mon père. C'est quoi ce bordel ? Il fait quoi, Rivera ?

— Je ne sais pas encore.

— Alors, tu sais quoi ? Cette merde, ça ne doit pas arriver, Miguel. Tu le sais mieux… Que…

Sa voix fut coupée nette par une quinte de toux.

Putain de merde. La dernière chose dont mon père avait besoin, c'était que sa tension artérielle augmente. Mes soupçons sur son état de santé se renforçaient. C'était un homme fier, qui refusait de laisser voir ses faiblesses. C'était aussi un battant, mais je me rendis compte que ses années de tabagisme excessif lui avaient fait payer un lourd tribut.

Je m'éloignais de la fenêtre et regardais la photo. La qualité était exceptionnelle, capturant chaque détail et chaque nuance du meurtre. Quel que fut ce jeune homme, il semblait qu'il connaissait son agresseur. Ou bien il était avec quelqu'un d'autre avant le meurtre. Les objets posés sur la table à l'arrière-plan indiquaient soit une rencontre, soit quelque chose de plus intime.

— Ce que je sais, c'est que Rivera est un malade mental. Il nous faudra user de prudence pour prendre les bonnes décisions.

J'étais bien trop pragmatique et précautionneux dans le choix de mes mots.

— Putain, Miguel, c'est en train de partir en couilles.

Je sentis de l'hésitation dans sa voix. Ce n'était pas normal.

— Enfin, bref. J'ai quelque chose dont tu pourrais te servir, dit-il.

— Et c'est quoi ?

D'après ce que j'avais pu voir, le jeune homme sur la photo ne devait pas avoir plus d'une vingtaine d'années. Alors que plusieurs des victimes représentées avaient eu le visage arraché, la brutalité utilisée pour le meurtre de ce pauvre bougre avait été particulièrement horrible.

Mais son visage était resté intact.

Un message envoyé.

— Je te recommande de passer me voir ce matin.

Pas la peine d'en dire plus.

— Je viens d'ici une heure.

Mon programme était chargé : faire taire les rumeurs afin de préserver mes rangs de toute défection. Je n'étais pas dupe. Quiconque tentait de s'emparer de mon régime savait que le meilleur moyen d'y parvenir était de le démanteler de fond en comble. Tuer des membres importants de mon organisation, ou même des membres de ma famille, ne ferait que détruire la loyauté à mon égard. Si mes ouvriers pensaient que j'étais incompétent, ils seraient facilement amenés à travailler pour une autre organisation.

Une nouvelle vague de rage traversa mon système comme une décharge électrique. Je frappai du poing contre mon bureau, savourant la douleur.

— Quel homme plein de rage.

Le son de la voix de Valencia était bien plus apaisant que je ne l'aurais imaginé, même si son ton était empli de dédain. Je glissai la photo dans ma poche en étudiant son visage, ses yeux gonflés gardant ma colère à fleur de peau.

Elle observait mes gestes, se mordant la lèvre inférieure et gardant ses distances. Je voyais bien qu'elle m'en voulait de l'avoir forcée à prendre conscience de la situation catastrophique de son père. Au moins, elle était debout et habillée, la tenue ayant manifestement été fournie par Sylvie.

— Je suis venue te dire que je vais partir, avec un de tes gardes armés. Comme tu me l'as ordonné. Monsieur.

Ses paroles étaient empreintes d'acide.

— Sylvie, dis-je comme ça.

— Oui. C'est ta petite amie ? Je dois dire qu'elle est plus rude que je ne l'aurais imaginé. La journée devrait être intéressante.

— Je te suggère d'arrêter les insultes. Non seulement Sylvie est très bien entraînée et compétente dans les domaines du tir et des arts martiaux, mais elle n'accepte rien de personne. Surtout de la part d'un sale gosse.

Je me déplaçai autour du bureau, me reprochant la scène.

— Et comme, je te l'ai déjà dit, je n'ai pas de petite amie.

— Un sale gosse. Choix intéressant à la vue de tes dernières actions. Je te suggère, *toi*, de te calmer avec les insultes. J'ai toutes les raisons d'être en colère. Ce n'est pas tous les jours qu'on a la chance inouïe de voir son monde s'écrouler, dit-elle en s'approchant de moi. Juste pour savoir, tu comptais me montrer ses magnifiques photos autour d'un petit verre de vin ?

Je connaissais bien sa méthode pour gérer la douleur et la frustration. J'avais perfectionné ce modèle au fil des ans. Je m'approchais, luttant contre mes pulsions dominatrices lorsqu'elle fit un grand pas en arrière.

— Je maintiens ce que j'ai dit hier soir. Je ne voulais pas que tu voies ces photos.

Elle changea d'expression après plusieurs secondes. Elle semblait plus détendue.

— Tu as eu ça où ?

— Un… ami.

— Avec des amis pareil… dit-elle en riant amèrement. Tu sais que les photos sont modifiables, n'est-ce pas ?

Ce n'était ni le moment ni l'endroit pour se disputer. Je sortis mon portefeuille et pris une carte bancaire.

— Prends ça pour faire tes achats. Achète tout ce que tu veux, à tous les prix. Mais pense à prendre des chaussures et des tenues de soirée.

— Cela veut dire qu'on va faire des soirées ? dit-elle en regardant la carte avant de la prendre.

— Je veux profiter de cette magnifique ville avec toi, Valencia. Tu n'es pas prisonnière ici.

— Si tu le dis. Pas encore de robe de mariage ? me lança-t-elle avec défi.

Cette question ne méritait pas de réponse. Enfin, pas encore.

— Ce soir, on va aller manger en ville. Je vais m'assurer d'acheter de quoi manger au cas où.

— Des pizzas et des bières ?

— C'est ce qui te ferait plaisir ?

Elle ouvrit la bouche comme pour marmonner une nouvelle réplique méchante, puis soupira en détournant le regard. Sa bouche se tordait, sa poitrine se soulevait et s'abaissait. Quand elle parla enfin, ses mots étaient pleins de tristesse.

— Il y a un petit endroit à Cuba qui servait la meilleure pizza que j'aie jamais mangée, avec une croûte moelleuse et qui fondait dans la bouche. On pouvait sentir l'odeur de l'ail à des kilomètres à la ronde, et la sauce utilisée était tout simplement incroyable, parfumée et délicieuse. Les champignons étaient succulents, le pepperoni... Il y avait aussi une toute petite brasserie. C'est drôle, mais je n'avais jamais apprécié la bière avant d'y aller. Tout était parfait, de l'atmosphère à l'emplacement. C'était juste un petit resto pas cher, tu vois ? Le propriétaire et son fils y travaillaient, essayant de joindre les deux bouts. Ils avaient une seule serveuse, une jeune fille qui était aussi fougueuse que moi. Tout simplement incroyable.

Je pouvais imaginer ce restaurant, hors des sentiers battus, et laisser mon imagination capturer un moment passé avec Valencia. Pas de gardes du corps. Pas de danger. Deux personnes appréciant de passer du temps ensemble. Je serrai le poing, réalisant que ma vie était bien trop complexe.

— Tu en parles comme s'il n'existait plus.

— C'est le cas, dit-elle avec tristesse. J'avais entendu des choses horribles sur ce qu'il était arrivé et je suis allée voir moi-même. Il n'y avait plus rien. Tout avait disparu. J'ai demandé aux riverains s'ils savaient quelque chose et rien ne filtra. J'étais… dévastée, dit-elle en se frottant le visage. Enfin, c'est du passé. On s'en fiche, hein ? ajouta-t-elle.

— On dirait que ça compte toujours pour toi, dis-je en remarquant la petite larme à son œil. Et je comprends pourquoi ça compte toujours aujourd'hui.

— Je suis incapable de t'imaginer dans un endroit comme ça. Tu es trop… sophistiqué.

Elle me fit un léger sourire.

Je rigolai en entendant la façon dont elle prononça les mots, en exagérant son accent espagnol.

— Sache que j'apprécie énormément de trouver un petit bijou où l'on peut se détendre sans avoir à faire semblant d'être quelqu'un que l'on n'est pas.

— Ce n'est pas ce que tu fais ? Faire semblant d'être quelqu'un ?

Sa question me fit vraiment réfléchir.

— N'est-ce pas ce que nous faisons tous ?

Elle hocha la tête plusieurs fois.

— Malheureusement, j'ai dû apprendre très tôt à ne pas m'attacher aux choses ni aux gens. Cela n'en vaut pas la peine avec mon style de vie.

Je réduisis la distance entre nous deux, permettant à mes doigts de suivre la ligne de ses bras, mon souffle se coupant sous l'effet des sensations qui m'envahissaient. En voyant sa chair de poule, ma queue se mit à fonctionner à plein régime.

Elle se pencha en avant, ses doigts délicats froissant ma chemise. Le léger gémissement qui s'échappa de ses lèvres était bien trop séduisant, la façon dont ses lèvres pulpeuses se pinçaient était une invitation claire à la ravager.

Je pris son menton entre mon pouce et mon index et baissai la tête jusqu'à ce que je puisse effleurer de mes lèvres sa joue rougie.

— Fais attention à toi. J'espère qu'il ne t'arrivera rien.

Soupirant, elle se mit sur la pointe des pieds, ses doigts rampant jusqu'à mon cou, son dos se cambrant pour tenter de se rapprocher.

— Tu es un homme formidable, Miguel. Si tu laissais ta garde tomber, je pourrais tomber amoureuse si facilement de toi.

Je l'embrassai, incapable de m'empêcher de glisser ma main dans son dos et d'attraper ses fesses rebondies. Elle se tortilla lorsque je tirai sur l'ourlet de sa robe, enfonçant mon doigt dans la fente de son cul. Lorsque je fis tourner le plug, son corps tout entier frémit sous mon emprise. Après avoir tiré sur l'extrémité, je poussais le plug plusieurs fois, ma bite me faisant souffrir jusqu'à l'extrême limite de la douleur.

La sensation de son corps chauffé contre le mien était incroyable, faisant remonter ma faim sauvage à la surface. Je dominais sa langue, buvant son essence divine tout en désirant enfouir mon visage dans sa chatte sucrée. Je continuais à enfoncer le plug brutalement, mes pensées dérivant vers l'idée de la pousser par-dessus le bord de mon bureau.

Malheureusement, le temps était compté. Je rompis la connexion, mordant sa lèvre inférieure avant de me retirer complètement et de lui claquer les fesses à deux reprises.

Son visage restait rouge, la couleur s'épanouissant le long de ses joues comme les pétales d'une rose délicate.

— Quelle gentille fille. Tu portes toujours le plug.

Valencia me regarda et rigola tout doucement.

— Je peux suivre des ordres, monsieur.

Bon sang, j'avais envie de cette femme.

Elle me fit un dernier signe de tête avant de sortir de la pièce. Les mots tristes qu'elle avait prononcés tout à l'heure restaient gravés dans ma mémoire, tout comme ses mots d'amour, qui s'enfonçaient dans mon âme. Je voulais l'envelopper de chaleur, lui montrer que j'étais capable de lui apporter ce dont elle avait besoin, mais je ne pouvais pas me fier à mes propres émotions. Au moins, j'avais une réponse au sujet du garçon sur la photo. Son père l'avait-il tué à cause de leur relation ? C'était une piste à garder à l'esprit.

* * *

— Miguel ! Qu'est-ce que tu fais ici ?

Voir ma mère me donnait toujours le sourire, peu importe les circonstances. Elle se précipita vers moi, comme si elle ne m'avait pas vu depuis des mois, me faisant un gros câlin, plus fort que d'habitude.

— Faut juste que je voie papa rapidement.

Elle rit, mais d'une manière un peu forcée.

— Ne le laisse pas te mordre, il n'est pas d'humeur aujourd'hui.

— N'est-ce pas toujours le cas ?

Ma mère était une femme fière, ses vêtements étaient toujours magnifiques et ses actions gracieuses nous rappelaient constamment qu'il y avait tant de bonnes choses dans le monde. Aujourd'hui, elle semblait un peu plus préoccupée que d'habitude, ses mots étaient coupés comme s'ils avaient une autre signification. Même sa tenue vestimentaire n'était pas à la hauteur, bien que je n'aie pas pu mettre le doigt sur la raison.

Elle jeta un coup d'œil par-dessus son épaule vers la porte fermée du bureau de mon père et baissa la voix avant de parler. Sa prise sur mes bras restait ferme, mais je pouvais facilement voir qu'elle tremblait.

— Ton père est allé voir le médecin et ce n'était vraiment pas terrible. Ne lui dis pas que je te l'ai dit.

— Qui y-a-t-il ?

Elle secoua la tête.

— Il en fait trop. Tu sais comment est ton père.

Bien que je comprenne, elle cachait la vérité de la même manière que mon père.

Soufflant, je n'avais qu'une envie : lui dire que tout irait bien, mais j'avais des doutes.

— Quand est-ce que vous partez faire votre tour du monde ?

Elle sembla fort surprise par ma question.

Presque comme si elle m'accusait de quelque chose.

Pourtant, comme à son habitude, elle tenta de cacher le fait que mon père avait menti à propos de leur voyage dans le monde.

— D'ici quelques semaines. Comme tu l'imagines, c'est compliqué de tout organiser pour moi.

— Vous allez où ?

— Tu connais ton père. C'est une surprise intégrale.

Je compris alors que cette réunion particulière n'avait aucun rapport avec nos ennemis.

— Je sais bien à quel point tu veux visiter Paris.

— Oui, voir la Tour Eiffel et le Louvres a toujours été mon rêve, dit-elle en regardant dans le vide. J'espère qu'on pourra faire de belles photos.

Lorsqu'elle me prit la main, la serrant plus fort que d'habitude, le tiraillement de mon cœur me rappela que j'adorais mon père. Je l'avais toujours adoré, même si nous nous étions opposés toute ma vie. Il avait été le roc de la famille, travaillant de longues heures pour réussir. Ses histoires à dormir debout sur le métier de plongeur qu'il avait exercé en arrivant de Cuba étaient le genre d'histoires à inspirer le respect à un petit garçon. Je n'avais jamais considéré mon père comme un homme fragile, mais ce jour-là, la boule dans ma gorge était douloureuse.

— Tout va bien se passer, maman, dis-je en chuchotant à peine, refoulant mes émotions.

— Je sais. Ça se passe toujours bien. Tu savais que ton père avait payé pour 4 voyages à Paris ces dernières années et qu'il avait annulé à chaque fois ? Je pense qu'il était encore plus dévasté que moi, dit-elle en essayant d'empêcher les larmes de couler de ses yeux.

— La cinquième sera la bonne.

— Oui. Oui, eh bien. On verra ça, dit-elle tout doucement. Je ne te retiens pas plus, je dois aller chez le coiffeur.

Je la pris dans mes bras, lui faisant un bisou sur le front.

— Tu sais à quel point je vous aime, toi et papa ? Tu le sais, hein ?

Alors qu'elle tremblait dans mes bras, je faillis défaillir.

Elle s'écarta et toucha ma joue de sa main froide.

— Oui, je sais, mon chaton. N'oublie pas de le dire aussi à ton père. Ça lui ferait du bien. C'est… important.

Elle partit, ses talons claquant contre le sol de marbre. Je la regardai se diriger vers les escaliers, sa démarche beaucoup plus lente que d'habitude. Ma mère était l'une des personnes les plus fortes que j'aie jamais connues, mais ce jour-là, tout ce que je voulais, c'était la protéger.

La protéger. Je n'arrivais pas à me sortir ce concept de la tête.

Je me tenais juste devant la porte du bureau de mon père, essayant de contenir mon besoin de réponses. Quelle que soit la crise à laquelle notre famille était confrontée, elle avait besoin de mon attention et de mes soins. Au lieu de faire irruption, je frappai à la porte.

— Entre.

Même ma main tremblait lorsque je tournai la poignée, prenant plusieurs respirations profondes avant de refermer la porte derrière moi. Cela ne faisait que quelques jours que j'avais vu mon père, mais je pouvais dire qu'il avait vieilli, son teint était encore plus pâle, ses joues creusées. Même sa respiration était rauque.

— Comme ça va, pops ? demandai-je.

— Pops ? Je ne me souviens pas de la dernière fois où tu m'as appelé comme ça. Pourtant, tu préfères papa ou Carlos.

Son rire fut aussitôt coupé par une grosse quinte de toux, l'obligeant à prendre appui sur le bureau.

— Pourquoi tu ne m'expliques pas ce qu'il se passe ? dis-je en m'avançant vers le bureau et regardant les objets de son bureau.

Il remarqua ma curiosité et déplaça ses dossiers, cachant ce sur quoi il travaillait.

Mais j'avais vu quelques mots, assez pour savoir que mes craintes étaient réelles.

Testament...

— J'ai des infos sur Santiago qui pourraient t'être… utiles.

Il ouvrit le tiroir et me lança une clé USB.

— C'est quoi ça ?

— Santiago n'est pas un gentil garçon. Il y beaucoup de gens qui voudraient le massacrer. Tu trouveras tout ce qu'il te faut là-dedans. Si c'est lui qui sabote nos livraisons, alors tu sais quoi faire. Je te laisse t'en occuper. Tu es fort, fiston. Ta mère et moi allons devoir partir plus tôt que prévu.

— Et pourquoi ça ?

— Disons qu'elle est très excitée, dit-il en essayant de faire son sourire de dur à cuire.

Je mis la clé dans ma poche.

— C'est mauvais à quel point ?

— Le business ? Pas de soucis, ça devrait aller. Il suffit de montrer à la base qui est le patron. Je suis très fier de toi et de ce que tu as accompli ces dernières années. Il est temps pour toi de prendre les rênes. J'ai peut-être attendu trop longtemps. De toute façon, tu as fait la plus grande partie du travail depuis quelques années.

Je secouai simplement la tête, restant silencieux.

Son sourire disparut et il s'assit lentement sur sa chaise de bureau.

— Tu pourrais être un gentil fils et m'apporter un verre ? Et je m'en fiche qu'il soit 10 heures du matin. Ta mère me fait déjà assez chier avec ça.

— Je vais en prendre un aussi, tiens.

Alors que je me dirigeai vers son bar, je refermai ma main avant d'attraper les verres. Bon Dieu. J'étais secoué, j'avais très peur. Cela ne me ressemblait pas du tout. Le bruit de sa toux continue me tenait en haleine.

Je me dirigeai vers son bureau, faisant glisser le cristal sur la surface avant de m'asseoir dans l'un des deux fauteuils en cuir. Bien que j'aie toujours aimé le cuir épais et doux, j'avais appris très tôt que ces fauteuils étaient réservés aux visiteurs qu'il jugeait dignes de s'asseoir en face de lui. Jusqu'à récemment, je n'en faisais pas partie.

Je regardais la façon dont il tripotait le verre, faisant rouler le bout de son index sur le bord sans but précis. Je n'avais aucune idée de ce qu'il fallait dire à ce stade.

— Elle compte beaucoup pour toi, dit-il d'un ton que je ne le connaissais pas.

— Qui ?

— Fiston, si tu penses que quelque chose m'échappe alors que j'ai tant de gens qui me sont loyaux, alors tu me sous-estimes.

Son sourire était vrai.

— Cordero.

— Tu sais bien que c'est moi qui l'ai formé. Il m'a supplié pendant 5 ans de rejoindre la famille. C'était vraiment un petit con tout excité, dit-il en riant et levant son verre. Regarde-le maintenant. Il est bâti comme une armoire à glace et c'est ton fidèle bras droit. Il est génial.

Cordero avait certes gravi les échelons et devait son statut de Capo à mon père, mais lui et moi étions amis depuis aussi longtemps que je m'en souvienne. Et oui, il était extrêmement loyal.

— Cela ne regarde personne, ce que je fais de ma vie personnelle.

— C'est là que tu n'as jamais compris à quel point il est important de choisir la bonne femme dans sa vie. Oh, je sais que les hommes de notre rang n'ont jamais qu'une seule femme, mais pour moi, ta mère était plus que suffisante. Elle était la lumière de ma vie, la raison pour laquelle j'ai continué à travailler si dur. T'ai-je déjà dit que son père avait menacé de me tuer plus d'une fois si je la dérangeais ?

J'avais entendu d'innombrables histoires au fil des ans, mais celle-ci était certainement nouvelle.

— Et je suis certain que ça s'est mal terminé.

Il rit à nouveau mais il n'eut pas de quinte de toux.

— Jack et moi sommes amis maintenant. J'étais bien trop vieux pour Lucinda et bien sûr, je n'étais rien d'autre qu'une saloperie de la rue qui faisait la plonge. Je crois bien qu'il l'a prononcé exactement comme ça.

Je levai mon verre à son intention.

— Et regarde où tu en es aujourd'hui, pops.

— Ta mère m'aimait même quand j'étais à la rue. Elle m'a suivi toutes ces années dans ce business et oui, elle savait exactement sur quoi je travaillais en permanence. Enfin, au début. Ça a fini par être trop difficile pour son cœur d'or et elle a arrêté de s'en préoccuper.

Le fait que mon père, ce gars de la vieille école, permette à ma mère d'être impliquée dans les décisions prises était vraiment nouveau.

— C'était sans doute la bonne décision.

— Oui, dit-il en chuchotant. Ce que j'essaie de te dire, fiston, c'est que si tu gardes cette fille chez toi juste pour atteindre Santiago, arrête tout. Ce n'est pas bon pour le business, tes gars mais aussi pour elle.

Je pris une gorgée de scotch avant de répondre.

— Et s'il y autre chose ?

Il me regarda, levant un sourcil.

— Eh bien, soit prudent. Mais si tu es certain de tes sentiments, alors occupes-en-toi comme de la prunelle de tes yeux. Ne laisse pas les affaires ou une autre femme s'interposer. Respecte-la. Traite-la bien. Et si tu cherches une raison de tuer Santiago, tu en as déjà une. Il ne la laissera jamais quitter son monde. Jamais. Sauf s'il meurt ou qu'ils le jettent dans un cachot et qu'ils perdent la clé.

— Je m'en souviendrai.

La haine totale que mon père éprouvait pour cet homme signifiait que le passé de leur relation, quel qu'il soit, était tumultueux. Nous restâmes assis tranquillement pendant quelques minutes, appréciant peut-être plus que d'habitude la compagnie de l'autre. Mais je devais savoir à quoi il avait affaire.

C'était mon père, après tout.

— À quel point es-tu malade ? dis-je en essayant de cacher mon émotion.

Comme d'habitude, cet homme stoïque se tint coi, se tortillant sur sa chaise jusqu'à ce qu'il puisse regarder dehors.

— Tu te fais trop de soucis, fiston. Maintenant, je te laisse t'occuper de toute cette merde pendant que je serai parti. Tu prendras de bonnes décisions et feras ce qui est nécessaire. Je n'en doute pas une seconde.

— Écoute, on devrait parler.

On entendit de l'agitation dans le couloir puis ma mère entra en trombe dans le bureau.

— Lucinda, c'est quoi ce bazar ? dit mon père en bondissant de sa chaise.

— Ta fille. Elle ne veut pas me dire ce qu'il ne va pas, dit-elle en secouant les mains. Mais, Carlos, elle a un œil au beurre noir !

Je me levai de la chaise en deux secondes et sortis à grandes enjambées dans le hall d'entrée. Elena était déjà à mi-chemin de l'escalier, sans doute en train de courir pour éviter d'avoir à s'expliquer. Dieu merci, Selena était avec elle.

— Elena, attends ! ordonnai-je.

— Tonton Miguel ! cria Selena.

— Va dans la chambre, insista Elena en la poussant.

— Mais maman !

Elena était toute agitée.

— Je t'ai dit d'aller dans la chambre !

Selena fronça les sourcils puis partit, ma sœur la suivant de près.

— Il faut qu'on parle de ça, insistai-je.

— Laisse-moi tranquille, Miguel, je me débrouille très bien, dit-elle avec la voix qui déraillait.

Elle venait de pleurer, c'était sûr.

J'arrivais tout juste à saisir son bras, la retenant avec le plus de douceur possible. Elle se tourna alors vers moi. Mon sang était en ébullition.

— C'est. Quoi. Ce. Bordel !

Elle se débattit immédiatement pour se dégager de mon emprise, pressant son autre main contre son œil tuméfié. Sa lèvre était fendue, des gouttes de sang séché sur son menton.

— Laisse tomber.

— Qui t'a fait ça ?

— Ce n'est pas important.

Je continuai de la tenir, respirant de manière saccadée.

— C'est Winston ?

Je vis sa légère réaction. Ce fils de pute allait crever.

— Miguel, non... On s'est engueulé. Je n'aurais pas dû le mettre en colère. C'est tout. Rien de plus. Il me faut un peu d'air.

Ma propre sœur, la fille qui avait donné un coup de pied dans les couilles d'un garçon de seize ans alors qu'elle en avait à peine treize, en était réduite à cela.

Oh. Putain. Non.

Je soulevai son menton, évaluant les dégâts.

— Il t'a tapé dessus à un autre endroit ?

— Non... pas vraiment, dit-elle en explosant en sanglots. Je ne sais pas pourquoi il est comme ça. Il était si gentil avant qu'on se marie. Je fais de mon mieux pour ne pas le mettre en colère. Il a changé ces derniers mois. C'est juste que...

Mon esprit planifiait déjà la façon dont cet homme allait mourir, tandis que mon cœur se brisait pour elle. Je la rapprochai de moi en lui tenant l'arrière de la tête.

— Je te promets que tout va bien se passer. Ce ne sera plus jamais un problème. Le docteur Calhoun ne lèvera plus jamais la main sur toi.

— Mais je l'aime...

Malgré toutes les histoires que j'avais entendues au fil des ans, les diverses liaisons que les hommes des cartels et des familles de la mafia avaient régulièrement, je n'avais jamais compris ce manque de respect. Je venais peut-être d'un autre monde, mais je n'allais pas tolérer cela. Pour aucune raison. J'aurais dû me débarrasser de cet enculé dès que j'avais su que quelque chose n'allait pas.

Je la ramenai en arrière, en essayant de baisser la voix.

— Pense à ta fille. Uniquement à elle. Si ce fils de chien peut faire ça à la femme qu'il aime, que peut-il faire à sa fille ?

— Je le trancherais en morceaux s'il osait faire quoi que ce soit à Selena.

— C'est bien ma frangine, ça. Forte et belle. Reste ici, okay ? Fais-moi confiance.

— Miguel, qu'est-ce que tu vas faire ?

— Je vais m'assurer qu'il ne te fera plus jamais de mal.

Je lui donnai un nouveau baiser sur le front et je descendis les escaliers en trottinant, en direction de la porte d'entrée.

— Miguel, fais attention à ce que tu vas faire, dit mon père.

En ouvrant la porte, je laissai les mots s'infiltrer et penchai la tête jusqu'à ce que je puisse voir son visage.

— Ne t'inquiète pas, papa. Tu m'as bien éduqué. Je ferai ce qui est nécessaire. Pas plus.

Je donnerais deux choix au gentil docteur. S'il était intelligent, il ferait le bon choix. Et sinon ? Alors je ferais ce qui me semblait naturel.

Personne ne s'en prenait à ma famille.

CHAPITRE 12

M<i>iguel</i>

Je savais exactement où trouver ce putain d'enfoiré de docteur, dont le cabinet privé lui permettait de s'offrir des voitures de luxe et des dîners gastronomiques avec ses collègues. Pendant ce temps, ma sœur s'occupait seule de leur magnifique enfant, vivant manifestement dans la crainte des sautes d'humeur de Winston.

Au début, il avait semblé être l'homme idéal pour Elena, s'occupant d'elle avec joie et amour. J'avais toujours su que cet homme avait une part d'ombre en lui. Comme nous tous, d'ailleurs. Il n'avait que des couilles assez petites pour se défouler sur des femmes qu'il jugeait inférieures.

Il ne craignait ni la famille, ni notre pouvoir, ni notre influence. Il avait simplement ignoré que nous étions autre chose qu'une riche famille typique du sud de la Floride. Il allait rapidement apprendre qu'il avait eu tout faux.

— Qu'est-ce que vous allez faire, boss ? demanda Cordero alors que nous quittions ensemble le SUV.

Je l'avais emmené avec moi pour avoir un petit soutien mais aussi pour garder la tête froide. Il était possible que je perde patience devant ce connard.

— On va aller faire un tour avec lui. J'ai deux-trois choses à lui expliquer.

— Cool. Vous pensez qu'il va vous écouter ?

Je m'assurai que mon holster était visible sous ma veste, si nécessaire, avant de me diriger vers l'impressionnant immeuble de bureaux qu'il ne partageait avec personne d'autre. Je remarquai que sa Mercedes décapotable rouge était garée à un endroit spécialement conçu pour lui. Cet homme me donnait la chair de poule.

— Disons que ça serait dans son intérêt.

— À quel point faut-il être une merde pour taper sur une femme ?

Je me devais d'admirer cet homme plus grand que nature. Il avait participé à sa part de bagarres de bar au cours de nos années de vie ensemble, mais il avait limité ses comportements violents à ceux qui les méritaient.

— Ouais, enfin, j'ai peur que sa carrière de chirurgien ne touche à sa fin s'il n'entend pas mon sermon.

— Hey, boss. Votre père a posé des questions à propos de Santiago, dit Cordero, doucement.

Je le regardai, levant un sourcil.

— La seule chose que j'apprécie plus que tout, c'est la loyauté, Cordero. Tu es un homme honorable, surtout pour mon père. Ce que tu dois garder à l'esprit, c'est que tu travailles pour moi maintenant. Il est vital que tu ne partages tes informations avec personne. C'est compris ?

Il serra la mâchoire avant d'acquiescer.

— Bien sûr. Il est malade, hein ?

Admettre la vérité ne fut pas facile.

— Oui, il est malade.

Je me dirigeai vers l'entrée principale, notant le nombre de voitures dans le parking. Winston avait certainement beaucoup d'admirateurs, dont une grande partie de femmes. Une fois à l'intérieur, je passai devant la réceptionniste, refusant de regarder les trois femmes qui tentaient de nous arrêter.

— Messieurs, vous ne pouvez pas entrer, c'est une zone privée !

La voix de la femme se perdait derrière nous alors que nous faisions tous les deux irruption, passant d'une pièce à l'autre.

Une des dames avait dû l'appeler. Il sortit de derrière une porte fermée, essoufflé et le visage rouge sang.

— Qu'est-ce que tu fous là, Miguel ? Quelque chose ne va pas ? osa-t-il demander.

Je réduisis la distance, gardant une expression froide sur mon visage.

— Winston. Faut qu'on parle.

Winston lança un regard à Cordero, une perle de sueur coulant le long de sa tempe, le regard toujours plein de snobisme.

— Je travaille, Miguel. Je suis avec des patients. Faudra que ça attende.

J'inspirai, jetant un coup d'œil vers la pièce derrière lui. Je le contournai simplement et poussai la porte. Le cri de la femme ne fut pas le seul signe évident de détresse. Le fait qu'elle soit déshabillée n'indiquait certainement pas qu'elle était en train de se faire refaire son visage, déjà très beau.

Lorsque Winston tenta de contourner Cordero, mon gaillard posa une main sur sa poitrine.

— Bats les pattes, toi ! dit Winston.

Je pris une autre inspiration, recueillant l'odeur du parfum de la femme sur lui et revins devant lui, le poussant lentement contre le mur.

— Voilà comment ça va se passer. Tu vas être un gentil garçon et fermer ta gueule. Tu vas venir avec nous, que l'on discute tranquillement, dans un endroit tranquille. Si tu refuses ou que tu fais des manières, je vais devoir dire à ma sœur qu'il t'est arrivé un horrible accident et que tu ne pourras plus jamais opérer de ta vie. Est-ce clair ?

Winston déglutit, hochant la tête comme une putain de poupée.

— Clair comme de l'eau de roche.

Je lui fis un petit sourire.

— Génial. Allons faire un tour dehors.

Je traversai de nouveau la salle d'attente, ignorant les piaillements des autres femmes.

— Tout va bien, docteur Calhoun ? demanda tout doucement la réceptionniste.

— Euh... Tout va bien. Nous avons des affaires urgentes à régler, répondit Winston comme le gentil garçon qu'il était.

Cordero ouvrit la porte et le jeta dans la voiture, claquant la porte derrière lui.

— Où allons-nous, boss ?

— Ce parc vers East Boardwalk. Ça devrait être bien, dis-je en sifflant et en passant de l'autre côté, jetant un dernier coup d'œil au bureau.

Ces femmes n'oseraient pas contacter la police. Je voyais bien qu'elles savaient exactement qui j'étais. Je me glissai à l'intérieur, laissant Cordero prendre l'autoroute avant de sortir un cigare, prenant le temps d'en couper le bout avant de l'allumer.

Il surveillait chacun de mes mouvements.

— Accouche, Miguel. Que veux-tu de moi ?

— On dirait que t'étais bien occupé ce matin, dis-je en tirant une fois mon cigare.

— De quoi tu parles ?

Je tirai plusieurs fois sur mon cigare, n'ouvrant pas la fenêtre. J'entendais sa voix dans sa tête me crier de les ouvrir.

— Tu sais exactement de quoi je parle, dis-je en tournant la tête dans sa direction. Je pensais qu'un homme comme toi avait un peu d'intelligence. Peut-être que je me trompe.

— Tu veux en finir avec tout ça et me dire qu'est-ce qu'il y a ?

Ce gars avait l'audace de poser des questions.

— Elena est venue voir ses parents. Par chance, j'étais présent à ce moment-là. Maintenant, tu peux imaginer à quel point je fus surpris de la voir dans l'état où elle était.

Il soupira mais je pus entendre une horreur sortir de sa bouche.

— La salope.

C'en était trop. En un quart de seconde, ma main se trouva enroulée autour de sa gorge. Je me rapprochai de lui, mon cigare dans la bouche et surtout, à quelques centimètres de son œil si précieux pour son travail.

— Plus jamais tu dis ça de ma sœur. Tu ne lèveras plus jamais le petit doigt sur elle non plus. Est-ce clair ?

Se débattant, Winston resta silencieux.

Je resserrai ma prise.

— Est. Ce. Clair ?

— Oui, très bien.

Je le relâchai après quelques secondes, enlevant les quelques petites cendres tombées sur ma veste.

— Winston, je suis un homme honorable. Même si certains de mes ennemis diraient le contraire. Néanmoins, j'attends à ce qu'on obéisse à certaines règles quand on a affaire à moi. Tu me suis ?

Il avala, jetant un œil à là où nous allions.

— Oui, bien sûr.

— C'est bien. C'est comme ça qu'on va jouer. Comme tu peux l'imaginer, je ne te ferai plus jamais confiance auprès de ma sœur ou de ma nièce. Ce que tu as fait est répréhensible et ne sera pas oublié.

— Qu'est-ce que tu me veux ?

Dieu me protège mais je n'avais qu'une seule envie, lui arracher la carotide. Je pris une profonde inspiration avant de répondre, pour me calmer.

— Tu vas rentrer chez toi après le travail ce soir et tu vas faire tes bagages, en laissant, bien sûr, tous les objets précieux et de valeur qui appartiennent à ma sœur. Tu contacteras ton avocat pour commencer à rédiger les papiers du divorce, dans lesquels tu cèderas soixante-quinze pour cent de ta fortune, y compris les comptes offshores que je sais très bien que tu possèdes. Ensuite, tu feras en sorte de fournir soixante-quinze pour cent supplémentaires de tes futurs revenus. Cela permettra à ma nièce d'avoir une bonne éducation.

— T'es un malade ! cracha Winston.

J'entendis le soupir de dégout de Cordero alors qu'il sortait de l'autoroute, lançant un regard plein de haine dans le rétroviseur. Il était toujours surpris par mon infinie patience avec les fils de pute.

— Je suis beaucoup de choses, Winston, mais pas malade. Je peux rajouter une petite punition à ce que tu vas subir, si tu veux.

Je me penchai en arrière, observant ce que je considérais comme mon parc préféré. Le site était suffisamment éloigné des sentiers battus pour permettre certaines conversations en toute intimité.

Il bougonnait, mais je remarquais qu'il tremblait déjà.

— Pas la peine d'en arriver à la violence, Miguel. Je suis désolé d'avoir fait ça, je n'ai jamais touché à ta sœur avant.

Je tournai à peine la tête, le fixant droit dans les yeux.

— Je t'en supplie, je suis vraiment désolé ! J'aime Elena comme un fou ! Je ne veux pas la quitter !

— Winston, un peu de courage, je hais les pleurnichards. Ta seule issue si tu veux continuer la chirurgie, c'est de la quitter.

Lorsque Cordero se gara à l'extrémité du petit parc, je fus le premier à sortir du véhicule et à me diriger vers une flore tropicale absolument magnifique. Un véritable paradis. Mes pensées se tournèrent vers Valencia. Elle aurait aimé pique-niquer dans ce parc. Hum...

Je voyais bien que Cordero poussait Winston dans ses retranchements, sa réticence alimentant encore ma colère à son égard. Les hommes étaient censés assumer les conséquences de leurs actes sans avoir recours à la panique.

— J'accepte tes termes ! Mais ne me tue pas ! criait presque Winston, essayant visiblement d'attirer l'attention de quelqu'un qui pourrait se trouver dans le parc.

Je lui jetai un nouveau regard plein de dédain et lui fis signe de venir me voir.

— Je te garantis qu'il n'y a personne pour te sauver, Winston. Cet endroit est secret. Un secret bien gardé. Mais j'apprécie ton acceptation. C'est le bon choix. Pour toi.

— Je me demande comment tu oses faire ça sans penser aux conséquences, dit-il, visiblement requinqué.

— Tu sais très bien avec quelle famille tu t'es lié, Winston, ce qui veut dire que tu sais très bien de quoi mon père et moi sommes capables.

Je laissais les mots s'imprégner dans son esprit alors que je tournais le coin du sentier, la fontaine étant devenue un lieu de répit au fil des ans.

— Tu passes aux menaces, maintenant ? Je te pensais mieux que ça.

Je m'arrêtai devant la fontaine, regardant la petite plaque et réfléchissant à tout ça.

— Je ne fais jamais de menaces. Que des promesses, dis-je en me tournant vers lui et me rapprochant à quelques centimètres de lui. Je suis bien au courant de tes indiscrétions avec les femmes, surtout avec celles de certains clubs que tu fréquentes. Par respect pour ma sœur, je me tiendrai silencieux vis-à-vis de ces... activités, tant que tu suis mes ordres.

Je vis pour la première fois de la vraie peur sur son visage.

— Bien, d'accord. On va s'arranger, hein, j'en suis sûr.

Il bégayait comme un enfant que l'on gronde.

— Superbe.

Je reculai d'un pas et lui tendis la main. Sa poignée de main était faible, la sueur dégoulinant des deux côtés de son visage. Je m'éloignai, m'arrêtant sur le chemin juste assez longtemps pour pencher la tête.

— Je t'ai permis de garder ton téléphone. Je suis certain que tu peux demander à l'un de tes amis de venir te chercher. J'apprécie que tu aies pu prendre le temps de discuter avec moi aujourd'hui. Je préfère traiter les affaires de manière professionnelle.

Je lui lançai un autre regard sec avant de me diriger vers la voiture.

Ce qu'il ne savait pas, c'est que mes associés traitaient les problèmes d'une manière totalement différente. Il ne tarderait pas à s'en rendre compte.

***

Ce que je trouvais intéressant dans les éléments fournis par mon père, c'est qu'il y avait eu un moyen parfait de garder Santiago sous silence.

Si je l'avais su plus tôt, les choses auraient pu se passer différemment.

Peut-être.

Quelques instants après avoir quitté le parc, j'avais reçu un appel d'un petit gars de la rue, dont les informations étaient accablantes à plusieurs égards. Même après ma série d'avertissements aux équipes de rue, au moins une certaine agitation s'était déjà répandue dans les rangs, permettant la possibilité de plusieurs activités et accords sans scrupules. Si cela continuait, des vautours essaieraient de s'infiltrer, certains individus étant prêts à prendre le contrôle. Je ne pouvais pas me permettre de laisser cette merde continuer. Pas maintenant. Jamais.

D'autant plus que mon père m'avait confié le contrôle total de l'opération.

Mon père était le genre d'homme qui ne permettait à personne de voir ses faiblesses. Le déclin de sa santé ne serait pas différent. Il n'y aurait pas de grandes annonces, pas de fête pour célébrer la retraite de mon père, mais les gens l'apprendraient bien assez tôt. Cela mettrait l'organisation encore plus au bord du gouffre.

Il restait à voir comment j'allais utiliser les informations sur Santiago.

Malheureusement, il y avait un homme que je soupçonnais d'avoir une longueur d'avance sur le changement de pouvoir, un homme en qui mon père avait une confiance implicite. La pression augmentait d'heure en heure, la nouvelle des pertes de revenus se répandant dans les villes et les comtés comme une bactérie dévoreuse de chair. Il devenait également difficile d'empêcher la DEA de renifler autour des explosions. Ils ne reculeraient devant rien pour mettre fin à chacune de mes activités.

Parmi toutes les entreprises légitimes gérées par ma famille, seuls quelques hommes de confiance distribuaient également des faveurs à nos clients. J'avais été aussi prudent que mon père dans mes décisions, y compris en ce qui concernait l'utilisation des lieux pour rester à l'abri des regards indiscrets. L'un des derniers achats avait été un atelier de carrosserie pour voitures de sport haut de gamme, celui-là même qui avait entretenu mes véhicules pendant des années. Le cadre était parfait, le deuxième étage vide exactement ce qu'il fallait.

J'employais plus d'un millier de personnes dans divers emplois légitimes, ce que j'avais toujours voulu faire. Je prenais soin de mes employés, je m'assurais qu'ils bénéficiaient d'une mutuelle et de jours de vacances suffisants pour soigner leur âme. Seuls quelques-uns d'entre eux avaient une connaissance directe de la gestion des drogues illégales par ma famille. Pour faire partie de ce cercle restreint, il fallait prouver sa loyauté pendant des années, mais les avantages étaient considérables sous forme de primes et d'autres incitations. Danton n'était pas de ce cercle.

L'homme au sujet duquel je venais de recevoir un appel faisait partie de ma famille depuis vingt ans, bien avant que je ne prenne les rênes de l'entreprise. J'avais du mal à croire qu'il s'abaisserait à ce point, mais Aleksei m'avait prévenu. De tous les hommes capables de me poignarder dans le dos.

Si ce que mon soldat avait appris en collectant les paiements hebdomadaires était valable, la loyauté de cet homme était passée à Santiago.

Je soupirai lorsque Cordero se gara sur une place de parking, prenant le temps de poser mes pieds sur le trottoir. Lorsque j'entrai dans la boutique, la majorité des employés étaient à peine capables de me regarder dans les yeux. Je pouvais presque sentir leur peur, entendre leurs cœurs battre. Ils savaient qui j'étais, avaient entendu diverses histoires sur ce qui avait été fait à mes ennemis, mais ils respectaient au moins le fait qu'ils avaient un travail et qu'ils avaient traversé des temps difficiles et une situation économique déplorable. Cependant, lorsque j'arrivais, il y avait généralement une sorte de punition à subir.

Cet après-midi ne fut pas différent.

Ils continuaient tous à vaquer à leurs occupations, faisant comme si je n'avais pas franchi la porte. Je ne pouvais qu'imaginer leurs soupirs de soulagement lorsque je pris l'escalier de service menant au deuxième étage. Je parierais également qu'il y aurait un pic d'activité et de projets terminés à la fin de la journée.

La salle de production surdimensionnée comportait deux espaces distincts, l'un étant entièrement consacré à la distribution. L'autre accueillait nos responsables commerciaux et plusieurs responsables de la gestion de la qualité. Ils avaient tous des statuts légitimes, déclaraient leurs impôts et vivaient le rêve américain. L'homme que j'étais venu interroger était le patron de cette opération particulière, et sa brutalité égalait la mienne. Il avait gagné le droit de jouir de sa richesse.

Du moins jusqu'à présent.

John Martinez était un homme formidable, quelqu'un que j'avais respecté très tôt, mais aujourd'hui, il allait apprendre ma haine des traîtres.

Je me dirigeai vers le vaste bureau de l'homme, le seul à disposer d'une fenêtre, même si la vue laissait à désirer. Pourtant, il s'était approprié l'espace, y compris avec sa musique classique bien-aimée. Dès que je fus entré, le concerto qui jouait me fit monter la bile à la gorge. Je pouvais reconnaître la touche de Valencia n'importe où. Sa musique. Son CD. Cette idée me rendait malade, mais il n'y avait pas de coïncidence possible.

Je déboutonnai ma veste, m'assurant que mon arme était bien visible. Je ne voulais prendre aucun risque.

John semblait épuisé alors que j'entrais, se levant immédiatement de son bureau. Sa lèvre inférieure frémissait-elle ? Je balayais la zone du regard, à la recherche de tout signe de violation du protocole, même si je savais que cet homme dissimulerait ses traces. Presque immédiatement, il remit son masque en place, un professionnel accompli et l'un des rares hommes de notre organisation à avoir passé du temps en prison.

Et il n'avait jamais mouchardé.

Cela lui donnait de la crédibilité dans les rangs et auprès de mon père. Mais tout le monde avait un prix.

— John. On dirait que tu es inquiet, dis-je en m'approchant du bureau.

Comme d'habitude, il travaillait dans l'ombre, une capacité vraiment étonnante et nécessaire dans notre milieu.

— Tu m'as fait peur, putain, Miguel. Personne ne vient jamais dans mon bureau.

John fit le tour du bureau, avec le même sourire que celui dont je me souvenais depuis que j'étais enfant. Lorsqu'il rassembla certains de ses papiers, je m'assurai d'en prendre note.

Mon parrain.

Le témoin de mon père à son mariage.

Il fut présent à tous les baptêmes, à toutes les fêtes de fin d'année. Il était irréprochable.

C'était un sac à merde. Un traître.

Nous nous approchâmes tous les deux, les bras tendus, pour faire l'accolade obligatoire, mais je me sentais mort à l'intérieur.

— Qu'est-ce qui t'amène ici ? Tu veux un verre ? demanda-t-il en regardant le bar.

Je lui fis un signe de main, essayant d'enlever le stupide sourire de mon visage.

— Non merci. J'ai du pain sur la planche.

— Je peux en prendre un ou ça te dérange ?

— Fais comme tu le sens.

J'attendais qu'il ait versé son scotch préféré, étudiant ses mains sûres. Il ne montrait aucun signe de faiblesse. Cependant, il avait eu des décennies pour s'entraîner. Lorsqu'il se retourna enfin pour me faire face, j'avais encore avancé d'un mètre et je pouvais clairement lire dans ses yeux.

La peur à l'état brut.

— Quelque chose ne va pas, Miguel ? Je sais que les livraisons, ça fait chier, mais on va s'en remettre.

— Les livraisons… c'est chiant oui. Mais je vais faire payer le fils de pute qui a fait ça.

Il prit une gorgée, acquiesçant, comme si je n'étais au courant de rien.

— Très bien. Comment va Carlos ? Cela va faire quelques jours que je ne l'ai pas vu.

— Il ne va pas bien mais tu le sais déjà. En fait, tu sais tout à propos de mon père, que ce soit sa santé ou le fait qu'il veuille prendre sa retraite plus tôt que prévu.

Le visage de John se décomposa, comme s'il avait compris.

— Putain, Miguel. Je n'étais pas certain que tu sois au courant. Tu sais à quel point ton père a de la fierté.

— Mon père a beaucoup de fierté, c'est clair. Il fait aussi trop confiance aux gens, enfin, c'est ce que je pense. Il est sujet aux trahisons. Et cela peut venir de tout le monde, y compris d'un homme qu'il pensait être son frère.

Ses yeux s'écarquillèrent de surprise et de peur.

— De quoi parles-tu ?

— Allez, John. On est des adultes, dis-je en m'approchant du bureau et jouant avec la pile de documents. Avec la santé défaillante de mon père, je pense que tu es concerné par la passation de pouvoir. Et je pense que tu as pris le taureau par les cornes.

Même si je n'étais sûr de rien, mon instinct me disait de foncer.

— Tu parles de quoi, bordel de merde ? Je n'ai jamais eu de soucis avec toi et tu viens, ici, m'insulter, chez moi ! Comment oses-tu !

En deux longues enjambées, j'avais fermement coincé sa gorge entre mes doigts, le projetant violemment contre le mur. Alors que le verre tombait de sa main, se brisant en dizaines de morceaux, je baissai la tête et sortis le Glock de mon holster. Mes doigts se plantèrent dans sa peau blafarde et j'enfonçai le canon sous son menton.

— Comment j'ose ? Je vais te le dire, John. Ici, c'est *chez nous*. Ma famille est là depuis des décennies.

Son visage était déjà rouge foncé, sa voix étranglée alors qu'il essayait de parler.

— Je… Je n'ai rien essayé… Je le jure…

— Tu sais à quel point je hais les menteurs, John. À ce qu'il se dit, tu serais la petite frappe de Santiago Rivera.

— Quoi… ?

Je serrai encore plus fort, coupant sa respiration. Il se débattit, me frappant durement à la poitrine, mais son âge et son manque de force ne firent pas le poids face à ma rage.

— Je le sais de source sûre. C'est toi qui as donné les détails des livraisons. Pour combien, John ?

Il frappa mes mains, ses doigts tentant de les écarter. En grognant, je le lâchai enfin, reculant d'un pas et dégainant mon arme. S'affaissant, il toussa plusieurs fois en essayant de reprendre son souffle.

Je me dirigeai à nouveau vers son bureau, feuilletant plusieurs papiers, sans rien trouver qui puisse corroborer le tuyau que j'avais reçu.

— Jamais je n'aurais osé…

Une quinte de toux ne le laissa pas continuer sa phrase.

— Mon père et moi sommes très déçus, John. On croyait que tu étais notre ami.

Il trébucha en avant, frappant ses mains tremblantes contre son bureau.

— Écoute… Je n'ai pas…

Je le regardai fixement alors qu'il toussait à nouveau, suffisamment en colère pour passer mon bras sur les différentes piles de documents. Alors que les papiers flottaient vers le sol, il croisa enfin mon regard.

— Je le jure sur la tombe de ma femme que je n'ai pas trahi ton père, dit-il avec conviction. Je ne peux pas, pas après toutes ces années. J'ai fait de la prison pour ton père, Miguel. Je l'aimais à ce point !

Il y avait peu de personnes auxquelles John tenait, sa femme décédée en faisait partie. Pour lui, la profaner de quelque manière que ce soit était l'ultime trahison. Je me retirai, l'étudiant pendant une minute entière. J'avais toujours su que c'était mon père qui aurait dû aller en prison. John, en prenant le blâme, avait plus que prouvé sa loyauté envers la famille. Cependant, la confiance était difficile dans mon monde et une fois trahie, il n'y avait pas de retour aux bonnes grâces.

— Alors pourquoi j'ai reçu des infos disant que tu travaillais avec Santiago et que tu donnais les lieux, dates et ce que contenaient les cargaisons ?

— Qui a bien pu dire ça ? Putain, Miguel. Ça doit être un animal. Ton père t'a-t-il déjà parlé de l'affaire que nous avons menée avec lui il y a quelques années ? Nous avons eu l'occasion d'aller à Cuba il y a des années. Je n'oublierai jamais son sens de… l'hospitalité.

Ça devenait de plus en plus intéressant.

— Raconte-moi tout ça.

Je l'écoutais, l'histoire misérable correspondant aux informations fournies par mon père. Mon père avait été en mesure d'écraser toutes les tentatives de Santiago.

À ce moment précis, je compris qu'un plan avait été mis en place depuis des années. Brillant dans sa conception, si bien joué que je n'en avais jamais eu la moindre idée. Je doutais également que John se soit retourné contre mon père.

Mais encore une fois, il n'avait pas à le faire.

Il ne me restait plus qu'à prouver ma théorie.

— J'ai toujours considéré que j'avais de l'honneur, John. Donne-moi une raison de me prouver ta loyauté.

John avait presque autant de relations que mon père, y compris plusieurs personnes importantes à Cuba.

— Je ferai tout ce que je peux, je le jure.

Cela allait à l'encontre de tout ce que mon père m'avait enseigné.

— Organise une réunion avec Santiago Rivera sur mon territoire demain et découvre le plan d'action qu'il a prévu de mettre en œuvre. Tu seras là, bien sûr. C'est clair ?

— C'est clair.

— Comme tu l'imagines, je saurai si tu mens. Et si c'est le cas, ta mort sera douloureuse. Et très longue.

Je connaissais ce milieu depuis assez longtemps pour savoir quand la situation était sur le point de dégénérer.

CHAPITRE 13

alencia

Ses yeux. Je n'arrivais pas à oublier l'horreur et la douleur dans les yeux de Miguel qui me voyait souffrir en voyant les photos. J'avais vu une nouvelle fissure dans son armure, un homme destiné à être hanté par les démons qu'il n'avait jamais affrontés. C'était exactement ce que je faisais depuis que j'étais née.

Je ne pensais qu'à passer du temps avec lui. Après mon horrible comportement, il méritait des excuses. Ou peut-être que j'en méritais. Honnêtement, je n'en étais pas certaine. Ce que j'avais besoin de savoir, c'était la vérité sur mon père. Je ne serais pas capable de me reposer tant que je ne l'aurais pas fait.

Je n'arrivais pas à me sortir le visage de Miguel de la tête, son goût me restant sur les lèvres. J'avais pleuré jusqu'à ce que je m'endorme, essayant de prétendre que je ne vivais pas un spectacle d'horreur. Puis je m'étais réveillée dans l'un des plus beaux décors du monde, sans savoir qui j'étais.

Une violoncelliste ?

Une fille ?

Une simple femme ?

Je me tenais dans le magasin, écoutant les bruits des femmes qui s'extasiaient devant les brillantes créations de la mode de Miami. Bien que tout le long de la rue soit incroyable : les sons et les images de la musique salsa, les odeurs exotiques des parfums et les divers établissements de restauration, j'étais engourdie à l'intérieur, incapable d'absorber le grandiose de l'endroit.

Des vêtements.

La dernière chose à laquelle je pensais était d'acheter quoi que ce soit, en particulier des vêtements. J'étais encore sous le choc des photos, incapable d'oublier celle du cadavre de Rodriguez. La belle petite véranda qui se trouvait au-dessus du restaurant de son père avait été notre répit, loin des horreurs infligées au peuple cubain. Nous avions fait comme si personne d'autre au monde n'avait d'importance.

Et nous étions tombés amoureux, nous languissant des heures de passion et du temps passé simplement ensemble. Notre liaison n'avait duré que deux mois. Puis mon monde avait sombré.

Je retins mes larmes, refusant de laisser Sylvie étudier et enregistrer mon désespoir. Si seulement je n'avais pas trouvé ces horribles photos. Cela aurait-il changé quelque chose ? Bien sûr, il n'y avait aucun moyen d'être certaine que mon père avait une quelconque responsabilité dans ces horribles meurtres, mais je le savais au fond de moi.

Je devais me rendre à l'évidence : mon père avait découvert ma relation amoureuse avec Rodriguez et l'avait tué de sang-froid. Le reste était bien trop troublant pour y penser. Le niveau auquel mon père était descendu, les horreurs qu'il avait infligées étaient intolérables. Je ne pouvais plus faire confiance à personne. Même Miguel continuait d'abriter des secrets, un homme en mission pour détruire tout ce que j'avais connu auparavant. J'étais furieuse d'être en proie à ce conflit, comme si j'étais censée choisir entre les deux.

J'étais passée par une myriade d'émotions au cours des quelques heures passées dans le faste et le glamour de South Beach. Les quelques moments d'intimité passés dans le bureau de Miguel m'avaient semblé presque normaux, comme si nous sortions simplement ensemble. Chaque fois que je me déplaçais, je me souvenais de ce fichu plug qu'il m'avait demandé de porter. Je me sentais perverse et sale, une mauvaise fille cherchant des vêtements que je n'avais aucune envie de porter.

Et pendant tout ce temps, le soldat de Miguel avait maintenu une présence proche et plutôt inquiétante. Après avoir finalement acheté une robe pour la soirée, je remarquai que Sylvie m'étudiait encore plus qu'avant. Elle se tenait debout, les bras derrière le dos, les pieds solidement plantés à quinze centimètres l'un de l'autre, scrutant constamment chaque magasin dans lequel nous entrions.

Qu'essayait-elle de prouver, qu'elle était aussi douée que les hommes ? Ses vêtements reflétaient sa profession, le pistolet était soigneusement rangé dans un étui à sa cheville. Sylvie s'était assurée de partager ce détail avant que nous ne partions dans sa voiture personnelle, une Dodge Charger noire et élégante. Elle avait même coiffé ses cheveux d'un roux délirant en un chignon serré et n'avait pas enlevé ses lunettes de soleil de la journée. Ce qui m'avait surpris, c'était la robe très féminine qu'elle m'avait apportée, dont les couleurs vives ne correspondaient pas du tout au vert olive terne qu'elle portait.

Je pris le sac contenant les deux robes que j'avais achetées, espérant en fait que Miguel approuverait. Bon sang. Qu'est-ce que je devenais déjà ? En m'éloignant de la caisse, je passai devant une fenêtre surdimensionnée, la vue sur la rue animée étant facile à voir à travers le verre cristallin. Quelque chose me fit m'arrêter, jeter un second coup d'œil, plus concentré. L'homme qui se tenait au bord du trottoir semblait banal, même s'il regardait directement dans le magasin. Presque instantanément, ma peau se mit à frémir.

Il n'y avait pas de signes manifestes de danger, pas d'arme attachée à la taille de l'homme. C'était simplement un homme vêtu d'un jean et d'un polo, qui attendait peut-être l'un des clients à l'intérieur. Alors pourquoi tremblais-je ? Je me rapprochai, le regardant fixement, essayant de mémoriser chaque détail.

— Quelque chose ne va pas ? demanda Sylvie, toujours derrière mon épaule.

— Rien. Je ne sais pas.

Elle se mit près de moi et dès qu'elle se fixa sur l'homme, elle m'éloigna complètement de la fenêtre.

— Écoute-moi bien. Reste dans ce magasin et reste à distance des fenêtres et des portes. Je reviens.

Le regard qu'elle me lança était intense, dominant d'une manière totalement différente de Miguel.

Je la regardai sortir du magasin à toute vitesse, mais l'homme avait déjà disparu dans la foule de midi. Je m'approchai, la regardant passer à toute allure, se frayant un chemin à travers les dizaines de personnes. Je me dirigeai vers le centre du magasin comme on me l'avait ordonné, mon souffle se coupant tandis que j'observais tout le monde à l'intérieur. Toutes les femmes du magasin regardaient dans ma direction, essayant de comprendre pourquoi quelqu'un comme moi avait un garde du corps.

Au bout de deux bonnes minutes, le besoin impérieux de trouver des réponses auprès de mon père m'écrasa. Je n'aurais plus jamais l'occasion de trouver un téléphone et de le contacter. Je savais comment faire profil bas et quand me cacher si nécessaire.

— Je peux utiliser un téléphone ? demandai-je à une des caissières.

— J'ai l'air d'une cabine téléphonique ? me cracha-t-elle.

— C'est pour une urgence, répondis-je.

— Il y a un café à côté. Ils vous laisseront utiliser le leur.

— Okay, merci.

Je reculai, attrapai mes autres sacs et me demandai ce qu'il en était. Encore quelques minutes et je saurais si ce que Miguel avait trouvé était vrai. Je sortis rapidement et restai près du mur. Le café n'était qu'à quelques pas, l'odeur des épices emplissant mes narines à la seconde où je franchis la porte d'entrée.

Je continuai à regarder par-dessus mon épaule tout en me précipitant vers le comptoir.

— Je peux utiliser votre téléphone ? C'est pour une urgence et j'ai de l'argent.

Au moins, Miguel ne m'avait pas enlevé tout mon univers. Mon père avait veillé à ce que j'aie toujours sur moi au moins quelques centaines de dollars.

La femme derrière le comptoir me fit face, jetant un coup d'œil de haut en bas.

— Bien sûr. C'est pour un appel longue distance ?

— Oui. J'ai de l'argent pour vous payer.

Elle me lança un autre regard et secoua la tête.

— Ne t'inquiète pas. On dirait que tu as besoin d'aide.

Je lui adressai un sourire avant de me précipiter vers le téléphone fixe, mes mains tremblant tellement que j'avais du mal à composer le numéro. Je fus honnêtement surprise lorsque mon père décrocha le téléphone, sa voix bourrue me donnant à la fois des frissons dans le dos et des papillons dans l'estomac.

— Papa.

Silence.

— Pourquoi tu m'appelles ? demanda-t-il, comme si je l'interrompais.

J'eus une douleur dans la poitrine avant de poser la question mais je n'avais pas le temps de tergiverser.

— As-tu fait un marché avec Miguel Garcia, lui disant que je lui appartiens ?

Un autre silence.

— Alors ? demandai-je avec insistance.

— Les affaires sont les affaires, Valencia. Tu connais tout ça. Tu lui appartiens.

« Tu lui appartiens ». Les larmes me montaient aux yeux, abasourdie par ce qu'il venait de dire.

— Et maman approuve cela ?

— Ta mère approuve ce que je lui dis d'approuver. Tu le sais aussi. Tant que l'argent rentre, elle est heureuse.

J'eus du mal à avaler cette pilule. Mon sang était en ébullition.

— Tu es un monstre horrible.

— Je te garantis, Valencia, qu'il existe des personnes bien pires que Miguel. La richesse que cela va créer est inestimable.

— Inestimable pour qui ? Pour toi, papa ?

Je savais qu'il n'oserait rien répondre. Il n'aurait jamais les couilles de le faire.

— Je te suggère de t'accommoder le mieux possible de cette situation. Maintenant, si tu m'excuses, j'ai un rendez-vous.

Il raccrocha, simplement. Miguel avait raison depuis le début. Je n'avais jamais eu d'importance pour lui. Je fis de mon mieux pour ne pas exploser le téléphone, le redéposant tout doucement. J'étais comme morte.

— Merci, dis-je en sortant.

Je n'en avais rien à foutre de cet assassin qui avait essayé de me tuer recommencerait. Est-ce que cela avait encore de l'importance ?

— Qu'est-ce que vous foutez là-dedans ?

La voix de Sylvie était empreinte de colère mais aussi d'inquiétude. Elle m'attendait dehors, les bras croisés.

— Il fallait que je parle à mon père. Laissez-moi tranquille.

Elle arracha ses lunettes de soleil de son nez, pleine de rage.

— Vous vous foutez de ma gueule ? Miguel va être dingue. Allez, on rentre, dit-elle en m'attrapant le bras et me tirant vers le trottoir.

— C'était qui ce type, dans la rue ?

— Je ne sais pas, il a disparu.

Soupirant, j'avais du mal à rester debout.

— Est-ce que ça vaut le coup de le savoir ?

— Est-ce que ça vaut le coup ? Mon Dieu, madame Rivera. Miguel vous aime plus que tout au monde et vous continuez de le repousser autant que vous le pouvez.

— Ouais, enfin, vous avez déjà été kidnappée parce qu'un marché a mal fonctionné, vous ? Et qu'ensuite, vous découvririez que votre père n'en a rien à foutre de vous, et que même, il a encouragé votre propre kidnapping.

Sylvie soupira tout doucement mais nous continuâmes notre chemin.

— Cela ne veut pas dire que vous pouvez agir comme ça. Sinon, c'est moi qui devrai nettoyer ce désordre.

— J'apprécierais que vous arrêtiez de jouer les machos. Vous savez, j'ai peut-être l'air d'une princesse duveteuse qui a été choyée toute sa vie, mais je peux me défendre contre les voyous et les crapules. Maintenant, vous pouvez me ramener et me jeter parce que je sais que vous n'avez aucune envie de traîner avec une fille comme moi.

En haletant, je parvins à me dégager de son emprise, prenant même quelques pas d'avance sur elle.

L'océan turquoise, magnifique et très surréaliste, n'était qu'à quelques pas, le roulis de l'eau et l'odeur de la mer m'attiraient, me rappelant que je n'étais qu'à quelques centaines de kilomètres de chez moi. Chez moi. Comme si cela avait jamais été réel. J'avais mal au ventre, les couleurs tourbillonnaient dans mon esprit.

— Tu vois, je suis désolée, mais Miguel m'a demandé de te protéger à tout prix, dit-elle en revenant à ma droite.

— Ou sinon il va sévir. Peut-être même te tuer ?

Je pus voir qu'elle fut surprise.

— Miguel demande professionnalisme et loyauté. Je lui dois le respect.

Ses mots flottaient dans mon esprit. Je restai silencieuse, essayant d'atténuer ma frustration. Elle n'était certainement pas responsable de tout ça.

— Vous avez raison. Je ne dois pas me venger sur vous.

— Je pense bien que ça doit être très difficile pour vous mais Miguel tient vraiment à vous.

La tête de Sylvie ne cessait de scruter les environs tandis que nous descendions le trottoir, sans doute en direction de sa Charger.

— Je ne suis plus certaine de rien. Qui aurait pu être cet homme ?

— Peut-être un gars comme ça, un touriste ou juste un mari qui en avait marre d'attendre sa femme, dit-elle alors que l'on se rapprochait du parking.

— Mais vous n'y croyez pas, hein ?

Elle me jeta un drôle de regard.

— Ce que je sais, c'est que quelqu'un cherche vraiment à vous tuer mais je vous garantis que ça n'arrivera pas sous ma garde.

Nous marchions en silence, nous rapprochant enfin de la voiture. Elle me poussa presque dans le véhicule et fit démarrer en trombe le moteur.

— Vous êtes inquiète, dis-je.

— Carrément. Il se passe des trucs improbables que personne ne comprend. On sent qu'une guerre est sur le point d'éclater. Ça va faire des années qu'on n'a pas vu de bain de sang dans les rues.

— Mon père ?

Elle arrêta le véhicule avant que nous sortions du parking.

— Il faudra en discuter avec Miguel.

— C'est ça. Personne ne veut rien me dire, dis-je en observant les vagues au dehors, incapable de m'enlever les mots de mon père de la tête.

— Vous l'aimez, dit Sylvie en redémarrant et en observant les environs.

— Qui ?

— Ne jouez pas à l'idiote avec moi, dit-elle en riant à moitié.

— Comment aimer un homme que je ne connais pas ?

— Hum… Oui. Miguel est un homme compliqué.

— On dirait que vous le connaissez bien, pourtant, dis-je avec une pointe de jalousie s'immisçant dans mon esprit.

La prise de Sylvie sur le volant se resserra, le son du cuir lorsqu'elle tordit sa main rappelant clairement le bondage de tout à l'heure. Je frémis à cette idée.

— J'en sais assez sur Miguel Garcia pour savoir que peu de gens connaissent l'homme qui se cache en lui, dit-elle en soupirant.

— On dirait que vous l'aimez depuis des années ?

— L'aimer ? Non, impossible, répondit-elle sèchement.

Je levai les sourcils mais je la croyais.

— Je ne suis personne pour lui, Sylvie. La seule raison de pourquoi je suis là, c'est parce qu'il veut se venger de mon père. Un marché a été passé.

— Peut-être que ça a commencé comme ça, dit-elle en étant toujours aussi observatrice des alentours. Ne vous inquiétez pas. Vous n'êtes pas en train de me le piquer si c'est ce qui vous fait peur. La vérité, c'est que je n'ai jamais vu Miguel avec la même demoiselle plus d'une après-midi. Et la seule fois où cela aurait pu arriver, ce n'était pas un rapport… romantique. C'est un solitaire.

— Il ne me dit rien. On dirait qu'il est schizophrène. Il a deux personnalités.

— Demandez-lui pourquoi.

— Mais vous savez, vous… N'est-ce pas ?

— Écoutez, je respecte Miguel pour l'homme qu'il est, juste et attentionné. J'admire sa ténacité et son sens des affaires. J'apprécie le temps qu'il consacre à ceux qui travaillent pour lui. J'apprécie son amitié, d'autant plus qu'il n'y a pas un autre de ses soldats qui n'ait pas émis de sérieuses réserves sur le fait que je sois devenue un de ses capos. Je ne suis pas amoureuse de lui, Valencia, mais je me soucie de son bien-être. Je mourrais pour lui sans hésiter. Quiconque tenterait de le trahir, lui ou sa famille, devrait me passer sur le corps. Je ne trahirai pas non plus son amitié ou sa confiance.

— Je suis certaine que vous lui êtes très utile. Vous a-t-il sauvée d'une situation horrible ? C'est pour ça que vous êtes aussi loyale ?

Elle ricana.

— Disons que j'ai mes raisons.

— Je ne sais pas si je peux lui faire confiance même si mon corps le réclame.

— C'est sans doute le seul homme à qui vous pouvez faire confiance. Gardez ça à l'esprit.

Il y avait autre chose dans cette histoire.

— Alors aidez-moi à le comprendre. Dites-moi pourquoi je ne peux faire confiance qu'à lui alors qu'il me retient prisonnière.

— Avez-vous bien compris ce qui est en jeu ici ? Comprenez-vous un tant soit peu ce qui se passerait si quelqu'un tentait de s'emparer de l'emprise de la famille Garcia sur le Sud ? Il y aurait des torrents de sang dans les rues, des familles détruites et une violence que personne ne pourra contrôler. Ce que la famille Garcia a fait depuis que son père a pris la relève d'un dégoûtant porc, c'est fournir des emplois et des salaires décents à ses employés. Son père a combattu les différents gangs dans les rues, construisant une armée ainsi qu'une réputation. L'honneur que sa famille a apporté à tant de personnes est immense.

Personne à Cuba ne pouvait en dire autant de mon père.

— Vous parlez de ses crimes comme si c'était quelque chose de bien.

Elle baissa le menton, visiblement énervée, la lèvre du bas tremblante.

— Écoutez-moi bien parce que je ne me répèterai pas. J'étais une gamine perdue dans la rue, un père en prison et une mère en train de crever du sida. Je n'en avais plus rien à foutre de la vie. Un soir, j'ai volé de l'argent à Miguel parce que j'essayais de m'échapper d'un connard à qui je devais de l'argent. J'ai appris plus tard que Miguel était revenu en ville pendant les vacances de Noël. Je n'avais aucune idée de qui il était. J'ai entendu des filles parler de son importance et de son danger. Quand deux de ses hommes de main m'ont trouvée, j'ai compris que j'étais morte. J'ai pensé qu'ils m'emmenaient dans un entrepôt abandonné pour me tuer et jeter mon corps dans l'océan.

La conviction dans sa voix était intense.

— J'ai essayé de les supplier, rien n'y faisait. Quand ils m'ont jetée dans une chambre d'hôtel et qu'ils m'ont dit de me doucher et de me reposer, j'étais certaine que j'allais me faire violer puis massacrer. Quand je suis sortie de la douche, il y avait des habits propres et de la nourriture comme je n'en avais jamais vus dans la chambre. Je savais que les deux gars qui m'avaient attrapée étaient restés toute la nuit devant la porte à attendre. J'ai dormi dans un vrai lit, attendant de prendre une balle dans la tête.

— Et ensuite ?

— Miguel est venu me voir le matin, me demandant si tout allait bien. Il m'a dit qu'il avait effacé ma dette d'avec ce connard mais qu'en retour, je devais bien me comporter.

— Ses règles, chuchotai-je, incertaine d'où elle voulait en venir.

— Vous ne comprenez pas. Miguel m'a loué un appartement pendant 6 mois. Il m'a aidée à décrocher un travail, à aller à l'université. Il a dit à des gars de veiller sur moi sans rien demander en retour. Il m'a redonné foi en la vie. Je n'ai plus touché de drogues depuis ce soir-là. Je n'oublierai jamais le jour où je suis sortie de l'université avec un diplôme en finance. Depuis, je m'obstine à le rembourser pour tout ce qu'il a fait pour moi. Depuis ce jour, je suis avec lui et je n'ai aucun regret.

J'étais stupéfiée par cette histoire.

— C'est… incroyable.

— Attention, Valencia. Miguel Garcia est un homme très dangereux capable de faire les choses les plus atroces du monde mais c'est aussi l'homme le plus doux que je connaisse. Sa famille et surtout, sa nièce, passe avant tout. Je n'ai jamais vu un homme aussi aimant et dévoué. Je vous suggère d'être sympa avec lui. Il y a des raisons pour lesquelles il a décidé de vous faire venir dans sa maison qui n'ont rien à voir avec la vengeance.

Sa nièce. Je sentis des frissons parcourir mon échine et ne trouvai rien à répondre.

— Je sais qu'il faut que l'on rentre à la maison mais il y a quelque chose que je voudrais faire. Je vous promets que je n'essayerai pas de m'échapper.

***

La vengeance.

Ce mot continuait à tourner dans mon esprit tout au long du trajet jusqu'à l'appartement de Miguel. L'autre mot était confiance. Une partie de moi ne demandait qu'à lui faire confiance, mais quelque chose me retenait, comme si j'étais Cendrillon attendant que la chaussure de verre se brise. Comme tout le reste de ma vie.

Sylvie m'aida simplement à apporter les affaires à l'intérieur, vérifiant le loft avant de m'autoriser à faire un pas de plus que le hall d'entrée. Après avoir reçu le feu vert, elle sortit, promettant de rester près de la porte jusqu'à ce que Miguel revienne. Une fois de plus, elle était très professionnelle et prenait son travail très au sérieux. Je ne doutais pas qu'elle ferait en sorte que Miguel soit au courant de ma désobéissance.

Au moins, ma conversation avec Sylvie m'avait fourni des informations plus précieuses sur Miguel que toutes les recherches que j'avais faites sur Internet. J'étudiai le petit sac couleur aluminium que j'avais acheté, ajustant le ruban doré non pas une mais deux fois. J'avais déjà signé la carte, bien qu'il me fût difficile de préparer les mots, mon esprit étant embrouillé par l'histoire de Sylvie. Le cadeau n'était pas grand-chose, mais j'espérais qu'il serait une sorte de rameau d'olivier.

Bien qu'il ne m'ait pas été interdit d'entrer dans son bureau, je me sentais pas coupable d'y pénétrer, marchant doucement en direction de son bureau. Je plaçai le cadeau au centre du bois lisse, en gonflant une fois de plus le nœud, comme si cela avait la moindre importance pour un homme aussi puissant que Miguel. Je n'avais aucun moyen de savoir si ce symbole toucherait son cœur, mais je me sentais mieux.

En emportant les paquets dans ma chambre, je remarquai que la porte était entrouverte sur une autre pièce. Elles avaient toutes été fermées auparavant. Je ne sais pas pourquoi je tremblais en me dirigeant vers elle. Il n'y avait aucune raison pour qu'il honore la promesse qu'il m'avait faite, mais dès que j'eus franchi le seuil de la porte, je fus en état de choc.

Non seulement mon magnifique violoncelle était placé dans un endroit protégé, mais il y avait aussi un piano à queue devant l'immense baie vitrée. Il y avait aussi des appareils d'enregistrement, des haut-parleurs incroyables et le meilleur équipement que j'aie jamais vu. Je restais bouche bée, tournant en rond les uns après les autres pour essayer de tout saisir.

Il m'avait donné mon propre studio d'enregistrement, un endroit où je pouvais continuer à travailler, voire rencontrer des producteurs et des directeurs musicaux et... Le choc disparut rapidement, la prise de conscience que mon travail ne serait qu'un hobby, un passe-temps. Pourtant, alors que je passais mes doigts sur la surface d'ébène du piano avant de me diriger vers mon instrument bien-aimé, un soupçon d'amour véritable me traversa l'esprit.

J'étais stupide de penser que nous pourrions partager le genre d'amour que j'avais toujours espéré, mais il y avait peut-être de la place pour quelque chose de spécial. Peut-être.

Je ne pus résister à mon désir de jouer quelque chose qui m'avait manqué, même quelques jours seulement après le concert. J'étais presque engourdie alors que je me dirigeais vers l'instrument, prenant mon temps pour m'asseoir sur le tabouret qu'il avait choisi. Tout était parfait. Dès que je pris l'archet, je tombai dans un état d'accalmie, mon esprit se purifiant complètement, dans un bain de paix comme je n'en avais jamais connu depuis ce qui me paraissait être une éternité.

En quelques minutes, je me perdis dans la musique, repoussant les horreurs de ma vie réelle. L'adrénaline coulait à flots, le morceau choisi étant beaucoup plus sombre que celui que j'avais joué pour la symphonie. J'étais agressive, ma main s'enroulant autour de l'archet. Chaque accord était l'un de mes battements de cœur, me privant de mon souffle alors que je travaillais sur ce morceau que je connaissais par cœur. Je gardai les yeux fermés, brûlant d'énergie jusqu'à la dernière note.

Je ne m'attendais pas à la voracité des applaudissements et je me levai d'un bond, manquant de renverser le violoncelle. Le visage de Miguel était empreint d'une telle révérence, ses yeux brillaient de fierté. Il avança dans la salle, la main sur le cœur.

— C'était... magnifique.

— Je ne pensais pas que tu allais me laisser jouer de la musique.

Il se rapprocha, respirant profondément.

— Je suis peut-être un homme rude mais je ne suis pas un monstre. La musique est très importante pour toi. Elle l'est donc pour moi aussi.

— Merci.

La façon dont il me pinça le menton comme il l'avait fait auparavant, en me soulevant la tête jusqu'à ce que je sois obligée de le regarder dans les yeux, me fit frémir jusque dans ma chatte.

— Malgré le fait que Sylvie t'as déjà dit ce qu'il s'est passé quand on est sorties, elle et moi.

Il leva les sourcils et c'est à ce moment-là que je perçus à quel point il était vraiment épuisé.

— On en parlera après manger. J'ai fait une réservation à un de mes restaurants préférés.

— Tu m'invites à dîner ?

Il pouffa de rire.

— Tu as l'air surprise.

— Peut-être que oui. Il y a du danger de partout, même si ça me répugne de devoir vivre comme ça.

— Peut-être bien que c'est le cas. Néanmoins, je doute que quelqu'un soit assez fou pour faire une tentative d'assassinat au milieu d'un restaurant bondé. Tu ne passeras pas ta vie à avoir peur. C'est juste qu'en ce moment, il vaut mieux être prudent.

— Surtout que maintenant, je sais que mon père n'en a rien à foutre de mon bien-être. Pourquoi ne pas simplement me tuer ?

Son visage s'assombrit en un instant.

— Qu'est-ce qu'il y a ? demandai-je, sachant que je n'aurais pas de réponse.

— Je pense que tu es plus importante vivante, que morte.

J'ouvris la bouche à deux reprises, mais rien d'autre que de l'air ne franchit mes lèvres pendant plusieurs secondes.

— Mais tu pensais que mon père était lié à tout ça.

— Peut-être. C'est une piste. Je vais te laisser tranquille mais attention, nous partons à 18h. Ne sois pas en retard.

— Oui, monsieur.

Je pouvais voir à quel point il était troublé, comme s'il avait le poids du monde sur les épaules.

Il baissa la tête, pressant ses lèvres contre mon front. Il y avait une telle tristesse dans ses gestes, une étrange résignation qui ne lui ressemblait en rien. Il s'attarda, ses doigts effleurant ma peau, pendant une bonne minute avant de s'éloigner. Je ne fis qu'apercevoir ses yeux.

Ils étaient troublés.

Il s'arrêta dans l'embrasure de la porte, ses doigts tapotant le chambranle. Lorsqu'il pencha la tête, je jurerais avoir perçu de l'humidité dans ses yeux.

— Merci pour cet incroyable cadeau. Je chérirai ce CD toute ma vie.

Ses mots sonnaient tellement vrai, même après que je fus l'auteur de la destruction de sa copie originale. Lorsqu'il sortit enfin, la démarche lente, je m'affaissai dans le fauteuil.

À la vue de sa démarche, je pensais qu'il s'était résigné à l'idée qu'il allait mourir.

Assassiné.

Et tout ça à cause de moi.

CHAPITRE 14

iguel

Marchés.

Secrets.

Mensonges.

Vengeance.

Je connaissais ces quatre mots depuis que j'étais tout petit. Mon père les utilisait même dans les différents ordres qu'il donnait aux soldats, comme s'ils faisaient partie d'un mantra pour lui. Pour moi, c'était la goutte d'eau qui pouvait faire déborder le vase. La retraite de mon père était-elle une véritable décision stratégique ? Je commençais à le croire.

Je n'arrivais pas à me défaire de l'impression qu'un accord avait pu être conclu entre mon père et Santiago, mais je n'arrivais pas à comprendre de quoi il pouvait s'agir ni pourquoi. Les accords dont parlait mon père concernaient de l'argent en échange de loyauté, pas une situation injuste avec un homme qui était devenu un ennemi à part entière. D'un autre côté, Santiago avait vraiment renforcé son pouvoir au cours des vingt dernières années, ayant pris la relève de son père pendant cette période. Peut-être le marché avait-il été conclu bien avant.

Je le saurais d'une manière ou d'une autre lors de la rencontre avec Santiago et cette fois, il me répondrait sans ses habituelles conneries et mensonges.

J'avais envie de me venger de beaucoup trop de gens. Malheureusement, ma liste s'allongeait. J'avais appelé Elena. Sa colère était dirigée contre moi et le serait encore pendant un certain temps. Winston avait tenu sa promesse, emportant l'essentiel et partant, promettant de divorcer à l'amiable. Alors qu'Elena m'accusait d'avoir gâché sa vie, je savais au fond de moi qu'un jour elle me remercierait.

Dès que Sylvie me raconta que Valencia avait désobéi à ses ordres, j'avais failli devenir fou, mais je savais qu'elle devait entendre la vérité de la bouche de son père. Ce qu'il lui avait dit était froid. Et calculé. Je ne croyais pas à ce qu'il lui avait dit, du moins pas complètement. Néanmoins, le fait que quelqu'un ait suivi Valencia signifiait que ce qui allait se passer n'allait pas tarder à se produire.

D'après la description du type, comme l'avait dit Sylvie, il pouvait s'agir de n'importe qui dans la ville. Aucune marque visible. Aucun signe évident qu'il avait prévu de blesser Valencia de quelque manière que ce soit.

Et puis il y avait Castillo, qui ne s'était pas encore présenté, et l'heure tournait.

Je pris une profonde inspiration, essayant de repousser mon besoin de vengeance.

Dès l'instant où j'étais entré dans le loft, l'incroyable musique filtrant dans mon esprit, j'avais réalisé à quel point j'étais amoureux de Valencia. Peut-être l'avais-je été dès la seconde où j'avais posé les yeux sur elle. Le fait d'avoir entendu parler de l'homme qui suivait Valencia par Sylvie m'avait incité à mettre fin à cette mascarade le plus tôt possible. Au moins, j'avais un plan.

Ce que Santiago avait dit à Valencia m'avait franchement surpris, mais je n'avais pas encore entendu le récit de la charmante femme qui allait partager ma vie.

Tant que je pouvais la garder en vie.

Bon sang, je me rendais compte que je ne pouvais pas penser de cette façon, mais bon sang, tout semblait échapper à mon contrôle.

Lorsque nous entrâmes dans le restaurant, tous les regards étaient braqués sur nous et, ce soir, les regards admiratifs n'avaient rien à voir avec moi. Elle n'avait jamais été aussi belle, à la fois séduisante et sophistiquée, la robe écarlate épousant chacune de ses courbes, moulée sur son corps à la perfection.

J'avais l'impression d'être l'homme le plus chanceux du monde lorsqu'on nous conduisit à notre table, qui surplombait l'océan. Le soleil du début de soirée avait jeté une lueur sur l'eau, dont les éclats dansaient comme des diamants. Elle gardait le sourire pendant que le serveur prenait notre commande de boissons. Ce soir, j'avais commandé du champagne.

Ce soir, je la prendrais dans mon lit.

Ce soir, je la pousserais à bout, l'obligeant à s'abandonner entièrement à moi.

Ce soir, je partagerais au moins une partie de mon cœur.

Elle contemplait la baie vitrée, respirant profondément en étudiant l'océan, faisant tournoyer son doigt autour du bord de la tige de cristal.

— La musique est magnifique.

Je savais que ces notes de piano l'enchanteraient.

— Je me disais que ça te plairait.

— Tu viens ici souvent ?

— Cela m'arrive, parfois.

Le dîner d'avant mariage d'Elena avait eu lieu ici. Peut-être que j'avais choisi le mauvais endroit.

— Bien sûr. Tu viens avec toutes tes poules ici ?

Je me penchai sur la table, rapprochant le champagne de moi.

— Tu es la seule femme que j'ai amenée ici. Tu es la seule femme que j'avais envie d'amener ici. Des obligations familiales m'ont fait découvrir ce restaurant.

Elle baissa les yeux, devenant toute rouge.

— Eh bien, j'apprécie ton geste et ton honnêteté.

Je gardais le silence, lui laissant l'espace nécessaire. Tandis qu'elle profitait de la vue sur la plage, je préférais me concentrer sur son ossature exquise et ses lèvres voluptueuses.

Quelques secondes plus tard, elle jeta un coup d'œil dans ma direction et finit par sourire.

— Désolée, j'ai plein de choses en tête.

— Je comprends. Ce que t'a dit ton père était difficile à entendre.

Elle prit une gorgée et acquiesça.

— Pire que ça. J'avais laissé un mensonge s'immiscer dans mon esprit. Il ne m'a jamais aimée.

— Je ne crois pas.

— Bien sûr que si. Un jour, il y a très longtemps, j'ai entendu mes parents s'engueuler. Mon père a clairement dit qu'il n'avait jamais voulu me voir naître. C'est peut-être pour ça que depuis tant d'années, j'essaye de lui plaire.

— C'est peut-être le cas, Valencia, mais tu sais toi comme moi, que parfois, de colère, on peut dire des choses que l'on ne pense pas.

Elle gérait sa trahison mieux que moi. Mais encore une fois, je ne connaissais pas l'étendue de la déloyauté de mon père.

— C'est sans doute pour ça que j'ai ignoré toutes ses faiblesses mais je m'en souviendrai, dit-elle en riant jaune. Des faiblesses. Des horreurs, plutôt.

— Nos parents cachent souvent leurs mauvais côtés pour nous protéger.

— Les tiens aussi ?

Je ricanais en prenant mon verre.

— Non. Jamais. Je savais très bien ce que mon père faisait de sa vie dès mon plus jeune âge. J'ai beaucoup appris à ses côtés, d'autant plus qu'il refusait que j'aie quoi que ce soit à voir avec son organisation tant que je n'aurais pas obtenu mon diplôme universitaire. Aller à Harvard m'a certainement fait du bien. Cette expérience m'a été précieuse. Je suis un homme meilleur grâce à elle.

Pourquoi me sentais-je si mal à l'aise de lui parler de ça ?

Elle se pencha vers la table pour me parler plus près.

— Qu'est-ce qui te trouble ce soir ?

— Rien qui ne te regarde.

— Je suis certaine que ça n'a rien à voir ni avec tes affaires, ni avec moi.

Je levai mon verre, étudiant son frêle sourire. Dès qu'elle était à côté de moi, je sentais mon excitation exploser, sentant comme de l'électricité entre nous deux.

— Tu penses que tu me connais mieux ?

— Un peu mais que quand tu fais tomber le masque. Qui y-a-t-il ? Je sais bien que tu ne partageras jamais les aspects de tes affaires avec moi mais il n'y a pas que ça dans la vie. Si nous n'apprenons pas à nous connaître, comment pourrais-je faire pour t'aimer ?

L'amour. Le fardeau et la culpabilité de vouloir se sentir romantique, amoureux fou, étaient presque trop lourds. Peut-être étais-je simplement trop pragmatique. La sensation de sa main enveloppant la mienne suffit à envoyer une vague d'électricité dans chaque cellule et chaque muscle de mon corps.

— Valencia, je ne veux pas t'embêter avec ça. Tu as déjà assez à faire de ton côté.

— Peut-être faut-il que je pense à autre chose. J'ai toute la vie pour penser à moi, dit-elle avec un franc sourire empreint de rougeur sur ses joues. Tu as des problèmes dans ta famille ? J'ai entendu dire que tu avais une nièce ? ajouta-t-elle.

Je ris, surpris que Sylvie lui en ait parlé.

— C'est vrai. Selena, c'est un petit bout de chou. Elle pense qu'elle sera astronaute.

— Un frère, une sœur ?

— Je pense que tu as trouvé toutes ces infos sur Internet, dis-je en lui souriant.

— Peut-être. Tu as deux sœurs mais pas de frère. Les infos n'ont jamais mentionné de nièce.

Je soupirai, jetant un œil à l'océan.

— C'est quelque chose sur lequel nous avons insisté avec ma sœur. Ma nièce ne mérite pas de grandir dans le monde de la mafia.

— Si ça te déplait autant, pourquoi ne pas le quitter ?

— J'ai des obligations.

Elle hocha la tête plusieurs fois.

— Je les connais bien, mais je ne veux plus les affronter. J'ai parfois des visions, des visions violentes et colériques qui me terrifient bien trop souvent.

— Tu as eu une vision récemment ? demandai-je.

— Oui, chuchota-t-elle. Ça m'a gênée toute la journée et quand j'ai remarqué cet homme devant la boutique, je n'ai pas été terrifiée, je te le garantis.

— Tu aurais dû.

— Non, répondit-elle avec défiance. Ce n'est pas moi qui suis en danger, c'est toi. Quelqu'un veut absolument te tuer.

Je me rassis au fond de ma chaise. C'était effectivement une possibilité.

— Peu importe qui était cette personne, elle ne s'approchera plus.

— Comment peux-tu en être certain ? Tu vas dépêcher des gardes autour de nous en permanence ?

— Non, je vais pourchasser le responsable et le faire payer.

— Toujours la violence. J'espérais vraiment que tu aies une autre facette. M'enfin, c'est obligé que tu en aies une. Tu es un homme merveilleux écrasé par la violence, insista-t-elle.

Malheureusement, je savais que je la décevrais encore et encore.

Cette femme était encore rebelle, un trait de caractère que j'espérais ne jamais briser complètement chez elle.

— J'ai fait quelque chose aujourd'hui qui fait que je ne pourrai peut-être jamais revoir Selena ou ma sœur.

— Mon Dieu, mais qu'as-tu fait ?

— J'ai détruit son mariage.

— Quoi ? Tu es plein de choses, mais pas un destructeur de ménages, dit-elle avec surprise.

— Mouais, enfin, bref, ce connard a eu ce qu'il méritait. Winston avait tout, une carrière géniale, une femme magnifique, une petite fille sublime, une énorme maison, tous les jouets du monde. Et qu'est-ce qu'il a fait ? Il a tapé sur ma sœur et l'a trompée.

— Mon Dieu, mais c'est atroce ! dit-elle en se mordant la lèvre. Qu'est-ce que tu lui as fait en fin de compte ?

La question obligatoire.

— Je ne l'ai pas tué si c'est que tu supposes. Je lui ai donné un choix. Quitter ma sœur et lui donner 75% de tous ses futurs revenus pour que ma sœur et sa fille vivent confortablement.

— C'est tout ?

J'inspirai, aspirant goulument son parfum, ma bite me titillant encore plus.

— Il va aussi cracher une certaine somme qu'il cachait sur des comptes offshores.

— En échange de ? demanda-t-elle de manière accusatrice.

— De choses simples. Non seulement, il peut rester en vie mais en plus, il peut continuer à travailler. Un chirurgien sans doigts, ce n'est pas terrible.

Elle rit, les yeux pleins de d'étoiles.

— Tu es sérieux.

— Oui, je suis sérieux. Elena est très importante pour moi. Aucun homme n'a le droit de lever la main sur une femme. C'est tout. Il a déjà eu de la chance que je ne l'emmène pas au milieu de l'Atlantique et que je le balance aux requins.

Je sentais la colère monter dans mon ton, je sentais mon sang s'emballer.

Sa prise sur ma main se resserra, me forçant à la regarder dans les yeux. Je jurerais qu'elle me voyait d'une toute autre manière, son visage s'illuminant et sa lèvre inférieure frémissant.

— Ce qu'il a fait était… déplorable et ce que toi tu as fait a été héroïque. Ta sœur sera toujours là pour toi. Cela va peut-être prendre un peu de temps pour elle de digérer tout ça mais elle reviendra. S'il a été capable de faire ça à sa femme, imagine ce qu'il aurait pu faire à sa fille.

— Tout à fait. C'était inacceptable.

Elle glissa son autre main sur la table, caressant mon index.

— Sylvie m'a aussi parlé de tout ce que tu as fait pour elle. Comme je te l'ai déjà dit, je suis certaine que tu es une personne incroyable. Je crois aussi que tu ne sais tout simplement pas comment ou quand montrer ce côté de toi, mais quand il s'agit de quelqu'un que tu aimes, tu n'as aucun problème à faire ce qui est nécessaire. Tu pourrais bien être un héros.

Je soufflai, ne voulant que l'attirer et la prendre dans mes bras.

— J'aimerais bien être un héros, Valencia. Mais je n'en suis pas capable. Je veux juste te rendre heureuse. Il faut aussi que tu l'acceptes.

Elle se rassit profondément dans son siège.

— On verra bien. Je sens que tu as aimé quelqu'un un jour. C'était qui ?

Cette question me surprit énormément. Mais je me devais de répondre.

— Une étoile filante qui ne pouvait pas vivre ma vie.

— Que s'est-il passé ?

— Je l'ai laissée partir. Il n'y a rien de plus à dire. Je compris à ce moment que je ne pourrais pas avoir de relations avec mon style de vie.

— Intéressant. C'est peut-être pour ça que tu refuses de me laisser partir, dit-elle avec calme. Tu sais, les héros, c'est rigolo. Ils arrivent toujours quand on ne les attend pas. Comme un chevalier dans son armure.

Si seulement je pouvais être ce chevalier. Malheureusement, mon bouclier avait été terni des années auparavant. Je n'étais pas un homme bon, mais j'essayerais de l'être pour la femme que j'aimais.

* * *

— Tu savais que les étoiles étaient vraiment magiques ? me demanda Valencia.

Je m'assis à l'arrière-plan, la regardant flotter autour du patio. Elle n'avait plus de chaussures, sa cheville n'était plus enflée et, pour la première fois depuis que je l'avais rencontrée quelques semaines auparavant, elle semblait libre. Elle riait même.

Elle pencha la tête et le vent fouetta ses longues mèches, plusieurs d'entre elles se collant à ses lèvres pulpeuses.

— Enfin, il faut pour cela que tu croies à la magie.

Son sourire était si charmeur qu'elle prit une gorgée de son vin, faisant tourner le liquide dans le verre avant de le déposer sur la table.

— Peut-être que tu as raison.

— J'ai toujours raison, me retorqua-t-elle.

Cette jeune fille n'avait pas froid aux yeux.

Notre conversation était devenue légère au cours du dîner, le genre de conversation que l'on peut avoir lors d'un premier rendez-vous.

Quel genre de nourriture aimes-tu ?

Quelle est ta couleur préférée ?

Quel est ton film préféré ?

Être un homme normal pendant une partie de la soirée signifiait plus pour moi que je ne pouvais l'admettre devant elle.

Maintenant, nous étions à la maison.

Maintenant, j'allais la prendre.

Et maintenant, elle allait vraiment devenir mienne.

À moi pour la baiser.

À moi pour l'aimer.

À moi pour la vie.

Je fus submergé par des émotions que je n'avais jamais ressenties en la regardant danser sur le CD qu'elle avait démoli plus tôt. Elle était envoûtante à tous points de vue, et ses actions ne me rappelaient qu'un seul moment spécial de ma vie. Perdre Jessie m'avait presque brisé, mais les amours de fac ne semblaient jamais durer très longtemps, d'autant plus qu'au moment où elle avait découvert qui j'étais vraiment, elle s'était enfuie, effrayée.

Je soupirai et pris une autre gorgée de mon scotch, plus avide de la goûter que je ne l'avais jamais été. Ma bite et mes couilles me faisaient mal au point que je déplaçai ma main entre mes jambes, la caressant rigoureusement. Je savais que j'aurais bientôt besoin de me soulager.

— Viens ici, lui ordonnai-je.

Elle ne répondit pas pendant quelques secondes, puis se déplaça pour me faire face, faisant courir ses doigts le long de la balustrade en métal.

— Pourquoi ?

— Parce que je te l'ai demandé.

Je portai le verre à ma bouche, buvant la liqueur, mais je savais que ma soif ne serait jamais étanchée, et certainement pas avec du scotch.

Valencia tournoya avant de se diriger dans ma direction. Je savais qu'au moins une partie de son étourdissement était factice, une tentative de chasser de son esprit ce que son père lui avait dit. Je m'étais juré d'essayer de lui rendre la vie meilleure à tous points de vue. En soupirant, je pris une autre gorgée avant de poser le verre sur la table.

Elle se rapprocha de moi de quelques centimètres, plaça sa main sur sa hanche et m'envoya un baiser.

— Qu'est-ce que tu veux ?

— À peu près tout.

Je me levai légèrement de la chaise, l'attrapai par les deux bras et la rapprochai de moi. Je glissai mes mains sous l'ourlet de sa robe, effleurant de mes doigts l'arrière de ses cuisses. Ses doux gémissements furent ma récompense. Le contact de sa peau contre mes doigts rugueux était exquis, provoquant une nouvelle décharge d'électricité dans mes extrémités.

Elle passa le bout de sa langue sur ses lèvres et posa ses mains sur mes épaules, me fixant intensément. La lune brillante ne mettait en valeur qu'une partie de son visage, dont l'aspect était toujours aussi séduisant.

— Tu seras toujours une méchante petite fille.

— C'est ce que tu aimes à propos de moi, chuchota-t-elle.

— Pas si ça risque de te faire kidnapper ou pire.

— Tu penses que tu arriveras à me garder en sécurité ?

Je caressai ses voluptueuses fesses, me rapprochant encore plus de mon désir.

— Je ne peux pas te promettre que tu seras toujours en sécurité mais je donnerai ma vie pour te protéger, toi et tout ce que tu aimes.

— Mais est-ce que tu peux m'aimer ?

L'angoisse dans sa voix me fit un drôle d'effet.

— C'est déjà le cas.

Ses yeux s'écarquillèrent et un sourire se dessina sur ses lèvres. Elle baissa la tête, respirant sur mon visage. Son parfum était sublime, agrémenté d'épices exotiques et d'un soupçon de vanille. À l'image de la femme elle-même, douce et épicée.

— Je ne devrais pas m'intéresser à toi. Je devrais m'enfuir loin de toi. Tu es dangereux et oppressant, dominateur et pourtant à couper le souffle. Pour une raison folle, je ne peux pas me passer de toi. D'une manière ou d'une autre, tu as réussi à tirer sur ma corde sensible. J'ai juste peur.

— Je te promets que rien ne t'arrivera jamais.

— Et la douleur ?

Elle n'attendit pas ma réponse, écrasa ses lèvres contre les miennes et se glissa sur mes genoux, à califourchon sur mes jambes. Alors qu'elle enfonçait sa langue dans ma bouche, je la laissai l'explorer, nos langues s'entremêlant. Elle fit onduler son corps contre le mien, créant une vague de friction.

Je fis rouler mes doigts le long de la fente de ses fesses, faisant glisser le bout de ceux-ci jusqu'à ce qu'ils soient juste à l'intérieur de son trou. Le gémissement qu'elle poussa dans le baiser était sauvage et empestait la passion. Je fis entrer et sortir mon doigt plusieurs fois, puis je me penchai en arrière sur la chaise, la fessant à plusieurs reprises.

Valencia rompit le baiser suffisamment longtemps pour gémir, sa respiration superficielle et irrégulière.

— Quelle vilaine petite fille, dis-je tout doucement.

Je lui mis une autre fessée. Et encore une. En passant d'un côté à l'autre.

Elle se tortillait, se déplaçait d'avant en arrière avant d'arquer son dos. Comme si elle demandait à être disciplinée.

Comme si elle avait envie d'une tranche de douleur.

J'étais prêt à exploser, une série de lumières clignotant devant mes yeux. Je continuai la fessée pendant un moment, puis j'enroulai ma main autour de la fine lanière de son string. D'un coup sec, je jetai l'étoffe indésirable sur le côté.

Elle glapit, mais secoua la tête.

— Il va falloir que tu m'en rachètes quelques-uns.

— Je t'en achèterai des tonnes s'il le faut.

Je grognai et tirai sur l'ourlet de sa robe, la soulevant jusqu'à ce que je la fasse passer par-dessus ses épaules et la jetant de côté.

— Toute nue. Tu devras rester comme ça.

— Tes invités risquent d'être surpris.

— Ils s'y habitueront.

Je la tirai à nouveau vers l'avant, reprenant la fessée.

Elle rejeta la tête en arrière, s'agrippant fermement à mes épaules tout en se balançant contre mes jambes, faisant glisser sa chatte luisante sur ma queue couverte de tissu. Elle savait ce qu'elle me faisait, la petite coquine.

Mon cœur s'emballait, mon sang bouillait tandis que je la fessais toujours, savourant la montée de la chaleur. Je pouvais imaginer le beau cramoisi fleurissant sur ses fesses. Grognant à nouveau, je pris son téton dans ma bouche, tirant la chair tendre entre mes dents.

— Hum, chuchota-t-elle alors que je continuais.

Ma queue était pressée contre ma braguette, créant une vague d'angoisse dans mon corps. Je mordis son téton durci, suçant puis faisant glisser ma langue en cercles paresseux.

Elle pressa sa paume contre ma poitrine, ses gémissements flottant.

— Oh, oh, oh !

Je frottai mes lèvres contre sa peau, les effleurant sur son autre téton, faisant tournoyer ma langue autour d'elle.

Un rire sulfureux s'échappa de ses lèvres alors qu'elle poussait fort contre moi, puis déplaça ses mains, faisant glisser ses doigts vers le bas jusqu'à ce qu'elle puisse tripoter ma boucle de ceinture.

— Est-ce que ma petite princesse a faim ? demandai-je avec amour.

— Oh, oui.

Elle donna un coup sec, détachant ma ceinture, ses doigts fins se déplaçant jusqu'au bouton et à la fermeture Éclair. Son regard se posa sur le mien et elle prit une expression malicieuse tandis qu'elle se détachait de mes genoux, faisant glisser le pantalon le long de mes hanches et de mes cuisses. Elle glissa ensuite sur le sol, prenant le temps d'enlever mes chaussures, pour finalement tirer mon pantalon sur le côté.

Je fermais les yeux tandis qu'elle faisait glisser ses doigts le long de l'intérieur de mes jambes, les rapprochant de plus en plus de ma queue douloureuse.

— Ne me tente pas.

— Sinon quoi, monsieur ? demanda-t-elle en baissant la tête et soufflant de l'air chaud sur mon sexe.

— Sinon, tu es fichue.

— Je vais essayer quand même.

Elle passa sa langue autour de mon gland, faisant glisser la pointe sur ma fente sensible.

Ma bite palpitait, pulsant de la même manière que mon cœur. Sous l'effet de l'adrénaline, mon sang se précipita dans ma bite. L'électricité était à son comble, étincelant entre nous comme un fil sous tension.

Valencia prit le bout de ma bite dans sa petite bouche chaude, suçant doucement au début, puis utilisant les muscles de sa mâchoire pour créer une pression intense. Tandis qu'elle prenait ma queue centimètre par centimètre, j'agrippais les bras des chaises, soulevant mes hanches.

— Mon Dieu…

Tout ce que je voulais, c'était enfoncer ma bite dans sa gorge et qu'elle me suce jusqu'à ce que mes couilles soient complètement vides.

Elle gloussait en suçant, faisant tournoyer sa langue d'avant en arrière, glissant ses doigts en dessous jusqu'à ce qu'elle soit capable de presser mes couilles.

Je fus plongé dans un moment d'euphorie pure alors qu'elle suçait ma bite, montant et descendant tout en pompant la base avec son autre main. Sa bouche était en feu et je me retrouvai en train de me déhancher, la baisant brutalement. Je devins une bête sauvage, incapable de contrôler mes actions, tendu par l'explosion de mon désir.

— C'est ça, suce-moi, chaque centimètre.

Je la regardais avec des yeux flous, à peine capable de me concentrer, mais je savais qu'elle croyait qu'elle contrôlait la situation.

J'entendis un bruit d'étranglement lorsqu'elle goba les deux derniers centimètres. Incapable de résister, je lui pris les cheveux, la maintenant en place, lui tirant la tête d'avant en arrière. Elle ne lutta en aucune façon, se contentant d'accepter ma demande. Quand je lâchai prise, je rejetai la tête en arrière et rugis.

Elle recula, gémissant en me regardant.

— J'en veux encore, arrivai-je à dire avec peine, glissant mes bras sous les siens et la ramenant sur mes genoux. J'ai envie de toi. J'ai besoin de toi.

Au lieu de peur dans ses yeux, je pouvais jurer que je percevais un amour naissant, un cadeau précieux que je refusais de gâcher. Très lentement, je la fis descendre jusqu'à ce que le bout de ma bite puisse glisser à travers sa chatte.

Valencia prit une série de légères respirations, une main poussant contre moi et l'autre trouvant la base de ma bite. Elle fronça le nez en frottant la tête de ma bite le long de sa chatte, pour finalement faire glisser le bout à l'intérieur.

— Baise-moi, putain, baise-moi !

Il y avait un tel désir dans sa demande, le genre de besoin dont je pensais qu'il n'arriverait jamais. Je saisis ses hanches et la pénétrai de tout mon long.

— Oh, oh !

Son gémissement flottait vers le ciel nocturne, son corps tout entier frémissant.

Je soulevai à nouveau ses hanches, répétant le mouvement, mon souffle s'interrompant alors que les muscles de sa chatte se resserraient autour de ma bite. Elle était si humide, si chaude, et je ne voulais rien de plus que d'enfouir ma langue profondément en elle.

Elle ondulait, me berçant, ses seins voluptueux se balançant d'une manière si provocante. En serrant ses genoux contre mes jambes, elle baissa la tête jusqu'à ce que nos lèvres se touchent presque.

Il n'y avait pas besoin de mots, aucune notion de temps ne nous entourait. Il ne s'agissait pas seulement de prendre ce que je voulais, mais de partager un moment incroyable avec la femme de ma vie. Nous bougeâmes ensemble, ma bite entrant et sortant, nos gémissements combinés comme une belle musique.

Mais au fur et à mesure que ce moment de passion se prolongeait, la véritable bête qui sommeillait en moi refaisait surface. Je passai mes mains sous ses fesses et me levai de la chaise.

Elle sourit et passa ses bras sur mes épaules, un souffle de surprise s'échappant de sa gorge lorsque je la plaquai contre le mur.

— Maintenant, je vais t'enculer, déclarai-je, d'une voix rauque et animale.

Je la pénétrai longuement et durement, utilisant la puissance des muscles de mes cuisses tandis qu'elle s'accrochait à moi. Même le fait de la pousser contre le mur me rendait fou, la chaleur s'installant entre nous.

Elle balançait la tête d'avant en arrière, émettant de doux miaulements, les yeux fermés.

— Oui, oui, oui !

J'aimais la sensation de sa chatte humide, la chaleur comme une traînée de poudre. Je pouvais voir à sa respiration irrégulière qu'elle était sur le point de jouir. Je la pénétrai à un rythme presque parfait, ébloui par le frottement.

— Est-ce que tu vas jouir pour moi ?

— Euh... Je...

Elle rit doucement, sa tête se balançant.

— Alors jouis, ma princesse. Jouis sur ma bite.

Je refusai de m'arrêter, m'enfonçant en elle jusqu'à ce que je sache qu'elle ne pouvait plus se retenir.

Sa chatte se resserra puis se détendit plusieurs fois jusqu'à ce qu'elle émette un cri aigu, son corps entier tremblant.

— Oh, mon Dieu, oh, oh, oh !

Chaque muscle tendu, je lui fis éprouver une série d'orgasmes, la vague la submergeant, laissant son corps mou dans mes bras.

La respiration lourde, elle n'ouvrit les yeux qu'à moitié, clignant plusieurs fois.

Je l'éloignai du mur en lui tenant l'arrière de la tête. Les souvenirs de notre toute première fois ensemble défilèrent dans mon esprit tandis que ma bite continuait à palpiter. Je ne m'étais jamais senti aussi proche d'une femme et j'étais stupéfait de l'effet qu'elle produisait sur moi. Je la serrai contre moi pendant quelques secondes, jusqu'à ce que mes besoins obscurs refusent d'être repoussés.

— N'oublie jamais qu'aucun autre homme ne te touchera, lui chuchotai-je.

Je la remis sur ses pieds en l'embrassant doucement sur les lèvres, et elle avait l'air le plus satisfait du monde.

— Hum... Je m'en souviendrai.

— Mais nous n'avons pas encore fini.

Ricanant sombrement, je la tournai face à l'océan, la poussant contre la balustrade et lui donnant des coups dans les jambes.

— Tu vas comprendre à quel point j'aime détruire ton petit cul. Néanmoins, tu mérites aussi une nouvelle leçon.

— Mais...

— Pas de mais, Valencia, tu t'es enfuie tout à l'heure. As-tu idée d'à quel point c'était dangereux ? Tu comprends ce qui aurait pu t'arriver ?

Je réalisais que je tremblais en prononçant ces mots.

— Désolé, chuchota-t-elle.

— Ce n'est pas grave.

Elle garda sa position, courbant le dos en s'agrippant à la balustrade. Une offre. Son corps et son âme. Peut-être une partie de son cœur.

Je lui mis plusieurs fessées en passant d'un côté à l'autre. La chaleur qui montait dans ma main était exactement ce dont j'avais besoin, non seulement pour absoudre Valencia de ses péchés, mais aussi pour apaiser mes craintes.

En gémissant, elle laissa lentement tomber sa tête, prenant des respirations superficielles.

J'écartai encore plus ses jambes et lui donnai une fessée longue et forte. Même le bruit de ma paume sur sa peau était un puissant aphrodisiaque.

— Oh, oh !

— Tu vas apprendre à m'obéir, murmurai-je, inhalant son essence alléchante, pouvant voir le scintillement de sa chatte.

— Oui... Monsieur.

Un grognement glissa sur mes lèvres alors que je la fessais, finalement incapable d'arrêter ma faim furieuse.

Je frottai le bout de ma bite le long de la fente de son cul tout en me penchant sur elle et en me blottissant contre son cou. Lorsque je pressai la tête de ma bite juste à l'intérieur de son trou du cul, elle se crispa, se levant sur la pointe des pieds, sa respiration se dispersant.

Je passai ma main le long de son bras, serrant nos doigts l'un contre l'autre avant de glisser le long de son anneau musculaire serré.

— Respire, princesse, respire.

— Hum… Comment y arriver avec tout ça…

Pour une raison ou une autre, ses mots touchèrent une corde sensible, s'enroulant autour de mon cœur. J'enfonçai le reste de ma bite jusqu'au bout, les sensations étaient incroyables.

— Putain, c'est si serré.

— Oui, mon Dieu !

Elle se tortillait, gémissait et, même dans la pénombre, je pouvais voir une succession de chair de poule qui avait poussé sur chaque centimètre carré de sa peau.

Je faisais des allers-retours brutaux, devenant le sauvage que j'étais vraiment, incapable de penser ou de voir. Tout ce que je savais, c'est que cette femme était à moi. Le bruit de la peau qui s'entrechoque s'éleva dans l'air, tout comme les vibrations qui tourbillonnaient autour de nous et qui ne cessaient de s'intensifier. Elle répondait à chaque poussée par une de ses propres poussées, se repoussant contre la balustrade.

Tout devenait flou, les images, les sons, même les désirs. Alors que je perdais enfin toute résistance, que mon contrôle s'effondrait et que j'entrais en éruption, remplissant ses fesses de ma semence, je l'entendis murmurer.

Les mots étaient inattendus et constituaient un solide rappel.

— Il reviendra s'occuper de toi. Il ne s'arrêtera pas tant que tu ne seras pas mort.

Je frémis jusqu'au plus profond de moi-même, car je savais qu'elle avait raison. C'était à moi de frapper le premier.

Et je le ferais.

Mes conditions.

Mon territoire.

Il était temps de modifier l'accord qui avait été conclu. Après tout, j'étais maintenant le chef de famille.

CHAPITRE 15

*M*iguel

Je me tenais dans mon bureau, m'efforçant de garder la tête froide. La convocation à une réunion avec Santiago était arrivée bien plus tôt que je ne l'avais prévu. Au moins, John savait que j'étais sérieux. Il y avait trop de pièces en suspens dans ce qui s'était avéré être un jeu très vil. J'avais fini de jouer, j'étais prêt à passer à autre chose et peu importait si je devais faire le ménage.

Les photos et les articles de presse que mon père m'avait donnés étaient fascinants. J'avais pu vérifier les informations et constater qu'il y avait du vrai dans ce qui avait été sauvegardé pendant toutes ces années. Je soupirai et glissai l'enveloppe dans ma veste, ne voulant utiliser ces informations qu'en cas de besoin.

Je jetai un coup d'œil à l'horloge et soupirai. Il était presque trois heures du matin.

L'obscurité avait enveloppé la ville comme une couverture étouffante, même si South Beach ne dormait jamais vraiment. Ce soir, je ne voulais pas quitter la chaleur de mon lit ni la femme que j'avais invitée à le partager avec moi, mais il n'y avait pas d'autre solution.

En entendant des pas, je résistai à la tentation de me hérisser. Dès que je vis son reflet dans la porte vitrée, je soupirai, encore.

— Tu t'en vas ? souffla Valencia.

— J'ai des choses à traiter.

— Des choses, dit-elle en se rapprochant. Tu veux dire, les choses en rapport avec mon père.

Je hochai lentement la tête, réalisant que c'était plus que difficile pour elle. Je me tournai vers elle, étudiant les rides d'inquiétude sur son visage.

— Il y a des circonstances atténuantes et d'autres personnes impliquées dans la tentative de destruction de ma famille et de ma réputation, mais tu sais très bien ce que je dois faire.

— Encore de la violence.

— Ton père continue d'enfreindre les termes de notre marché.

— Je sais qu'il a détruit tes cargaisons, mais il y a autre chose, hein ? Sans me compter.

Sa perspicacité était rafraîchissante.

— Tu as raison. Mon père est en train de mourir, ce qui va indiquer que nous sommes faibles, surtout si la situation continue.

— Oh, Miguel, je suis désolée…

— Ne le sois pas. Il va faire le voyage de sa vie avec ma mère. C'est son choix. Néanmoins, c'est à moi de corriger une erreur, une erreur qui a été commise il y a maintenant des années.

Valencia me fixait alors qu'elle se rapprochait de plus en plus de moi.

— Tu veux dire par là, que ton père et le mien ont travaillé ensemble ?

— J'en suis certain. Je ne sais pas exactement à quel propos. Mon père ne me laisse rien comme indice.

Je grimaçais à cette idée en me remémorant la conversation dans son bureau lors de la fête d'anniversaire. Tout le monde gardait des secrets, y compris mon père.

— Un test, peut-être ?

— Je pense qu'il y autre chose et je vais le découvrir ce soir. Santiago doit avoir des réponses à me donner.

Elle semblait si petite, pieds nus.

— Alors tu vas le tuer.

— Je ferai ce qu'il me semble nécessaire, Valencia.

J'entendis frapper et me dirigeai vers l'entrée, soupirant lorsqu'elle m'attrapa par le bras.

— Si tu tues mon père, qu'est-ce qu'il va arriver à ses affaires ? Et ma mère ?

— Je n'ai aucune envie de faire du mal à ta mère. Je préférerais aussi garder ton père en vie, tant qu'il accepte et fait ce que je lui dis de faire.

— Et tu sais que ça n'arrivera pas, dit-elle avec une touche de colère.

Je pris ses mains dans les miennes.

— Je dois partir mais je te promets que je ne veux pas détruire ta famille. Je veux simplement continuer ce que mon père a commencé. Sylvie te protègera.

— Ce n'est pas moi qui ai besoin de protection, Miguel.

— Arrête de t'inquiéter. Tout va bien se passer. Ton père sera raisonnable et écoutera ce que j'ai à lui dire.

— Tu ne comprends pas la relation que j'ai avec mon père. Tu ne pourrais pas.

— Ce qui veut dire ?

Je remarquai l'extrême froideur de ses yeux, une résignation à ce que son père était vraiment.

Elle me quitta et se dirigea vers la fenêtre.

— Les photos que j'ai vues par hasard étaient terribles, mais je me doutais depuis longtemps à quel point mon père était horrible. Je ne suis pas idiote et il aime se vanter. Il a toujours été un homme cruel et sans cœur. Ce que je ne m'attendais pas à voir, c'est la photo du seul autre homme que j'aimais. Mon père l'a tué de sang-froid.

— Quoi ?

Je fus surpris qu'elle ose me parler de cette relation et de ce garçon.

— Rodriguez Martinez était important pour moi. On s'était rencontrés à la fac. Il était si doux et intelligent. On a tout de suite accroché. Il m'aimait. On parlait même de mariage.

— Le restaurant.

— Oui, dit-elle en soupirant. Il n'était pas assez bien pour être avec une vraie princesse. Après la fermeture du restaurant sans préavis, j'ai demandé à mon père s'il avait quelque chose à voir avec ce qui était arrivé à Rodriguez et il a menti. Mon père l'a fait assassiner. Alors, si tu penses que j'ai encore des sentiments pour mon père, tu te trompes. Fais ce que tu as à faire. Je ne m'en soucie plus. Même si je n'ai pas besoin de babysitting, j'apprécierai la compagnie de Sylvie pendant que tu seras parti faire... ton travail.

Elle se retourna brusquement, me fit un signe de tête avant de me contourner et de sortir par l'embrasure de la porte.

J'avais passé toute ma vie à refuser de m'intéresser à qui que ce soit, à ne jamais m'approcher trop près. C'était la règle du jeu, une nécessité pour rester en vie. Ce que je ne voulais pas, c'était que Valencia perde sa douceur, l'ingénue qui rêvait de se produire devant des foules immenses.

Mais elle avait raison. Je ferais ce qui est nécessaire.

Elle était ma famille maintenant et pour la première fois de ma vie, je savais exactement ce que je voulais pour l'avenir.

* * *

Famille.

Je n'arrivais pas à m'ôter ce mot de la tête alors que je me rendais au lieu de rendez-vous choisi par John. Un restaurant ouvert vingt-quatre heures sur vingt-quatre qui empêcherait une guerre d'éclater. Les instructions avaient été claires. Amenez deux hommes, pas plus. Il n'y aurait pas de fusils ou d'autres armes, simplement une conversation entre ennemis.

Cordero et Enrique m'avaient accompagné, balayant le parking avant que je ne sorte du véhicule. Ils resteraient à l'extérieur, tout comme les deux soldats de l'organisation Rivera.

— John, dis-je en rentrant, capable de discerner Santiago qui se cachait dans une alcôve.

— Attends Miguel, ce n'est pas que je ne te fais pas confiance, dit John en m'arrêtant.

Je levai mes bras, me préparant à sa palpation.

— Pas de soucis, John. C'est ta réunion.

Il se redressa de toute sa hauteur, me jetant un regard étrange que je n'arrivais pas à déchiffrer. Lorsqu'il se mit sur le côté, il soupira.

Il y avait deux autres clients dans le restaurant, ainsi que ce qui semblait être une serveuse et probablement un cuisinier à l'arrière. C'était un excellent endroit pour une réunion tranquille. Je tendis la main, permettant une poignée amicale avant de me glisser dans l'alcôve.

John saisit l'une des chaises et la rapprocha de lui.

— Et si tu prenais un café, Miguel ? On dirait que tu en as bien besoin, suggéra Santiago en levant son mug.

— Je pense que je vais passer mon tour. J'ai assez d'acide dans l'estomac ce soir. Pourquoi ne pas aller droit au but ? Tu as créé un plan il y a des années pour faire tomber mon père. Le pourquoi est quelque chose que nous allons aborder dans quelques minutes. Une partie de ce plan consistait à faire des promesses à des gens en qui j'avais initialement confiance. Tu as passé un accord avec au moins un de mes employés pour attaquer deux de mes bateaux, puis tu as réglé les derniers détails, y compris le meurtre de Kostya Mulin. J'ai éliminé le Maker, ce que tu n'avais sans doute pas prévu. Tu as fait croire que tu te dirigeais vers la côte Est, peut-être pour prendre le contrôle d'une partie de la Bratva de Philadelphie, alors qu'en fait, ce n'était qu'un stratagème pour me déstabiliser.

Je ne croyais pas nécessairement à une partie de ce que je disais, mais je pouvais voir dans le regard de Santiago que j'avais mis le doigt sur certaines vérités.

— Continue ton histoire, tu me fascines, dit Santiago.

— Je suis tombé dans le panneau en ce qui concerne Valencia. Tu n'en as jamais eu rien à foutre de son concert mais le fait qu'elle vienne à Miami était bien pratique. J'étais curieux de savoir pourquoi elle n'avait pas de protection au défilé. Maintenant, j'ai compris. Ton but était que je la kidnappe. En réalité, tu as tout fait pour que ce soit le cas. Profiter d'elle une nuit. Tu savais que je ne pouvais pas dire non.

Santiago pouffa de rire et regarda John.

— Quelle histoire.

Je tournai la tête lentement vers John. Il ne semblait pas déstabilisé.

— Ce que je n'arrive pas à comprendre, c'est ce que tu as fait avec mon père il y a toutes ces années. Peu importe d'ailleurs, mais ça l'a vraiment marqué. Sans doute parce qu'il s'est rendu compte qu'il ne pouvait pas te faire confiance, dis-je en prenant une profonde inspiration et sortant l'enveloppe de ma veste. Mais en arriver à un point d'engager quelqu'un pour tuer sa propre fille, ça va trop loin.

Santiago écarquilla les yeux, une lueur d'horreur le parcourant.

— Je suis peut-être beaucoup de choses, Miguel, mais je ne mettrais jamais ma fille en danger. Même avec toi, je savais qu'elle serait en sécurité et qu'elle pourrait vivre une vie meilleure. Je veux qu'elle soit heureuse. Quand je vous ai vus ensemble, j'ai su que j'avais raison. Je connais ma fille et à travers ton père, je crois que je te connais. Tu la respecteras et avec le temps, tu finiras par l'aimer.

— Putain, tu t'es arrangé avec mon père en fait, dis-je en ayant du mal à avaler ma salive. Mon Dieu, mais qu'est-ce que vous concoctiez tous les deux depuis toutes ces années, et pourquoi ?

— C'est mal de vouloir le bonheur de sa fille ? dit-il avec tant de conviction.

— Non, Santiago. C'est juste curieux. Elle devrait avoir le droit de choisir.

Je secouai la tête après avoir prononcé ces mots. Je l'avais prise contre son gré, je l'avais forcée à avoir une relation. Je ne valais pas mieux que son père.

Ou mon père.

— Vous irez très bien ensemble, Miguel. Je le crois quand je le dis et je n'ai jamais voulu lui faire de mal. Elle est toute ma vie.

Le commentaire et sa réaction semblaient authentiques, un indice de plus dans une énigme qui semblait ne pas avoir de fin. Mes pensées dérivèrent vers la conviction de Valencia, que j'avais été la cible initiale.

— Qui sont tes ennemis, Santiago ? Est-ce que l'un d'entre eux pourrait avoir quelque chose à voir avec la tentative d'assassinat ?

Il sembla surpris et rougit comme un coq.

— Je ne sais pas.

Je frappai la table avec ma main de colère, le son résonnant dans la salle.

— Tu mens !

— Wow, calme-toi Miguel, chuchota John.

Je m'étirai le cou pour essayer de garder mon calme.

— Si, tu le sais, dis-le-moi.

— Nos deux familles ont des ennemis, Miguel. Tu en as connu beaucoup pendant que tu servais ton père. J'ai respecté ma part du marché. Je ne suis pas responsable du détournement de tes bateaux. Je ne ferais pas ça à toi ou à ton père. J'ai du respect pour Carlos et pour John. Même mes propres cargaisons ont été détruites, y compris l'année dernière. Je pensais que mes hommes maîtrisaient la situation, mais je me trompais.

— Tu essaies de me dire que la personne qui détruit nos petites marchandises s'en prend à nos deux familles ? demandai-je, n'ayant jamais envisagé cette idée.

Je ne pouvais pas y croire.

— C'est exactement ce qu'il essaie de te dire, Miguel, répondit John.

— N'oublie pas que certains ennemis apprécient d'afficher ouvertement leur animosité, ce sont de véritables adversaires honorables. D'autres ne sont pas comme ça, ils préfèrent se cacher dans l'ombre comme des lâches.

Je fus surpris de voir à quel point Santiago était mal à l'aise.

— Donc tu continues de me dire que tu n'as aucune idée de qui fait ça.

Santiago acquiesça.

— C'est pour ça que je suis resté ici contre ta volonté. Pour trouver qui est en train de me faire chier.

Je me mis dans le fond de mon siège, me frottant le front avant de finalement pousser l'enveloppe sur la table.

— Est-ce que ça te parle, ça ?

John regardait d'un côté à l'autre, jetant un coup d'œil par-dessus son épaule pour s'assurer que nous n'étions pas observés. Au moment où Santiago sortit les photos, j'entendis un gémissement audible.

— Où as-tu eu ça ? cracha-t-il.

— Mon père. Il ne m'a rien expliqué. Je suppose qu'il te fait chanter pour avoir assassiné le fils du président il y a près de quarante ans. Je ne connais certainement pas les circonstances, mais je suppose que cela n'a plus d'importance. J'ai simplement besoin de connaître les termes de l'accord.

Bien qu'aucun des deux hommes ne dise quoi que ce soit, ils commençaient tous deux à transpirer.

Et aucun des deux ne semblait vouloir parler.

Une minute entière s'écoula.

Puis deux.

Ma patience étant mise à rude épreuve, je sortis la photo de Rodriguez que j'avais également apportée, afin de connaître la réaction de Santiago. D'abord, il n'y en eut pas, puis il la rapprocha.

— Et ça, ça sort d'où ? demanda Santiago.

— Tu veux dire, les photos de tous ces types que tu as massacrés ?

John se pencha, observant les photos.

— De quoi parles-tu ?

— J'ai un ami qui m'a remis une enveloppe remplie de photos sanglantes, des scènes horribles de familles que Santiago et ses hommes ont éliminées. Il se trouve que c'est l'homme dont sa fille est tombée amoureuse. Maintenant, elle connaît la vérité sur toi, Rivera.

— Je n'ai pas tué Rodriguez, dit Santiago avec méfiance.

— Sans doute, mais tu as envoyé un de tes sbires le faire, dis-je, excédé par ses mensonges.

Il secoua la tête plusieurs fois.

— Je ne voulais que cet homme fasse la cour à ma fille. C'est vrai. C'était une vraie merde que j'ai payée pour qu'il quitte le pays. Il a quitté le pays. Je n'avais aucune raison de le tuer.

— À moins qu'il n'ait pas respecté sa part du marché.

— Pourquoi parle-t-on de ça, ça n'a pas d'importance. Nous devons trouver qui essaie de bousculer nos opérations, dit John d'un ton égal.

À présent, je regrettais de ne pas avoir un scotch devant moi. Un Bombay et un tonic ne suffiraient pas à me soulager.

— Disons que tu me dis la vérité, Rivera. Alors, qui pourrait être à la tête de ça ?

— J'ai mon idée, dit-il doucement, poussant les photos vers moi. Il va falloir que tu me fasses confiance, ajouta-t-il.

— Te faire confiance, dis-je en riant.

Peut-être était-ce parce que j'étais fatigué mais j'avais presque marché dans son histoire.

— La confiance, ça n'existe pas dans notre monde, ajoutai-je.

— Mais le respect, oui, et je tiens ton père pour la plus haute estime, insista Santiago.

— Même s'il te fait chanter depuis toutes ces années ? J'ai du mal à te croire. Néanmoins, cela nous amène à la question de savoir pourquoi mon père conclurait un accord avec des gens comme toi.

John posa sa main sur mon bras, me forçant à baisser les yeux avant de le fixer du regard.

— Miguel, il y a certaines choses que tu devrais entendre de la bouche de Carlos directement, dit John, en faisant un léger sourire. Nous nous connaissons depuis longtemps. Lorsque nous étions beaucoup plus jeunes, nous formions une sorte de groupe qui se réunissait en privé. Nous faisions souvent certaines affaires ensemble.

Cette fois-ci, c'était Santiago qui souriait.

— De quoi parlez-vous, tous les deux ? demandai-je, fatigué de ces conneries mais revenant une fois de plus à la conversation que j'avais eue avec mon père, y compris à sa tristesse.

Ils éclatèrent de rire tous les deux.

— Tu oublies que les différents syndicats organisés ont traversé plusieurs générations. Il y a eu une alliance formée il y a des années, de jeunes hommes puissants qui se sont réunis en secret pour offrir leur soutien ou leurs muscles si nécessaire. Nous pensions pouvoir diriger les familles bien mieux que nos pères. Notre arrogance et notre stupidité nous ont vite fait déchanter et nous avons fini par abandonner l'idée.

Ce que disait Santiago était... fascinant.

Une alliance. Je dus me retenir de rire.

— Tout ça n'a aucun sens, dis-je en chuchotant.

Mais en réalité, j'étais très surpris par le fait qu'ils aient pu travailler ensemble toutes ces années auparavant. Un peu comme les Sons of Darkness.

— Il y avait qui dans ce groupe ?

— Nous avons juré secret et anonymat, insista John.

— Tu crois que c'est important ? ajouta Santiago.

Je devais être fou pour penser que je pouvais lui faire confiance, mais il serait facile de corroborer le fait que Santiago ait fait détruire des cargaisons.

— C'est le cas. Je suppose que votre alliance a été découverte d'une manière ou d'une autre et que toutes les personnes impliquées sont des cibles, bien qu'elles soient montées les unes contre les autres.

Santiago ouvrit grand les yeux.

— Tu es aussi brillant que ce que ton père disait depuis toutes ces années. Je vais les contacter et je te dirai tout ça.

— Très bien. Cette idée, il faut que tu la mettes vite en œuvre. J'ai l'impression que quelque chose va se passer très rapidement, dis-je, incertain de ce qu'il venait de se passer.

— Je le ferai, oui, confirma Santiago d'un signe de tête.

— Et le fils du président ? Comment est-il mort et pourquoi c'était si important ? dis-je en observant la salle.

— Je pense qu'il faut que tu le demandes à ton père directement, dit John en buvant une gorgée de café.

Je me sentais vidé, épuisé par ces jeux. Quand j'entendis mon téléphone, mon instinct se mit en alerte. Castillo. Obtenir sa version de l'histoire pourrait s'avérer intéressant.

— Il faut que je réponde. Nous nous reparlerons dans vingt-quatre heures. Pas moins. Si je découvre que tu te fous de moi, Rivera, je ne reculerai devant rien pour détruire ton monde, dis-je en partant. Oui ? demandai-je en décrochant.

— Content d'avoir pu t'avoir, dit Castillo.

— Crache le morceau, je n'ai pas le temps pour les conneries ce soir. Qu'est-ce que tu as trouvé ?

— Tu avais bien un gars qui s'appelait Danton dans ton équipe ?

— Ouais, c'est quoi le souci avec lui ? demandai-je, en me rapprochant de la porte.

— Et tu l'as tué.

Je soupirai, plein de rage.

— C'était un traître. Crache. Le. Putain. De. Morceau.

— On dirait bien qu'il avait un frère qui a essayé de te buter, un frère qui a aussi essayé d'attaquer la gonzesse qui est tout le temps avec toi.

* * *

Comme il n'y avait pas de circulation sur les routes, il me fallut dix minutes pour arriver à l'appartement, où je trouvai la porte entrouverte, Sylvie assommée, et aucun signe de Valencia. Alors que tous les soldats avaient été envoyés à sa recherche, je savais au fond de moi que je serais le seul à retrouver la femme que j'aimais.

L'enfoiré responsable ne serait pas facile à trouver, mais j'avais une idée en tête de l'endroit où il pourrait se rendre.

J'avais été tellement bête, englouti dans le concept des guerres de territoire et de la destruction des cargaisons que j'avais laissé entrer dans ma vie, que j'avais oublié que la majorité des vrais ennemis étaient ceux que l'on considérait comme des amis.

Ou sa famille.

Je tenais fermement le volant, l'esprit en ébullition. J'avais décidé de faire ça tout seul. En débouchant dans la rue, je faillis rire. L'endroit, autrefois en pleine expansion, était devenu un véritable ghetto, les petites maisons n'étant plus entretenues. Je m'étais souvent demandé pourquoi il avait gardé une propriété ici. Maintenant, j'avais ma réponse.

Mon père m'avait toujours dit que la vengeance pouvait faire ou défaire un homme, quel que soit son niveau de pouvoir ou d'influence. Je savais que c'était vrai.

Je coupai les feux avant de m'engager dans la rue. Le matin était à nos portes, les lueurs douces de la lumière à l'horizon indiquaient une autre journée radieuse. Après tout, c'était un bon jour pour mourir.

J'avais pris quelques minutes pour me changer et enfiler un jean noir et un polo assorti, un holster à la cheville contenant mon Beretta et un Glock, chargé, à la main, alors que je m'approchais de la maison. Même si les stores miteux étaient fermés, je pouvais voir qu'il y avait une lumière allumée et un bruit provenant d'une télévision ou d'un système de musique quelconque.

Je fis le tour de la maison et trouvai finalement la porte de derrière déverrouillée. Je n'étais pas assez bête pour croire qu'il avait été négligent. Il espérait et s'attendait à ce que je comprenne tout. J'ouvris la porte prudemment, l'arme dans les deux mains et je passai la tête à l'intérieur. Il n'y avait personne, mais je pouvais voir une unique lumière provenant de la pièce de devant.

Je me glissai à l'intérieur, fermant simplement la porte arrière sans la verrouiller. Alors que mes pas étaient silencieux, les poils de ma nuque se dressèrent. Dès que je franchis le seuil de la porte, la vue de cette femme me donna la chair de poule. Elle était attachée, bâillonnée, et je pouvais voir qu'elle avait été malmenée. Mon sang se mit à bouillir.

Valencia...

Elle gémit à nouveau, ses yeux se détournant sur le côté.

— Ne t'inquiète pas, je vais te sortir d'ici. Reste tranquille.

Je tendis la main et, entendant un seul craquement venant d'un autre couloir, je me déplaçai, pointant l'arme dans sa direction.

— Bonjour, Winston, ou devrais-je t'appeler par ton vrai nom. Carter Gregory, frère de Danton Gregory. Un de mes anciens employés.

Il rit, sortant de l'ombre.

— Je suis surpris par le fait que tu aies deviné ça tout seul. Tu as toujours cru être plus intelligent que moi.

— Dis-moi, pourquoi as-tu changé de nom ?

Ricanant, il s'avança, pointant son arme sur Valencia.

— Tu te moques de moi ? Danton a travaillé toute sa vie pour un membre d'un cartel ou d'une autre organisation de merde. Je ne pouvais pas me permettre de prendre le risque d'être associé à lui. Alors, j'ai pris mon deuxième prénom et le nom de famille de ma mère. Rien de plus que ça.

— Je suis certain que ça a dû être difficile quand je l'ai recruté.

— Je ne l'aurais jamais su si tu n'avais pas fait en sorte que ce soit un des putains de garde de mon mariage, dit Winston en secouant la tête. J'avais la belle vie jusqu'à ce que mon sac à merde de frère revienne dans ma vie. Il a menacé ma carrière et ma vie toute entière.

— C'est pour ça que tu le laissais crécher chez toi, dis-je en m'approchant.

— Garde tes ennemis près de toi, cracha-t-il.

— Et c'est pour ça que tu l'as vendu. Ce n'était pas lui qui travaillait dans mon dos.

Ce coup-ci, Winston sourit.

— Je connaissais ton business. Putain, même ton père s'en vantait, avant que tu ne le retournes contre moi.

Je pris une grande inspiration, me hérissant tout entier.

— Tu voulais te débarrasser de ton frère. Tu savais que j'agirais en cas de signe de trahison.

— Et ça a marché pile poil.

— Tu as eu ce que tu voulais, ton ancienne identité. Pourquoi essayer de tuer une femme que tu ne connaissais pas.

— C'était une erreur. Les idiots que j'ai engagés m'ont dit qu'on devait te tuer aussi. Je savais que ce n'était qu'une question de temps avant que tu ne découvres tout. Je ne pouvais pas prendre de risques.

Je ris, réalisant exactement ce à quoi il pensait depuis le début.

— Le truc, c'est que moi mort, Elena aurait hérité de ma part dans les assurances-vie auxquelles mon père avait souscrit, la rendant extrêmement riche. C'était quoi la suite, la tuer juste après ma mort, pour s'emparer de sa fortune ?

— Ouais, c'est ça, à peu près. Je vais y arriver. Je ne veux pas faire de mal à la fille mais je n'aurai aucun souci à le faire, dès à présent.

— Et tu sais que je vais te tuer si tu la touches.

— Je ne pense pas que tu veuilles la perdre. Le temps que tu ne presses la gâchette, des balles lui auront déjà transpercé le cerveau. Et si tu posais le pistolet, qu'on discute de ça ? dit Winston en me souriant comme un idiot.

Je regardais Valencia dans les yeux, lui faisant un petit sourire et faisant la seule chose à faire.

Pop ! Pop !

* * *

Il n'y eut pas d'enterrement pour mon beau-frère, ce sac à merde menteur, bien que son corps ait été incinéré pour permettre à Selena de conserver une sorte de souvenir de son père. On avait dit à ma nièce qu'il avait été rappelé à Dieu et rien de plus.

Alors que j'avais anticipé la colère d'Elena, après avoir entendu tout ce que Winston avait fait, elle avait à peine mentionné son nom. Je ne pouvais pas mentir, j'étais content que ce connard soit sorti de sa vie et je ne ressentais aucune culpabilité. Grâce à l'aide de Castillo, nous avions également retrouvé ses copains qui avaient appuyé sur la gâchette dans le parking. Ils avaient été pris en charge d'une manière totalement différente, s'établissant dans une vie très éloignée de Miami. Ils n'auraient qu'une chance de rester loin de moi.

Quant à l'alliance dont Santiago et John avaient parlé, j'avais été appelé chez mes parents deux heures seulement avant leur départ pour l'aéroport. L'histoire devrait au moins être intéressante.

— Viens t'asseoir près la piscine, fiston. La journée est splendide. J'ai pris la liberté de te faire un verre.

Mon père avait l'air en super forme, sa peau luisant au soleil.

Je m'assis, prenant le verre et regardant l'eau.

— Je sais que tu as plein de questions, dit mon père.

— Ouais. Commençons par ça : pourquoi ne m'as-tu rien dit ?

Il soupira et prit quelques gorgées de son verre avant de commencer à parler.

— Je savais ce que tu pensais de Santiago et, à vrai dire, je n'étais pas tout à fait sûr qu'on puisse lui faire confiance après toutes ces années. Nous étions des enfants lorsque nous avons conclu cette alliance, dit-il en riant. Si nos pères respectifs avaient découvert que nous travaillions ensemble, ils nous auraient déshérités. On pensait que ce serait une bonne occasion de se donner des coups de main, parfois. On a fait du bon boulot ensemble.

— Les amis que tu as mentionnés, dis-je avec absence.

Il ricana.

— Je savais que tu t'en souviendrais. C'était un moment très important de ma vie et j'ai profité de chaque instant. C'était peut-être une erreur mais je nous considérais comme des amis. Enfin, à cette époque, en tout cas.

— Et pourquoi vous vous êtes séparés ?

— On allait dans des directions différentes, certains avaient déjà pris le contrôle de grosses organisations. Ce n'était plus logique de continuer.

— Je ne crois pas que ce soit tout. Qu'est-il arrivé à Marcus Wallace, le fils du président ?

Son visage s'assombrit et sa main trembla alors qu'il essayait de boire une nouvelle gorgée.

— Une tragédie.

— Le fameux regret dont tu m'as parlé, chuchotai-je.

— Mon fiston intelligent. Ouais, je donnerais tout pour réparer cette immense faute.

— Que s'est-il passé ?

— On était tous bons amis à l'époque. Marcus connaissait nos pères mais il s'en fichait, même si lui, c'était vraiment un gentil. On se rencontrait souvent à Cuba et il voulait participer. Je n'aurais pas dû l'autoriser mais je me suis dit que ça lui ferait du bien de découvrir Cuba avec l'alliance. Un soir, il y avait trop à boire. Trop vite. Des routes de merde. Je… Je conduisais. C'est le seul qui est mort.

— Et vous avez tous gardé ce secret toutes ces années ?

Il me jeta un regard, acquiesçant.

— Ouais. Qu'est-ce qu'on pouvait faire de plus ?

— Intéressant. Et cette alliance, ça allait jusqu'où ?

Mon père se pencha vers moi.

— Tu serais surpris, fiston, dit-il en riant de bon cœur avant d'être interrompu par une quinte de toux.

— Sois honnête, papa, dis-moi combien il te reste.

— Tout au plus un an. Quelques mois. Je veux passer le temps qu'il me reste à profiter de la vie avec ma formidable femme. Tu te débrouilleras très bien sans moi et tu seras capable de garder Santiago sous contrôle.

— Tant qu'il n'essaie pas de nous trahir.

— Ne t'inquiète pas trop pour ça, dit-il en faisant un signe de tête vers la porte. Je l'ai invité aujourd'hui, pour ça. Je voulais entendre ce qu'il avait à dire sur la personne qu'il jugeait responsable de tout ce qui s'est passé.

Je penchai la tête et, en regardant Santiago et ses hommes entrer, je dus admettre que je me hérissai en aidant mon père à se lever.

— Je peux me débrouiller, je ne vais pas crever demain, me cracha mon père alors qu'il marchait vers Santiago.

Alors que les deux hommes se serraient la main et se donnaient l'accolade, je me demandais ce qu'il penserait des Sons of Darkness. Je gloussai à cette idée. Tel père, tel fils.

Santiago approcha et me proposa un verre.

— Je crois que je vous dois une explication, messieurs.

Il sortit de sa poche ce qui semblait être une photo, me la donnant.

— Cet homme vous est-il familier ? demanda Santiago.

— Rodriguez.

— Oui, dit-il, les yeux pétillants. Je n'ai pas menti avec ce que je t'ai dit, mais je ne t'ai pas dit toute la vérité. Il faisait partie du cartel des Black Dogs qui s'était installé sur l'île. Ils posaient problème depuis un certain temps. Malheureusement, je n'avais aucun moyen de savoir à quel point ils étaient liés à diverses personnes influentes en Amérique du Sud. Rodriguez avait des informations qu'il utilisait pour nous faire chanter.

— La mort de Marcus Wallace... dis-je.

Santiago sourit.

— Je vois que tu as pris le temps de parler à ton père. C'est très bien. Et oui. Je pensais que je devais m'en occuper. Et quand il a commencé à fréquenter ma fille, il a fallu que je mette un terme à tout ça.

— Donc, tu l'as tué.

— Non, même pas. Rodriguez a fait ça. La photo était un montage, dit Santiago en regardant mon père. Il est toujours là, quelque part, mais j'ai une idée d'où il est vraiment.

— Et ? demanda mon père.

— Philadelphie.

Je ris tout doucement.

— Je sais comment m'en occuper. Cette fois-ci, il faudra me faire confiance, papa.

— Je te fais confiance, moi, dit Santiago.

En quittant le bureau de mon père ce jour-là, il me restait deux choses à faire. J'appelai Aleksei pour qu'il s'occupe de cette ordure. C'était facile. La deuxième chose allait me déchirer, mais il fallait la faire.

Je devais libérer le petit oiseau doré que j'avais capturé, la belle femme dont j'étais tombé amoureux. Si tu aimes quelque chose, laisse-le partir...

Et moi, je n'aimerais plus jamais qui que ce soit.

CHAPITRE 16

alencia

La tristesse.

J'avais connu cette tristesse toute ma vie. J'avais aussi connu la tragédie. Apprendre l'existence de Rodriguez et le fait qu'il s'était servi de moi m'avait enlevé une partie de mon âme. Cependant, j'étais heureuse de connaître enfin la vérité. Apprendre que mon père m'aimait et avait essayé de me protéger m'avait au moins réconfortée, même s'il restait un monstre brutal.

Trouver l'amour avec Miguel était inattendu et tellement beau, même si savoir que nos deux pères avaient décidé que nous serions ensemble des années auparavant n'était pas conventionnel. Peut-être savaient-ils que nous étions faits l'un pour l'autre.

Alors que nous nous promenions sur la plage, main dans la main, je savais qu'il avait beaucoup de choses en tête. Nous avions tous deux été très silencieux ces derniers jours. Bien qu'il n'ait pas dit grand-chose, j'avais appris que Rodriguez était toujours en fuite, mais je savais sans l'ombre d'un doute qu'il serait retrouvé.

Salopard.

Je ne voulais plus regarder vers le passé. J'étais prête à partager un avenir avec l'homme que j'aimais.

Le grondement de l'océan était calme en comparaison des battements rapides de mon cœur. Il y avait tant de choses que je voulais lui dire, des rêves que j'espérais voir se réaliser, mais je ne savais pas par où commencer.

Quand j'entendis le son de sa voix, je m'appuyai contre lui, ma chatte frémissant comme à chaque fois qu'il parlait.

— J'ai quelque chose pour toi, dit-il avec son ton dominateur.

— C'est vrai ?

— Oui, dit-il en attrapant une enveloppe de sa poche.

— Ce n'est pas une fourrure ou une bague, dis-je en riant.

— Tu sais, je ne pense pas que tu es ce genre de fille.

Il me connaissait trop bien. J'hésitai avant d'ouvrir, découvrant ce qui semblait être une lettre. Après l'avoir lue, mon souffle fut comme coupé.

— C'est quoi ?

— Ta liberté.

— Mais je ne comprends pas… Tu ne m'aimes pas ? Tout ça ne faisait partie que d'un jeu ?

Je regardai vaguement la lettre, tremblant de tout mon corps.

Chère Madame Rivera :

Nous avons le plaisir de vous informer que vous avez été acceptée comme soliste de l'Orchestre symphonique de Miami pour un contrat à long terme. Veuillez noter que nous entamerons une tournée mondiale dans un mois...

Je n'arrivais pas à lire plus loin. Il me faisait partir. Des larmes me montaient aux yeux.

— Je ne…

Il prit mes mains dans les siennes, les approchant de son visage.

— Écoute-moi. Je t'aime, Valencia. J'aime tout de toi, de ton rire à la façon dont ton nez se plisse quand tu parles. J'adore ton côté rebelle et ton amour de la musique. J'ai été égoïste en t'éloignant de ce que tu aimes. Je ne suis pas un homme bon. J'ai fait des choses horribles dans ma vie, mais t'éloigner de ta seule joie ne sera pas l'une d'entre elles.

Je voyais bien qu'il était sérieux, qu'il souffrait de ce qu'il avait fait.

— Et si je ne veux pas y aller ?

— La décision t'appartient mais si j'étais toi, je suivrais mon cœur et mes rêves.

Je fus stupéfaite de sa générosité et de son amour. Je pouvais le voir dans ses yeux. Il était si fier de moi. Je passai mes bras autour de son cou, l'attirant fermement contre moi.

— Je ne sais pas.

— Promets-moi d'y réfléchir.

— Oui, je le ferai.

Je penchai la tête tandis qu'il baissait la sienne et, dans les minutes qui suivirent, le baiser que nous partageâmes fut différent de tous ceux que nous avions échangés auparavant. Je savais au fond de moi qu'il avait raison, que c'était mon choix et que je devais décider avec soin de ce qu'il fallait faire. Lorsqu'il m'embrassa, je fondis contre lui. Je l'aimais plus que je ne pouvais le dire.

Ce serait la décision la plus difficile de ma vie.

* * *

4 semaines plus tard...

Miguel avait déjà préparé mes affaires. Mon violoncelle était la seule chose qu'il m'avait laissée porter jusqu'à la voiture. Je me tenais devant la porte de son bureau, la nuit blanche ayant été plus difficile que je ne pouvais l'imaginer, mais j'avais pris la bonne décision et je le savais.

Je frappai à la porte ouverte avant d'entrer. Lorsque Miguel se tourna vers moi, je pus jurer que cet homme avait pleuré.

— J'ai le droit d'entrer ? demandai-je.

— Bien sûr. Tout est prêt ?

— Pas exactement.

— Qu'est-ce qu'il te manque ? demanda-t-il en s'approchant de moi.

Je me rapprochai, plus en contrôle de mes émotions et de ma vie que je ne l'avais été depuis des années.

— Je voulais te dire que ce que tu as fait pour moi était simplement incroyable. Je ne pensais pas te l'avoir encore dit.

— C'était la bonne chose à faire. Tu seras une star, petite princesse.

Je pris sa main dans la mienne et la plaçai sur mon cœur.

— Peut-être, mais comme je le souhaite.

Miguel ouvrit grand les yeux, surpris.

— Ce qui veut dire ?

— Ce qui veut dire que je serai une soliste pour eux mais je ne voyagerai pas avec eux.

— Je ne comprends pas.

Je sentais de l'appréhension dans sa voix.

— Cela signifie que je ne me produirai que lorsqu'ils seront en ville et lors de voyages occasionnels. J'ai dit au chef d'orchestre que j'appréciais son offre, mais que je voulais vivre ma vie avec l'homme que j'aimais. Nous avons pu trouver un compromis. Il a dit que j'en valais la peine.

— Mais, Valencia ? Tes rêves ?

— Mon rêve va s'accomplir, grâce à toi. Je vais rester avec toi, ici. Enfin, si tu veux toujours de moi.

Son appréhension se transforma rapidement en joie, son visage s'illuminant alors qu'il me prenait dans ses bras.

— Tu es sûre ?

— Plus que tout. Tu m'as autorisée à faire un choix et je l'ai fait. Tu es ma vie. C'est ici, ma vie.

Il fit un pas en arrière.

— Cela veut dire que tu vas m'obéir ?

— Avec toutes proportions gardées.

— Hum… Je vois qu'il faut que je te rappelle qui est le boss ici.

— Eh bien, je suis une méchante fille, tu le sais bien.

Lorsqu'il me prit dans ses bras, je compris que j'avais pris la bonne décision. Je n'étais plus un oiseau en cage. J'étais une femme aux désirs ardents, certains plus sombres que d'autres, et je pouvais avoir tout ce que je voulais.

À condition d'obéir.

Cet homme sombre.

Cet homme dangereux.

Cet homme avec un cœur.

Et il n'y avait rien d'autre que je désirais plus.

Il écrasa sa bouche sur la mienne, faisant glisser sa langue le long de mes lèvres. Alors que nos langues s'entremêlaient, je frissonnai rien qu'à son contact, ma chatte frémissant et mes tétons me faisant mal. Tout ce qui se passait ici me paraissait juste et tellement parfait.

J'avais trouvé un foyer.

La passion et l'électricité grondaient entre nous, toutes les difficultés étaient mises de côté. Je lui appartenais. Maintenant.

Et pour toujours.

Lorsqu'il rompit le baiser, il me poussa sur son bureau, faisant instantanément glisser ma robe sur mes hanches et dévoilant le fait que je ne portais pas de culotte. J'entendis son petit rire en voyant mon état, sachant qu'il avait senti mon odeur.

— Tu ne m'as pas encore repayé tous ces strings que tu m'as arrachés, dis-je pour le provoquer.

Un grognement franchit ses lèvres avant qu'il n'appuie sa main sur le bas de mon dos.

— Je suppose qu'il va falloir régler ce problème. Attends un peu. Non. À partir d'aujourd'hui, tu ne porteras plus de vêtements dans cette maison. Voici maintenant une leçon pour s'assurer que tu respectes les règles.

Je fermai les yeux et me penchai en avant lorsqu'il donna la première série de fessées. Je criais, mais pas à cause de la douleur, mais parce que mon cœur chantait autant que mon âme. Rien ne pourrait plus jamais se mettre entre nous, mais si c'était le cas, je savais qu'il me protégerait.

À sa manière.

Peu importe ce qu'il aurait à faire.

Et je l'acceptais sans poser de questions.

Mon héros meurtri mais magnifique.

FIN

CONCLUSION

Stormy Night Publications tient à vous remercier de l'intérêt que vous portez à ses livres.

Si vous avez aimé ce livre (ou même si vous ne l'avez pas aimé), nous vous serions reconnaissants de laisser un commentaire sur le site où vous l'avez acheté. Les avis nous fournissent un retour utile pour nous et nos auteurs, et ce retour d'information (qu'il s'agisse de commentaires positifs ou de critiques constructives) nous permet de travailler encore plus dur pour nous assurer que nous fournissons le contenu que nos clients veulent lire.

Si vous souhaitez découvrir d'autres livres de Stormy Night Publications, si vous voulez en savoir plus sur nous ou si vous souhaitez vous inscrire sur notre newsletter, rendez-vous sur notre site Web :

http://www.stormynightpublications.com

LES ROIS IMPITOYABLES

La Captive du Roi

Emily Porter m'a vu exécuter un homme qui avait trahi ma famille et a contribué à me mettre derrière les barreaux. Mais les gens comme moi, ayant de nombreuses relations, ne restent pas longtemps en prison, et elle est sur le point d'apprendre à ses dépens qu'il existe un prix à payer lorsqu'on contrarie l'un des leaders de la dynastie des King. Un prix très, très douloureux...

Elle pleurera pour moi pendant que je serai occupé à roussir ses jolies fesses, puis elle hurlera quand je la ravagerai encore et encore, la possédant dans les positions les plus honteuses qu'elle puisse imaginer. La laisser bien châtiée et bien exploitée n'est que le début de ce que je réserve à Emily.

Je vais faire d'elle mon épouse, ainsi, elle deviendra entièrement mienne.

L'otage du roi

Quand ma vie s'est vue menacée, Michael King n'a pas seulement pris les choses en main.

Il m'a prise, moi.

Quand il m'a enlevée, c'était en partie pour me protéger, mais surtout parce qu'il me voulait près de lui.

Je n'avais pas choisi de partir avec lui, mais je n'avais pas mon mot à dire. C'est pourquoi je me retrouve nue, mouillée et toute endolorie dans ce luxueux chalet en Suisse, les fesses encore brûlantes après avoir été sermonnée par la ceinture de ce séduisant mais exaspérant leader mafieux qui m'avait traînée jusqu'ici pour me punir lorsque j'avais osé le défier, avant de me prendre sauvagement pour me faire comprendre que j'étais sienne.

Nous retournerons à la Nouvelle-Orléans quand tout se sera calmé, mais je ne retrouverai jamais mon ancienne vie.

Désormais, je lui appartiens, et il n'a aucune intention de me laisser filer.

CHEFS DE LA MAFIA

Elle Comme Paiement

Caroline Hargrove pense qu'elle est à moi parce que son père a une dette envers moi, mais ce n'est pas pour cela qu'elle est assise dans ma voiture à côté de moi, les fesses endolories, à l'intérieur comme à l'extérieur. Elle est excitée, bien traitée, et vient avec moi, qu'elle le veuille ou non, parce que j'ai décidé que je la voulais, et je prends ce que je veux.

En tant que fille de sénateur, elle pensait probablement qu'aucun homme n'oserait poser la main sur elle, sans parler de lui donner une bonne fessée, puis de s'approprier son beau corps de la manière la plus honteuse qui soit.

Elle avait tort. Vraiment, vraiment tort. Je vais la dompter, et je ne serai pas tendre avec elle.

Prise en gage

Francesca Alessandro était juste censée être une garantie, retenue en captivité comme un avertissement pour son père, mais elle a essayé de se battre contre moi. Elle a fini endolorie et trempée pendant que je lui donnais une leçon avec ma ceinture, puis elle a hurlé à chaque orgasme sauvage pendant que je lui apprenais à obéir d'une manière beaucoup plus honteuse.

Maintenant, elle est à moi. Je vais la garder. La protéger. Et l'utiliser autant de fois que je veux.

Forcée à coopérer

Willow Church n'est pas la première personne qui a essayé de me mettre une balle. Elle est juste la première que j'ai laissé vivre.

Maintenant, elle va en payer le prix de la manière la plus honteuse qui soit. Ma ceinture lui apprendra à obéir, mais ce qui arrivera ensuite à ses fesses rouges et douloureuses sera la véritable leçon.

Elle sera utilisée sans pitié, encore et encore, et chaque orgasme brutal lui rappellera l'humiliante vérité : elle n'a jamais eu la moindre chance contre moi. Son corps a toujours connu son maître.